16	3	2	13
5	10	11	8
9	6	7	12
4	15	14	1

Coleção LESTE

Fiódor Dostoiévski

O DUPLO
Poema petersburguense

Tradução, posfácio e notas
Paulo Bezerra

Desenhos
Alfred Kubin

editora 34

EDITORA 34

Editora 34 Ltda.
Rua Hungria, 592 Jardim Europa CEP 01455-000
São Paulo - SP Brasil Tel/Fax (11) 3811-6777 www.editora34.com.br

Copyright © Editora 34 Ltda., 2011
Tradução © Paulo Bezerra, 2011
"O outro duplo: Dostoiévski ilustrado" © Samuel Titan Jr., 2011
Desenhos © Eberhard Spangenberg, Kubin, Alfred/
Licenciado por AUTVIS, Brasil, 2011

A FOTOCÓPIA DE QUALQUER FOLHA DESTE LIVRO É ILEGAL E CONFIGURA UMA
APROPRIAÇÃO INDEVIDA DOS DIREITOS INTELECTUAIS E PATRIMONIAIS DO AUTOR.

Título original:
Dvoinik

Desenhos:
*Alfred Kubin, extraídos de F. M. Dostojewski,
Der Doppelgänger, Munique, Piper, 1922; 1ª edição, 1913*

Capa, projeto gráfico e editoração eletrônica:
Bracher & Malta Produção Gráfica

Revisão:
Cide Piquet, Lucas Simone

1ª Edição - 2011 (1 Reimpressão),
2ª Edição - 2013 (4ª Reimpressão - 2021)

CIP - Brasil. Catalogação-na-Fonte
(Sindicato Nacional dos Editores de Livros, RJ, Brasil)

D724d
Dostoiévski, Fiódor, 1821-1881
O duplo: poema petersburguense / Fiódor
Dostoiévski; tradução, posfácio e notas de Paulo Bezerra;
desenhos de Alfred Kubin; texto sobre Kubin de Samuel
Titan Jr. — São Paulo: Editora 34, 2013 (2ª Edição).
256 p. (Coleção Leste)

ISBN 978-85-7326-472-2

Tradução de: Dvoinik

1. Literatura russa. I. Bezerra, Paulo.
II. Kubin, Alfred, 1877-1959. III. Titan Jr., Samuel.
IV. Título. V. Série.

CDD - 891.73

O DUPLO
Poema petersburguense

O duplo 9

O laboratório do gênio,
  Paulo Bezerra 237
O outro duplo: Dostoiévski ilustrado,
  Samuel Titan Jr. 249

As notas do tradutor fecham com (N. do T.). As outras são de L. D. Opulskaia, G. F. Kogan, A. L. Grigóriev e G. M. Fridlénder, que prepararam os textos para a edição russa e escreveram as notas, e estão assinaladas como (N. da E.).

Traduzido do original russo *Pólnoie sobránie sotchnienii v tridtzati tomákh — Khudójestviennie proizviedeniya* (Obras completas em 30 tomos — Obras de ficção) de Dostoiévski, tomo I, Ed. Naúka, Moscou-Leningrado, 1972.

O DUPLO
Poema petersburguense

CAPÍTULO I

Faltava pouco para as oito da manhã quando o conselheiro titular[1] Yákov Pietróvitch Golyádkin despertou de um longo sono, bocejou, espreguiçou-se e por fim abriu inteiramente os olhos. Aliás, ficou uns dois minutos deitado em sua cama, imóvel, como alguém que ainda não sabe direito se acordou ou continua dormindo, se tudo o que está acontecendo a seu redor é de fato real ou uma continuação dos seus desordenados devaneios. Logo, porém, os sentidos do senhor Golyádkin começaram a registrar com mais clareza e precisão as suas impressões habituais, corriqueiras. As paredes empoeiradas de seu pequeno quarto, escurecidas pela fumaça, cobertas de um tom esverdeado meio sujo, a cômoda de mogno, as cadeiras de mogno, a mesa pintada de vermelho, o divã turco coberto por um encerado vermelho com florzinhas verdes e, por fim, a roupa tirada precipitadamente na véspera e largada como uma rodilha sobre o divã se apresentaram a ele com sua feição familiar. Por último, o dia cinzento de outono, turvo e enlameado, espiou pela vidraça embaçada de sua janela com um ar tão zangado e uma careta tão azeda que o senhor Golyádkin já não teve como duvidar de

---

[1] Embora o título tenha algo de pomposo, o cargo de conselheiro titular pertence à nona classe funcional na escala burocrática do serviço público russo. É um simples amanuense, sem chances de progressão social. (N. do T.)

que não se encontrava em algum reino dos confins, mas na cidade de Petersburgo, na capital, na rua Chestilávotchnaya, no quarto andar de um prédio bastante grande, imponente, em seu próprio apartamento. Feita tão importante descoberta, o senhor Golyádkin fechou convulsivamente os olhos, como se lamentasse ter acabado de sair do sono e desejasse retomá-lo por um minuto. Mas ao cabo de um minuto se levantou da cama de um salto, é provável que por ter finalmente atinado com a ideia em torno da qual vinham gravitando até então seus pensamentos difusos e fora da devida ordem. Depois de pular da cama, correu imediatamente para um pequeno espelho redondo que estava em cima da cômoda. Embora sua figura morrinhenta, acanhada e bastante calva fosse exatamente daquele tipo insignificante que à primeira vista não chamaria a atenção exclusiva de ninguém, seu dono parecia gozar de plena satisfação com o que acabara de ver. "Ah, seria uma coisa — disse o senhor Golyádkin a meia-voz —, seria mesmo uma coisa se hoje eu cometesse alguma falha, se, por exemplo, acontecesse alguma esquisitice — me brotasse uma espinha estranha ou me viesse alguma outra contrariedade; se bem que por enquanto a coisa não anda mal; por enquanto tudo vai bem." Muito contente com o fato de que tudo ia bem, o senhor Golyádkin devolveu o espelho ao seu antigo lugar e, apesar de estar descalço e continuar metido na roupa com a qual costumava recolher-se para dormir, correu até a janelinha e com grande afinco pôs-se a procurar com os olhos alguma coisa no pátio do prédio, para o qual davam as janelas de seu apartamento. Pelo visto, o que ele procurava no pátio também o deixou plenamente satisfeito; um sorriso de contentamento tornou seu rosto radiante. Aliás, depois de primeiro espiar por cima do tabique do cubículo de Pietruchka,[2] seu criado, e constatar que ele não esta-

---

[2] Diminutivo de Piotr. (N. do T.)

va ali, foi pé ante pé até a mesa, abriu uma gaveta, remexeu em seu fundo, bem na parte de trás, por fim tirou de debaixo de velhos papéis amarelados e outros rebotalhos uma carteira verde surrada, abriu-a com cuidado e olhou com cautela e prazer para o seu bolso mais afastado e secreto. É provável que o maço de notinhas verdes, cinzentas, azuis, vermelhas e outras notinhas multicores também tenha olhado de um jeito muito amável e aprobativo para o senhor Golyádkin: com ar radiante, ele pôs a carteira aberta sobre a mesa à sua frente e esfregou as mãos com toda a força em sinal de imenso prazer. Por fim tirou aquele seu maço, o mais consolador maço de notas e, pela centésima vez desde a véspera, começou a recontá-las, separando cuidadosamente nota por nota com o polegar e o indicador. "Setecentos e cinquenta rublos... uma quantia formidável! Uma quantia agradável — continuou ele com voz trêmula, um pouco debilitada pelo prazer, apertando o maço na mão e sorrindo de modo significativo —, é uma quantia muito agradável. Agradável para qualquer um! Agora eu queria ver alguém achar essa quantia insignificante! Uma quantia assim pode fazer um homem ir longe..."

"Entretanto, o que está acontecendo? — pensou o senhor Golyádkin — por onde anda Pietruchka?" Ainda metido na mesma roupa, deu mais uma espiada por cima do tabique. Mais uma vez, Pietruchka não estava atrás do tabique, vendo-se apenas um samovar preparado ali no chão, zangado, irritado, fora de si, ameaçando continuamente transbordar e matraqueando com fervor alguma coisa em sua linguagem esdrúxula, velarizando e ciciando para o senhor Golyádkin, talvez querendo dizer: pegue-me, boa alma, pois já fervi tudo o que tinha que ferver e estou pronto.

"Diabos que o carreguem! — pensou o senhor Golyádkin. — Aquele finório preguiçoso pode acabar fazendo um homem perder as estribeiras; onde andará batendo pernas?"

O duplo 11

Tomado de uma justa indignação, foi à antessala, formada por um pequeno corredor em cujo final ficava a porta do vestíbulo, entreabriu de leve essa porta e viu seu serviçal cercado por um bom grupo de criados de toda espécie — uma gentalha de serviços domésticos e eventuais. Pietruchka contava alguma coisa, os outros escutavam. Pelo visto nem o tema da conversa nem a própria conversa agradaram ao senhor Golyádkin. No mesmo instante ele chamou Pietruchka e voltou ao quarto totalmente insatisfeito, até desolado. "Esse finório é capaz de atraiçoar alguém por uns trocados, principalmente seu amo — pensou consigo —, e já atraiçoou, na certa me atraiçoou, sou capaz de apostar que me atraiçoou por uns trocados."

— E então...?
— Trouxeram a libré, senhor.
— Veste e vem para cá.

Tendo vestido a libré e com um sorriso tolo nos lábios, Pietruchka entrou no quarto do amo. Uniformizado, estava estranho a mais não poder. Era uma libré verde, de criado, muito usada, com galões dourados embranquecidos pelas falhas e, pelo visto, feita para um homem uns setenta centímetros mais alto. Nas mãos segurava o chapéu, também com galões e plumas verdes, e tinha na cintura uma espada de criado em uma bainha de couro.

Por último, para completar o quadro segundo seu hábito predileto de andar sempre em traje caseiro, também agora Pietruchka estava descalço. O senhor Golyádkin examinou Pietruchka por completo e pelo visto ficou satisfeito. A libré evidentemente havia sido alugada para alguma solenidade eventual. Dava para notar ainda que, enquanto era examinado, Pietruchka olhava para seu amo com uma expectativa meio estranha e acompanhava todos os seus movimentos com uma curiosidade incomum, o que perturbava demais o senhor Golyádkin.

— Bem, e a carruagem?
— A carruagem também veio.
— Pelo dia inteiro?
— Pelo dia inteiro. Vinte e cinco rublos em papel.
— E as botas, trouxeram?
— Trouxeram as botas também.
— Pateta, não consegues falar direito.³ Traze-as aqui.

Depois de manifestar sua satisfação com o fato de que as botas haviam servido, o senhor Goliádkin pediu que lhe preparassem o chá, a água para se lavar e barbear. Barbeou-se com muito cuidado e de igual modo lavou-se, sorveu o chá às pressas e passou à sua paramentação principal, completa: vestiu as calças quase inteiramente novas, depois o peitilho com botões de bronze, o colete com florzinhas muito claras e agradáveis, pôs uma gravata de seda multicor e, por último, vestiu o uniforme também novinho em folha e de corte esmerado. Ao vestir-se, várias vezes olhou embevecido para as suas botas, levantando a cada instante ora uma, ora outra perna, deleitando-se com seu feitio e sempre murmurando alguma coisa, de raro em raro fazendo um trejeito expressivo pensando em seus ardis. Aliás, nessa manhã o senhor Goliádkin estava no auge da dispersão, porque quase não notou as risotas e trejeitos que Pietruchka lhe dirigia ao ajudá-lo a vestir-se. Por fim, tendo providenciado tudo o que era preciso e terminado de vestir-se, o senhor Goliádkin meteu sua carteira no bolso, deleitou-se em definitivo com Pietruchka, que calçara as botas e, assim, também estava de todo pronto, e observando que tudo já estava feito e não havia mais o que esperar, desceu sua escada correndo, agitado e com um pequeno tremor no coração. A carruagem azul, enfeitada de uns brasões,

---

³ Segundo um costume da língua russa, Pietruchka deveria, em sinal de deferência, pronunciar um "s" no final da palavra, como era praxe em sua condição social. (N. do T.)

O duplo 13

aproximou-se estrondosamente do alpendre.[4] Pietruchka, piscando para o cocheiro e alguns basbaques, pôs seu amo na carruagem; com uma voz inusual e contendo a custo o riso imbecil, gritou: "Vamos lá", pulou sobre o pedal e, entre ruídos e estrondos, tilintando e estrepitando, a carruagem azul disparou rumo à avenida Niévski. Mal ela transpôs o portão, o senhor Golyádkin enxugou convulsivamente as mãos e caiu numa risada baixinha e silenciosa, como homem de temperamento alegre que conseguira fazer uma coisa formidável, coisa essa que o deixara cheinho de alegria. É bem verdade que logo após o acesso de alegria, o riso deu lugar a uma estranha expressão de preocupação estampada no rosto do senhor Golyádkin. Apesar do tempo úmido e nublado, ele abriu ambas as janelas da carruagem e, com ar preocupado, começou a observar quem passava à direita e à esquerda, logo assumindo um aspecto conveniente e grave mal percebia que alguém o espiava. Na curva da rua Litiêinaia para a avenida Niévski, a mais desagradável das sensações o fez estremecer, e ele, fazendo uma careta como um coitado de quem por acaso pisaram um calo, retraiu-se às pressas, até com pavor, ao canto mais escuro de sua carruagem. Ocorre que encontrou dois colegas, dois jovens funcionários da mesma repartição em que servia. Como pareceu ao senhor Golyádkin, os dois funcionários, por sua vez, também estavam tomados de extrema perplexidade por terem encontrado seu colega daquela maneira; um deles chegou a apontar com o dedo o senhor Golyádkin. Este teve até a impressão de que o outro havia gritado o seu nome, coisa, sem dúvida, muito inconveniente na rua. Nosso herói escondeu-se e não respondeu. "Que criançolas! — começou ele de si para si. — Ora bolas, o que há de

---

[4] Em russo, *kriltzó*. Espécie de alpendre o mais das vezes fechado, sobretudo em casas rurais. (N. do T.)

estranho aqui? Um homem numa carruagem; um homem precisou estar numa carruagem, então alugou uma carruagem e pronto. São simplesmente uns calhordas! Eu os conheço — simples criançolas que ainda precisam de umas pancadas. Só querem tirar cara ou coroa quando ganham seus vencimentos e sair por aí batendo pernas, é só o que querem. Eu diria a todos eles umas coisas, mas só que..." O senhor Golyádkin não concluiu e ficou petrificado. Uma esperta parelha de cavalos de Kazan, muito familiar a ele e atrelada a uma elegante *drójki*,[5] ultrapassou depressa sua carruagem pela direita. Um senhor que estava na *drójki* viu por acaso o rosto do senhor Golyádkin (que com bastante imprudência espichara o pescoço pela janela da carruagem), também pareceu extremamente surpreso com tão inesperado encontro e, curvando-se até onde pôde, passou a olhar com a maior curiosidade e simpatia para o canto da carruagem em que nosso herói tentara esconder-se a toda pressa. O senhor da *drójki* era Andriêi Filíppovitch, chefe da repartição onde o senhor Golyádkin trabalhava como auxiliar do chefe de seção. Ao notar que Andriêi Filíppovitch o havia reconhecido por completo, que olhava de olhos arregalados e que não havia nenhuma possibilidade de esconder-se, o senhor Golyádkin ficou todo vermelho. "Faço uma reverência ou não? Respondo ou não? Confesso ou não? — pensava nosso herói numa aflição indescritível — ou finjo que não sou eu, mas outra pessoa surpreendentemente parecida comigo, e ajo como se nada tivesse acontecido? Isso mesmo, não sou eu, não sou eu, e pronto! — dizia o senhor Golyádkin tirando o chapéu para Andriêi Filíppovitch e sem desviar o olhar. — Eu, eu vou indo — murmurava a contragosto —, não vou nada mal, absolutamente não sou eu, Andriêi Filíppovitch, absolutamente não

---

[5] Carruagem leve, aberta, de quatro rodas. (N. do T.)

sou eu, e pronto." Mas a *drójki* logo ultrapassou a carruagem e o magnetismo do olhar do chefe cessou. No entanto ele continuava corando, sorrindo, balbuciando algo com seus botões... "Fui um imbecil por não ter respondido — pensou enfim —, devia simplesmente ter dito com ousadia e uma franqueza não desprovida de dignidade: sabe como é, Andriêi Filíppovitch, também fui convidado para o jantar, e pronto!" Depois, lembrando-se de repente de que metera os pés pelas mãos, nosso herói inflamou-se como o fogo, franziu o cenho e lançou um terrível olhar desafiador para o canto dianteiro da carruagem, um olhar que se destinava a reduzir de uma vez a cinzas todos os seus inimigos. Por fim, movido por alguma inspiração, deu um puxão repentino no cordão preso ao cotovelo do cocheiro, parou a carruagem e ordenou o retorno para a Litiêinaia. É que o senhor Golyádkin, provavelmente para sua própria tranquilidade, sentiu uma urgência de dizer algo muitíssimo interessante ao seu médico Crestian Ivánovitch. E embora conhecesse Crestian Ivánovitch há bem pouco tempo — visitara seu consultório apenas uma vez, na semana anterior, levado por certas necessidades —, todavia se diz que o médico é como um confessor: esconder alguma coisa dele seria uma tolice, e a obrigação dele é conhecer o paciente. "Pensando bem, será que tudo isso está certo? — continuou nosso herói, descendo da carruagem à entrada de um prédio de cinco andares na rua Litiêinaia, onde mandou o cocheiro parar seu carro —, será que tudo isso está certo? Será decente? Será oportuno? De resto, que importa? — continuou ele, subindo a escada, tomando fôlego e contendo as batidas do coração, que tinha o hábito de bater em todas as escadas alheias — que importa? ora, vou tratar de assunto meu e nisso não há nada de censurável... Seria uma tolice eu me esconder. Darei um jeito de fazer de conta que vou indo, que entrei por entrar, que estava passando ao lado... E ele verá que é assim que deve ser."

Assim raciocinava o senhor Golyádkin subindo ao segundo andar e parando diante da sala nº 5, em cuja porta estava afixada uma plaqueta com o letreiro:

Crestian Ivánovitch Rutenspitz
Doutor em medicina e cirurgia

Depois de parar, nosso herói apressou-se em dar à sua fisionomia um aspecto decente, atrevido, mas não desprovido de certa amabilidade, e preparou-se para puxar o cordão da sineta. Uma vez preparado para puxar o cordão da sineta, pensou de imediato e bem a propósito se não seria melhor deixar para o dia seguinte e que, por enquanto, não havia grande necessidade daquilo. Mas como o senhor Golyádkin ouviu de repente os passos de alguém na escada, mudou imediatamente sua nova decisão e, no mesmo instante, porém com o ar mais resoluto, puxou o cordão da sineta à porta de Crestian Ivánovitch.

CAPÍTULO II

Crestian Ivánovitch Rutenspitz, doutor em medicina e cirurgia, homem bastante saudável embora já idoso, que tinha sobrancelhas e suíças bastas e grisalhas, um olhar expressivo e brilhante que, sozinho, parecia afugentar todas as doenças, e que usava, por último, uma significativa condecoração, estava naquela manhã em seu gabinete, acomodado em sua poltrona confortável, tomando café que sua mulher servira com as próprias mãos, fumando um charuto e de quando em quando prescrevendo receitas para os seus pacientes. Tendo receitado o último frasquinho para um velhote que sofria de hemorroidas e acompanhado o sofrido velhote até a porta lateral, Crestian Ivánovitch sentou-se à espera do próximo paciente. Entrou o senhor Golyádkin.

Pelo visto Crestian Ivánovitch não esperava em absoluto e também não desejava ver pela frente o senhor Golyádkin, porque por um instante experimentou um súbito desconcerto e involuntariamente estampou no rosto uma expressão de certa estranheza e, pode-se dizer, até de insatisfação. Como, de sua parte, o senhor Golyádkin quase sempre se contrariava de modo despropositado e ficava embaraçado nos momentos em que tinha de abordar alguém para tratar de pequenos assuntos pessoais, também desta vez, antes de preparar a primeira frase, que, nestes casos, era para ele um verdadeiro obstáculo, atrapalhou-se sobremaneira, balbuciou alguma coisa — aliás, parece que uma desculpa — e, sem saber como con-

tinuar, pegou uma cadeira e sentou-se. Lembrando-se, porém, de que tomara assento sem ter sido convidado, no mesmo instante apercebeu-se da inconveniência que acabara de cometer e, apressando-se em corrigir o erro decorrente do desconhecimento das regras de sociedade e do bom-tom, levantou-se imediatamente do lugar que ocupara sem ter sido convidado. Depois de reconsiderar e perceber de maneira vaga que fizera duas tolices ao mesmo tempo, sem nenhuma demora decidiu cometer a terceira, isto é, tentou se justificar, balbuciou alguma coisa sorrindo, corou, atrapalhou-se, calou com ar expressivo e por fim sentou-se de uma vez e não mais se levantou, limitando-se, por via das dúvidas, a munir-se daquele olhar desafiador que tinha a força descomunal de arrasar mentalmente e reduzir a cinzas todos os inimigos do senhor Goliádkin. Além disso, esse olhar exprimia plenamente a independência do senhor Goliádkin, isto é, deixava claro que o senhor Goliádkin não ia nada mal, que era senhor de si como todo mundo e, quando mais não fosse, estava à margem de falatórios. Crestian Ivánovitch pigarreou, deu um grasnido, pelo visto em sinal de aprovação e consentimento de tudo isso, e lançou ao senhor Goliádkin um olhar observador e interrogativo.

— Eu, Crestian Ivánovitch — começou sorrindo o senhor Goliádkin —, vim incomodá-lo pela segunda vez e pela segunda vez me atrevo neste momento a lhe pedir sua condescendência... — era evidente que o senhor Goliádkin se atrapalhava com as palavras.

— Hum... é! — disse Crestian Ivánovitch, baforando um jato de fumaça e pondo o charuto na mesa —, mas o senhor precisa cumprir as prescrições; porque lhe expliquei que seu tratamento deve consistir na mudança de hábitos... Bem, em divertimentos; fazer visitas a amigos e conhecidos e ao mesmo tempo não ser inimigo da garrafa; conviver com grupos divertidos.

Ainda sorrindo, o senhor Goliádkin apressou-se em observar que lhe parecia que era como todo mundo, que vivia em casa, que seus divertimentos eram iguais aos de todo mundo... que ele, é claro, podia frequentar o teatro, pois, como todo mundo, dispunha de recursos, que passava o dia em seu emprego e à noite ficava em casa, que não estava indo nada mal; nisso chegou até a observar de passagem que, até onde lhe parecia, não era pior que os outros, que vivia em casa, em seu apartamento, e que, por último, tinha Pietruchka. Neste ponto o senhor Goliádkin titubeou.

— Hum, não, a coisa não é assim, não foi nada disso que eu quis lhe perguntar. Em linhas gerais, me interessa saber se o senhor é grande apreciador de uma companhia divertida, se aproveita o tempo de maneira divertida... Bem, tem levado um modo de vida melancólico ou divertido?

— Crestian Ivánovitch, eu...

— Hum... estou dizendo — interrompeu o médico — que o senhor precisa de uma transformação radical de toda a sua vida e, em certo sentido, de uma mudança radical de seu caráter. (Crestian Ivánovitch enfatizou bem a expressão "mudança radical" e deteve-se por um instante com um ar extremamente significativo.) Não se furtar a uma vida alegre; frequentar espetáculos e clubes e em todo caso não ser inimigo da garrafa. Ficar em casa não dá certo... é totalmente desaconselhável ficar em casa.

— Crestian Ivánovitch, eu gosto de silêncio — disse o senhor Goliádkin, evidentemente procurando palavras para exprimir melhor seu pensamento —, no meu apartamento moramos só eu e Pietruchka... quero dizer, meu criado, Crestian Ivánovitch. Estou querendo dizer, Crestian Ivánovitch, que sigo meu próprio caminho, um caminho particular, Crestian Ivánovitch. Vivo no meu canto, e até onde me parece, não dependo de ninguém. Também dou meus passeios, Crestian Ivánovitch.

— Como?... É! Bom, mas passear agora não é nada agradável; o clima anda ruim demais.
— É, Crestian Ivánovitch. Embora eu seja um homem cordato, como, ao que parece, já tive a honra de lhe explicar, Crestian Ivánovitch, sigo meu caminho à parte. A estrada da vida é ampla... Quero... quero dizer com isso, Crestian Ivánovitch... Desculpe-me, Crestian Ivánovitch, não sou mestre em falar bonito.
— Hum... o senhor está dizendo...
— Estou dizendo que me desculpe, Crestian Ivánovitch, porque, pelo que me parece, não sou mestre em falar bonito — disse o senhor Golyádkin em um tom meio ofendido, atrapalhando-se um pouco e confundindo-se. — Neste sentido não sou como os outros, Crestian Ivánovitch — acrescentou sorrindo de um jeito um tanto peculiar —, e não sei falar muito; não aprendi a embelezar o estilo. Mas em compensação eu ajo, Crestian Ivánovitch; em compensação eu ajo, Crestian Ivánovitch!
— Hum... Mas de que jeito... o senhor age? — perguntou Crestian Ivánovitch. Seguiu-se um minuto de silêncio. O médico olhou para o senhor Golyádkin de um modo meio estranho e desconfiado. Por sua vez, o senhor Golyádkin também olhou para o médico de esguelha e muito desconfiado.
— Eu, Crestian Ivánovitch — continuou o senhor Golyádkin no mesmo tom anterior, um pouco irritado e preocupado com a extrema insistência de Crestian Ivánovitch —, eu, Crestian Ivánovitch, gosto da tranquilidade e não do burburinho da alta sociedade. Lá entre eles, digo, na alta sociedade, Crestian Ivánovitch, é preciso saber fazer rapapés (nisso o senhor Golyádkin roçou o chão com um pé), lá se cobra isso, e também se cobram trocadilhos... capacidade de fazer elogios inebriantes... é isso que lá se cobra. Mas isso eu não aprendi, Crestian Ivánovitch, não aprendi esses artifícios; faltou-me tempo. Sou um homem simples, sem rebuscamentos,

O duplo 23

e sem brilho externo. Nisto eu entrego as armas, Crestian Ivánovitch, quer dizer, eu as deponho.

Naturalmente, o senhor Golyádkin disse tudo isso com um ar que deixava claro que nosso herói não lamentava minimamente por ter deposto as armas ou não ter aprendido a tramar artifícios; muito pelo contrário. Crestian Ivánovitch o ouvia, olhava para o chão e fazia uma careta muito desagradável, como se já pressentisse algo. À tirada do senhor Golyádkin seguiu-se um silêncio bastante longo e significativo.

— O senhor, parece, desviou-se um pouco do assunto — disse por fim Crestian Ivánovitch a meia-voz —; confesso que não consegui entendê-lo inteiramente.

— Não sou mestre em falar bonito, Crestian Ivánovitch; já tive a honra de lhe dizer, Crestian Ivánovitch, que não sou mestre em falar bonito — disse o senhor Golyádkin, desta feita num tom ríspido e categórico.

— Hum...

— Crestian Ivánovitch — recomeçou o senhor Golyádkin em voz baixa, porém de forma significativa e um tanto solene, detendo-se em cada ponto. — Crestian Ivánovitch! Torno a pedir sua condescendência por um momento. Não tenho por que esconder nada do senhor, Crestian Ivánovitch. Sou um homem pequeno, o senhor mesmo sabe; mas para minha sorte não lamento ser pequeno. É até o contrário, Crestian Ivánovitch; e para dizer tudo, até me orgulho de ser um pequeno e não um grande homem. Não sou um intrigante — e disso também me orgulho. Não ajo às escondidas, mas às claras, sem artimanhas, e embora, de minha parte, eu pudesse prejudicar, e poderia muito e até sei a quem e como fazê-lo, Crestian Ivánovitch, não quero me sujar e neste sentido lavo as mãos. Neste sentido, digo-lhe, eu as lavo, Crestian Ivánovitch! — por um instante o senhor Golyádkin calou-se com ar expressivo; falava com um ânimo dócil.

— Eu, Crestian Ivánovitch — continuou nosso herói —,

caminho em linha reta, sem desvios, porque os desprezo e os deixo para os outros. Não procuro humilhar aqueles que talvez sejam mais puros que eu e o senhor... isto é, estou querendo dizer, que eu e os outros, Crestian Ivánovitch, não quis dizer o senhor. Não gosto de meias palavras; a mísera hipocrisia me desgosta; abomino a calúnia e a bisbilhotice. Só ponho máscara quando vou a um baile de máscaras, e não a uso diariamente diante das pessoas. Só lhe pergunto uma coisa, Crestian Ivánovitch: como o senhor se vingaria de seu inimigo, do seu inimigo figadal, daquele que o senhor assim viesse a considerar? — concluiu o senhor Golyádkin, lançando um olhar desafiador a Crestian Ivánovitch.

Embora o senhor Golyádkin tivesse dito tudo isso com extrema precisão, clareza, convicção, pesando as palavras e contando com um efeito infalível, agora, não obstante, olhava para Crestian Ivánovitch com intranquilidade, muita intranquilidade, extrema intranquilidade. Agora ele era todo olhos e, com ar tímido e uma impaciência aflitiva e triste, aguardava a resposta de Crestian Ivánovitch. Contudo, para a surpresa e a completa estupefação do senhor Golyádkin, Crestian Ivánovitch resmungou alguma coisa; depois chegou a poltrona à mesa e, com bastante secura mas, por outro lado, em tom cortês, disse algo mais ou menos assim: que seu tempo era precioso, que não estava entendendo direito; que, de resto, estava disposto a fazer o que lhe fosse possível, até onde suas forças o permitissem, mas que descartava tudo o mais que não lhe dissesse respeito. Nisto pegou uma pena, puxou para si um papel, improvisou nele uma folha de atestado médico e declarou que prescreveria imediatamente o necessário.

— Não, não convém, Crestian Ivánovitch! não, isso é inteiramente dispensável! — disse o senhor Golyádkin, levantando-se e segurando a mão direita de Crestian Ivánovitch — isto aqui não tem nenhum cabimento...

Entretanto, enquanto dizia tudo isso, o senhor Golyádkin experimentava uma estranha mudança. Seus olhos cinza ganharam um brilho meio esquisito, os lábios começaram a tremer, todos os músculos e traços do rosto se moveram, mexeram-se. Ele mesmo tremia todo. Depois de fazer seu primeiro movimento e segurar a mão de Crestian Ivánovitch, o senhor Golyádkin estava agora em pé, imóvel, como se não confiasse em si mesmo e aguardasse inspiração para os próximos atos. Foi então que houve uma cena bastante estranha.

Meio perplexo, Crestian Ivánovitch pareceu por um instante aderir à poltrona e, desnorteado, arregalava os olhos para o senhor Golyádkin, que de igual maneira olhava para ele. Por fim Crestian Ivánovitch levantou-se, agarrando-se um pouco na lapela do uniforme do senhor Golyádkin. Os dois permaneceram alguns segundos nessa posição, parados e sem desviar os olhos um do outro. Então, aliás de um modo singularmente estranho, houve o segundo movimento do senhor Golyádkin. Seus lábios tremeram, o queixo mexeu-se e nosso herói caiu num choro de todo inesperado. Entre soluços e meneios de cabeça, batendo com a mão direita no peito e com a esquerda agarrada à lapela do traje doméstico de Crestian Ivánovitch, ele fazia menção de falar e dar alguma explicação, mas não conseguia dizer uma palavra. Por fim Crestian Ivánovitch saiu de sua estupefação.

— Basta, acalme-se, sente-se! — disse ele enfim, procurando fazer o senhor Golyádkin sentar-se na poltrona.

— Eu tenho inimigos, Crestian Ivánovitch, tenho inimigos; tenho inimigos cruéis, que juraram me arruinar... — respondeu o senhor Golyádkin com um ar amedrontado e entre murmúrios.

— Basta, basta; qual inimigos! não precisa mencionar inimigos! não há nenhuma necessidade disso. Sente-se, sente-se — continuou Crestian Ivánovitch, fazendo o senhor Golyádkin finalmente sentar-se na poltrona.

O senhor Golyádkin sentou-se sem tirar os olhos de

Crestian Ivánovitch, que, com ar de extremo desagrado, começara a andar de um canto a outro do gabinete. Seguiu-se um longo silêncio.

— Eu lhe sou grato, Crestian Ivánovitch, muito grato e muito me dou conta de tudo o que o senhor acabou de fazer por mim. Até o fim dos meus dias não vou esquecer sua afabilidade, Crestian Ivánovitch — disse por fim o senhor Golyádkin, levantando-se de seu lugar com ar ressentido.

— Basta, basta! estou lhe dizendo, basta! — Crestian Ivánovitch respondeu com bastante severidade ao disparate do senhor Golyádkin, fazendo-o sentar-se de novo em seu lugar. — Bem, o que está lhe acontecendo? Fale-me das contrariedades por que está passando — continuou Crestian Ivánovitch —; a que inimigos o senhor se refere? Que coisa é essa que o está incomodando?

— Não, Crestian Ivánovitch, neste momento é melhor deixarmos isso de lado — respondeu o senhor Golyádkin com a vista baixa —, é melhor deixarmos tudo isso de lado, por ora... até outro momento, Crestian Ivánovitch, até outro momento mais adequado, quando tudo vier à tona e caírem as máscaras de algumas pessoas, e alguma coisa se revelar. Mas por ora, é claro que depois do que aconteceu a nós dois... convenha o senhor, Crestian Ivánovitch... Permita-me lhe desejar um bom dia, Crestian Ivánovitch — disse o senhor Golyádkin, desta vez levantando-se com ar decidido e sério e agarrando o chapéu.

— Ah, bem... como o senhor quiser... hum... (Fez-se um minuto de silêncio.) De minha parte, o senhor sabe que posso... e sinceramente lhe desejo o bem.

— Eu o entendo, Crestian Ivánovitch, entendo; agora eu o entendo perfeitamente... De qualquer maneira peço que me desculpe pelo incômodo, Crestian Ivánovitch.

— Hum... Não, não era isso que eu queria lhe dizer. De resto, como quiser. Continue tomando os medicamentos...

— Vou continuar tomando os medicamentos como o senhor diz, Crestian Ivánovitch, vou continuar tomando-os e também comprando-os na mesma farmácia... Hoje em dia, Crestian Ivánovitch, até ser farmacêutico já é uma coisa importante...
— Como? Em que sentido o senhor está querendo dizer isso?
— Num sentido assaz corriqueiro, Crestian Ivánovitch. Estou querendo dizer que hoje em dia a sociedade está de um jeito...
— Hum...
— E que qualquer rapazinho, não só empregado de farmácia, enche-se de importância diante de pessoas decentes.
— Hum... como o senhor vê isso?
— Eu, Crestian Ivánovitch, estou falando de uma certa pessoa... de alguém que nós dois conhecemos, Crestian Ivánovitch, por exemplo, digamos, de Vladímir Semeónovitch.
— Ah!...
— Sim, Crestian Ivánovitch; eu também conheço certas pessoas que não ligam para opiniões estereotipadas quando vez por outra dizem suas verdades.
— Ah!... Como assim?
— Ora, assim mesmo; aliás, essa é uma questão secundária; às vezes elas são capazes de armar uma ratoeira.
— O quê? armar o quê?
— Uma ratoeira, Crestian Ivánovitch; é um dito russo. Às vezes elas são capazes de parabenizar alguém, por exemplo; existe gente assim, Crestian Ivánovitch.
— Parabenizar?
— Sim, Crestian Ivánovitch, parabenizar, como fez por esses dias um de meus conhecidos íntimos...
— Um de seus conhecidos íntimos... ah! mas como assim? — disse Crestian Ivánovitch, olhando atentamente para o senhor Golyádkin.

— Sim, um de meus conhecidos próximos parabenizou pela promoção, pelo recebimento do grau de assessor, outro também conhecido meu, bastante íntimo e além disso amigo, o mais doce dos amigos, como se diz. Isso veio a propósito. "Estou sensivelmente satisfeito, disse ele, com o ensejo de lhe dar meus parabéns, Vladímir Semeónovitch, meus sinceros parabéns por sua promoção. E estou ainda mais satisfeito porque hoje em dia, como todo o mundo sabe, tem gente por aí se aproveitando de proteção." — Nisso o senhor Golyádkin fez um maroto sinal de cabeça e, franzindo o cenho, olhou para Crestian Ivánovitch.

— Hum... Então ele disse isso...

— Disse, Crestian Ivánovitch, disse e no mesmo instante olhou para Andriêi Filíppovitch, tio de Vladímir Semeónovitch, o nosso tesouro... Mas a mim, Crestian Ivánovitch, que importa que tenham feito dele um assessor? O que é que tenho a ver com isso? E ele está querendo se casar, quando, com o perdão da palavra, ainda nem acabou de emplumar. Pois foi o que eu disse. E em conversa com Vladímir Semeónovitch! Agora eu já disse tudo; permita que me retire.

— Hum...

— Sim, Crestian Ivánovitch, como eu estava dizendo, agora permita que me retire. Mas para matar logo dois coelhos de uma só cajadada — como eu disse na cara de um rapagão ainda no tempo do ronca —, eu disse a Clara Olsúfievna (isso aconteceu anteontem em casa de seu pai Olsufi Ivánovitch), quando ela mal acabava de cantar uma romança, pois bem: "a senhora cantou com sentimento as romanças, só que alguém não a ouviu com sinceridade". E fiz uma insinuação tão clara, entende, Crestian Ivánovitch, fiz uma insinuação muito clara de que agora o problema já não estava mais nela, e sim além dela...

— Ah! mas, e o tal?...

— Engoliu sapo, Crestian Ivánovitch, como se diz.

— Hum...
— É, Crestian Ivánovitch. E também disse ao próprio velho: sabe, Olsufi Ivánovitch, disse eu, sei o quanto lhe sou reconhecido, aprecio plenamente os favores que me fez, de que me tem coberto quase desde a minha infância. Mas abra os olhos, Olsufi Ivánovitch, disse. Observe. Eu mesmo faço as coisas às claras, abertamente, Olsufi Ivánovitch.
— Ah, então é assim!
— É, Crestian Ivánovitch. É assim...
— Mas, e ele?
— Ele, Crestian Ivánovitch, fica só remoendo; ora isso, ora aquilo... Diz: eu também te conheço, Sua Excelência é um benfeitor — e cai num taramelar sem fim... Ora, o que se há de fazer? São os titubeios da velhice, como se diz.
— Ah, então agora é assim!
— É, Crestian Ivánovitch. E todos nós somos assim; veja só! é um velho patusco! está com o pé na cova, cheirando a defunto, como se diz, mas é só alguém começar um mexerico que ele vai logo aguçando o ouvido; não pode passar sem isso...
— O senhor disse mexerico?
— Sim, Crestian Ivánovitch, eles armaram um mexerico. Nisso estão metidos tanto o nosso urso como o sobrinho, o nosso tesouro; meteram-se com umas velhotas e, é claro, forjaram a coisa. O que o senhor acharia disso? O que inventaram para matar um homem?
— Para matar um homem?
— Sim, Crestian Ivánovitch, para matar um homem, matar moralmente um homem. Espalharam... e tudo sobre o meu conhecido íntimo...

Crestian Ivánovitch meneou a cabeça.

— Espalharam boatos a respeito dele... Confesso que até me dá vergonha de falar, Crestian Ivánovitch...
— Hum...
— Espalharam o boato de que ele já teria assumido o

compromisso de casar-se, que já estaria noivo de outra... E o senhor imaginaria de quem, Crestian Ivánovitch?
— De quem mesmo?
— Da dona de uma pequena taberna, uma alemã indecente, que lhe serve as refeições; em vez de pagar o que deve, ele lhe propõe casamento.
— Estão dizendo isso?
— O senhor acredita, Crestian Ivánovitch? Uma alemã, torpe, vil, uma alemã desavergonhada, chamada Carolina Ivánovna; se é do seu conhecimento...
— Confesso que de minha parte...
— Eu o compreendo, Crestian Ivánovitch, compreendo, e de minha parte sinto...
— Diga-me, por favor: onde o senhor está morando agora?
— Onde estou morando agora, Crestian Ivánovitch?
— Sim... quero... antes parece que o senhor morava...
— Morava, Crestian Ivánovitch, morava, antes eu também morava. Como não haveria de morar?! — respondeu o senhor Golyádkin, acompanhando suas palavras com um pequeno riso e deixando Crestian Ivánovitch meio acanhado com sua resposta.
— Não, o senhor não entendeu direito; de minha parte eu quis...
— De minha parte eu também quis, Crestian Ivánovitch, de minha parte eu também quis — continuou o senhor Golyádkin, rindo. — Entretanto já me demorei demais em seu consultório, Crestian Ivánovitch. O senhor, espero, me permitirá agora... lhe desejar um bom dia...
— Hum...
— Sim, Crestian Ivánovitch, eu o compreendo; agora eu o compreendo perfeitamente — disse nosso herói, exibindo-se um pouco diante de Crestian Ivánovitch. — Pois bem, permita-me lhe desejar um bom dia...

O duplo

Então nosso herói fez um rapapé e saiu do consultório, deixando Crestian Ivánovitch tomado de extremo pasmo. Depois de descer a escada do consultório, ele sorriu e esfregou as mãos cheio de contentamento. No alpendre, respirando ar puro e sentindo-se livre, estava realmente disposto até a se considerar um mortal felicíssimo e em seguida rumar direto para o departamento, quando de repente sua carruagem estrondeou na entrada; ele olhou e lembrou-se de tudo. Pietruchka já escancarava as portinholas. Uma sensação estranha e extremamente desagradável envolveu inteiramente o senhor Golyádkin. Ele pareceu corar por um instante. Sentiu algo como uma fisgada. Ele já ia pôr o pé no estribo da carruagem quando de repente virou-se e olhou para as janelas de Crestian Ivánovitch. Dito e feito! Crestian Ivánovitch estava à janela, alisando as suíças com a mão direita e olhando com bastante curiosidade para o nosso herói.

"Esse doutor é um tolo — pensou o senhor Golyádkin, encafuando-se na carruagem —, um pateta. Talvez até trate bem de seus doentes, mas mesmo assim... é uma toupeira." O senhor Golyádkin acomodou-se, e Pietruchka gritou: "Vamos lá!" — e a carruagem voltou a rodar pela avenida Niévski.

CAPÍTULO III

O senhor Golyádkin passou a manhã inteira numa tremenda roda-viva. Depois de chegar à avenida Niévski, nosso herói mandou parar a carruagem junto ao Gostíni Dvor.[6] Pulou de sua carruagem, correu por baixo da arcada acompanhado de Pietruchka e foi direto a uma loja de artigos de prata e ouro. Só pelo aspecto do senhor Golyádkin já se podia notar que ele estava azafamado até as orelhas e atolado de afazeres. Tendo combinado o preço de um aparelho de chá e jantar completo por mil e quinhentos e poucos rublos em papel, conseguido abatimento para adquirir, pela mesma quantia, uma requintada cigarreira e um estojo de barbear de prata completo e, por último, se inteirado do preço de algumas coisinhas úteis e agradáveis de certo ponto de vista, o senhor Golyádkin acabou prometendo comparecer sem falta logo no dia seguinte ou até nesse mesmo dia mandar buscar os objetos negociados, pegou o número da loja e, depois de ouvir com atenção o comerciante, que solicitava um sinal, prometeu enviar no momento oportuno também o sinal. Depois se despediu às pressas do perplexo comerciante e saiu caminhando ao longo da fileira de lojas, perseguido por um verdadeiro bando de balconistas, voltando-se a cada instante para Pietruchka e procurando cuidadosamente alguma nova loja. Passou rápido numa casa de câmbio e trocou seu di-

---

[6] Famosa galeria de lojas, frequentada pelas classes mais abastadas da velha Petersburgo. (N. do T.)

O duplo 33

nheiro graúdo por dinheiro miúdo e, mesmo saindo perdendo com a operação, ainda assim fez a troca, e sua carteira engordou consideravelmente, o que pelo visto lhe deu um extremo prazer. Por fim parou numa loja de artigos femininos variados. Depois de uma nova compra por quantia elevada, o senhor Golyádkin também desta vez prometeu ao comerciante voltar sem falta, pegou o número da loja e, perguntado sobre o sinal, repetiu que o sinal também seria dado no devido momento. Em seguida visitou mais algumas lojas; comprou em todas, regateou os preços de várias coisinhas, aqui e ali discutiu por muito tempo com os comerciantes, saiu da loja e voltou umas três vezes — em suma, desenvolveu uma atividade fora do comum. Do Gostíni Dvor nosso herói foi a uma famosa loja de móveis, onde combinou o preço de móveis para seis cômodos, deliciou-se com um toucador muito requintado e da última moda e, depois de assegurar ao comerciante que mandaria sem falta buscar tudo, saiu da loja prometendo o sinal, como era seu hábito, depois foi a mais algum lugar e negociou alguma coisa. Em suma, seus afazeres pelo visto nunca acabavam. Por fim, pareceu que tudo isso passava a aborrecer intensamente o próprio senhor Golyádkin. De repente, sabe Deus por quê, ele começava até a experimentar o tormento do remorso. Agora, por nada concordaria em encontrar-se com Andriêi Filíppovitch e nem mesmo com Crestian Ivánovitch. Enfim os relógios da cidade bateram três da tarde. Quando o senhor Golyádkin acomodou-se definitivamente na carruagem, de todas as aquisições que fizera nessa manhã, com ele havia de fato apenas um par de luvas e um vidro de perfume comprado por um rublo e meio. Como para o senhor Golyádkin ainda era bastante cedo, ele mandou seu cocheiro parar ao lado de um famoso restaurante na avenida Niévski, do qual até então só ouvira falar, desceu da carruagem e correu para comer uns salgados, descansar e esperar a hora adequada.

Tendo comido salgados como alguém que tem em perspectiva um rico jantar de gala, isto é, depois de lambiscar alguma coisa para, como se diz, enganar a fome, e de tomar um pequeno cálice de vodca, o senhor Golyádkin sentou-se numa poltrona e, após uma contida olhada ao redor, acomodou-se tranquilamente diante de um volumoso jornal russo. Leu umas duas linhas, levantou-se, olhou-se num espelho, recompôs-se e alisou a roupa; depois foi até a janela e olhou para verificar se a carruagem estava no lugar... em seguida tornou a sentar-se em seu lugar e pegou o jornal. Dava para notar que nosso herói estava extremamente agitado. Olhando para o relógio e vendo que eram só três e quinze, logo, que ainda teria de esperar bastante e, ao mesmo tempo, julgando que permanecer sentado como estava era indecente, o senhor Golyádkin pediu um chocolate, apesar de no momento não estar com grande vontade de tomá-lo. Tomou o chocolate e, percebendo que a hora havia avançado um pouco, foi pagar a conta. De repente alguém lhe deu um tapa no ombro.

Voltou-se e viu à sua frente dois colegas de repartição, os mesmos que havia encontrado pela manhã na rua Litiêinaia — rapazes ainda muito jovens pela idade e pela classe funcional a que pertenciam. A relação de nosso herói com eles não era isso nem aquilo, nem de amizade nem de franca inimizade. Certamente ambas as partes mantinham a decência; não havia nem poderia haver aproximação entre elas. O encontro de agora era extremamente desagradável para o senhor Golyádkin. Este fez uma careta e por um minuto ficou confuso.

— Yákov Pietróvitch, Yákov Pietróvitch! — começaram a chilrar os dois registradores — o senhor por aqui? fazendo o quê?...

— Ah! são os senhores! — interrompeu o senhor Golyádkin, um pouco confuso e escandalizado com a surpresa dos funcionários e ao mesmo tempo com a intimidade de seu tratamento, mas, por outro lado, fazendo-se de desembaraçado e bravo a contragosto. — Desertaram, senhores? ah-ah-ah!... — Neste ponto, até para não se rebaixar nem se mostrar condescendente com os jovens da repartição, de quem sempre guardara a devida distância, ele quis dar um tapinha nas costas de um deles; mas o senhor Golyádkin não conseguiu ser popular, e em vez de um gesto de intimidade marcado pelo decoro saiu algo bem diverso.

— E o nosso urso, continua lá?...

— Quem é esse, Yákov Pietróvitch?

— Ora, o urso; como se não soubessem quem é chamado de urso... — O senhor Golyádkin deu uma risada e voltou-se para o balconista a fim de receber o troco. — Estou falando de Andriêi Filíppovitch, senhores — continuou ele, depois de acertar com o balconista e desta vez dirigindo-se aos funcionários com um ar muito sério. Os dois registradores trocaram significativas piscadelas.

— Continua lá e perguntou pelo senhor, Yákov Pietróvitch — respondeu um deles.

— Continua, ah! Então que continue, senhores. E perguntou por mim, hein?

— Perguntou, Yákov Pietróvitch; mas o que foi que aconteceu com o senhor? perfumado, besuntado... virou almofadinha?...

— É isso, senhores, é isso mesmo! Basta... — respondeu o senhor Golyádkin, olhando para um lado e sorrindo tenso. Vendo que o senhor Golyádkin sorria, os funcionários caíram na gargalhada. O senhor Golyádkin ficou amuado.

— Vou lhes dizer amigavelmente, senhores — disse o nosso herói depois de uma breve pausa, como se tivesse decidido (e tinha mesmo) revelar alguma coisa aos funcionários. — Os senhores todos me conhecem, mas até agora só conheceram um lado meu. Neste caso não cabe censurar ninguém, e confesso que eu mesmo tenho uma parte da culpa.

O duplo

O senhor Golyádkin cerrou os lábios e olhou significativamente para os funcionários. Estes tornaram a trocar piscadelas.

— Senhores, até hoje não me conheceram. Dar explicações aqui e agora não seria de todo oportuno. Vou lhes dizer apenas uma coisa breve, de passagem. Há pessoas, senhores, que não gostam de rodeios e que só usam máscaras nos bailes de máscara. Há pessoas para quem o objetivo imediato do homem não está em sua habilidade para fazer rapapés. Também há pessoas, senhores, que não dizem que são felizes e levam uma vida plena, mas, por exemplo, usam calças que lhes caem bem. Há, por fim, pessoas que não gostam de andar por aí saltitando e saracoteando à toa, procurando cair nas graças de alguém, bajulando e principalmente, senhores, metendo o nariz onde não são chamadas... Senhores, eu disse quase tudo; agora permitam que me retire...

O senhor Golyádkin parou. Como agora os senhores registradores estavam plenamente satisfeitos, de repente ambos rolaram de rir numa atitude de extrema descortesia. O senhor Golyádkin inflamou-se.

— Riam, senhores, riam por enquanto. Vivam, e verão — disse ele com sentimento de dignidade ofendida, pegando o chapéu e rumando para a porta.

— Porém vou dizer mais, senhores — acrescentou, dirigindo-se pela última vez aos senhores registradores —, vou dizer mais; ambos estão aqui olho no olho comigo. Eis, senhores, minhas regras: se fracasso, não desanimo; se atinjo o objetivo, sigo firme, e seja como for nunca armo tramas. Não sou um intrigante e disto me orgulho. Não serviria para diplomata. Dizem ainda, senhores, que a própria ave voa à procura do caçador. É verdade, e estou propenso a aceitar: mas quem aqui é o caçador e quem é a ave? Isto ainda é uma questão, senhores.

O senhor Golyádkin fez um silêncio eloquente e pôs a

mais significativa expressão no rosto, isto é, depois de erguer o sobrolho e apertar os lábios até não mais poder, despediu-se dos senhores funcionários com um sinal de cabeça e saiu, deixando-os extremamente perplexos.

— Aonde quer ir? — perguntou com bastante secura Pietruchka, que provavelmente já estava farto de vagar no frio.

— Aonde que ir? — perguntou ao senhor Golyádkin, ao se defrontar com o olhar aterrador, devastador, de que nosso herói já se havia munido duas vezes naquela manhã e ao qual agora recorria pela terceira vez ao deixar a escada.

— À ponte Izmáilovski.

— À ponte Izmáilovski. Vamos lá!

"O jantar deles não começa antes das quatro, às vezes até às cinco — pensava o senhor Golyádkin —, ainda não será cedo? Se bem que posso até chegar antes; além disso é um jantar em família. E posso chegar *san-fason*,[7] como se diz entre pessoas decentes. Por que não posso chegar lá *san-fason*? O nosso urso também disse que passará a fazer tudo *san-fason*, e eu também..." Assim pensava o senhor Golyádkin; enquanto isso sua inquietação aumentava cada vez mais. Percebia-se que ele se preparava para algo muito embaraçoso, para não dizer mais, murmurava de si para si, gesticulava com a mão direita, lançava olhares incessantes pelas janelas da carruagem, de sorte que, olhando nesse instante para o senhor Golyádkin, palavra que ninguém diria que ele se preparava para jantar bem, sem cerimônia, e ainda por cima em seu círculo familiar — *san-fason*, como se diz entre pessoas decentes. Por fim, bem junto à ponte Izmáilovski, o senhor Golyádkin apontou para uma casa; a carruagem passou ribombando pelo portão e parou à entrada, do lado direito. Ao notar uma figura de mulher à janela do segundo andar, o senhor Golyádkin lhe jogou um beijo com a mão. Aliás, ele

---

[7] Do francês *sans façon*, isto é, sem cerimônia. (N. do T.)

O duplo 39

mesmo não sabia o que estava fazendo, porque decididamente não estava nem vivo, nem morto naquele momento. Saiu da carruagem pálido, desnorteado; subiu ao alpendre fechado, tirou o chapéu, ajeitou-se maquinalmente e, sentindo um pequeno tremor nos joelhos, começou a subir a escada.

— Olsufi Ivánovitch está? — perguntou ao homem que lhe abriu a porta.

— Está, quer dizer, não está.

— Como? O que está dizendo, meu querido? Eu, eu fui convidado para o jantar, irmãozinho. Ora, tu me conheces, hein?

— Como não o conheceria? Não tenho ordem para recebê-lo.

— Tu... tu, irmãozinho... na certa estás enganado, irmãozinho. Sou eu. Eu, irmãozinho, fui convidado; para o jantar — disse o senhor Golyádkin, tirando o capote e mostrando a evidente intenção de adentrar.

— Perdão, não pode. Não tenho ordem de recebê-lo, ordenaram não recebê-lo. Foi isso!

O senhor Golyádkin empalideceu. Nesse mesmo instante uma porta do interior da casa se abriu e apareceu Guerássimitch,[8] o velho camareiro de Olsufi Ivánovitch.

— Veja, Emelian Guerássimovitch, ele está querendo entrar, e eu...

— E você é um imbecil, Aleksêitch.[9] Vá lá dentro e mande para cá o canalha do Semeónitch. Não pode — disse ele com respeito, mas se dirigindo com ar decidido ao senhor Golyádkin. — É totalmente impossível. Pedem desculpas, mas não podem recebê-lo.

— Disseram isso mesmo, que não podem me receber? —

---

[8] Variação do patronímico Guerássimovitch. (N. do T.)

[9] Variação do patronímico Aleksêievitch. (N. do T.)

perguntou o senhor Golyádkin em tom indeciso. — Desculpe, Guerássimitch. Por que é totalmente impossível?
— Totalmente impossível. Anunciei; eles disseram: peça desculpas. Eles não podem, isto é, recebê-lo.
— Por que isso? como é que pode? como...
— Perdão, perdão!...
— Ora veja; pensando bem, isso é outra coisa: pedem desculpas; mas com licença, Guerássimitch, como é que pode, Guerássimitch?
— Com licença, com licença! — objetou Guerássimitch, afastando com a mão o senhor Golyádkin e dando ampla passagem a dois senhores que nesse mesmo instante entravam na antessala. Os senhores recém-chegados eram Andriêi Filíppovitch e seu sobrinho Vladímir Semeónovitch. Ambos olharam perplexos para o senhor Golyádkin. Andriêi Filíppovitch esboçou dizer algo, mas o senhor Golyádkin já havia tomado a decisão; já deixava a antessala de Olsufi Ivánovitch de cabeça baixa, vermelho, sorrindo e com uma fisionomia totalmente consternada.
— Yákov Pietróvitch, Yákov Pietróvitch!... — ouviu-se a voz de Andriêi Filíppovitch atrás do senhor Golyádkin.
O senhor Golyádkin já estava no primeiro lanço da escada. Voltou-se rapidamente para Andriêi Filíppovitch.
— O que o senhor deseja, Andriêi Filíppovitch? — disse num tom bastante firme.
— O que há com o senhor, Yákov Pietróvitch? De que maneira?...
— Não há nada, Andriêi Filíppovitch. Estou aqui por iniciativa própria. Trata-se de minha vida privada, Andriêi Filíppovitch.
— O que é isso?
— Estou dizendo, Andriêi Filíppovitch, que se trata de minha vida privada e que aqui, segundo me parece, não há nada de censurável no que tange às minhas relações oficiais.

O duplo 41

— Como no que tange às... oficiais? O que tem em mente, meu senhor?

— Nada, Andriêi Filíppovitch, absolutamente nada; trata-se de uma meninota atrevida, nada mais...

— O quê!... o quê? — a surpresa deixou Andriêi Filíppovitch desconcertado. O senhor Golyádkin, que, conversando até então com Andriêi Filíppovitch da parte inferior da escada, olhava de um jeito que parecia pronto para avançar direto nos olhos dele, ao perceber que o chefe da seção estava um pouco confuso, deu um passo adiante quase sem se aperceber. Andriêi Filíppovitch recuou. O senhor Golyádkin subiu mais um degrau, mais outro. Andriêi Filíppovitch lançou um olhar intranquilo ao redor. Súbito o senhor Golyádkin chegou rapidamente ao topo da escada. Mais rápido ainda Andriêi Filíppovitch pulou para dentro da casa e bateu a porta atrás de si. O senhor Golyádkin ficou só. Sua vista escureceu. Ele ficara completamente desnorteado e agora estava numa meditação confusa, como se procurasse se lembrar de alguma circunstância também muitíssimo confusa por que passara havia bem pouco tempo. "Sim senhor! sim senhor!"
— murmurou ele com um sorriso forçado. Enquanto isso, na escada, embaixo, ouviram-se vozes e passos, provavelmente de novos visitantes, convidados de Olsufi Ivánovitch. O senhor Golyádkin recobrou-se em parte, apressou-se em levantar mais a gola de pele de guaxinim de seu casaco, escondeu o rosto até onde foi possível e, claudicando, começou a descer a escada a passos miúdos, apressados e trôpegos. Sentia um quê de enfraquecimento e torpor. Estava num grau tão forte de perturbação que, chegando ao alpendre, sequer esperou pela carruagem e foi direto para ela, atravessando o pátio enlameado. Chegando à carruagem e preparando-se para subir, o senhor Golyádkin desejou mentalmente meter-se debaixo do chão ou esconder-se com a carruagem até num buraco de ratos. Parecia-lhe que tudo o que havia na casa de

Olsufi Ivánovitch o observava agora de todas as janelas. Sabia que morreria ali mesmo se olhasse para trás.

— Por que estás rindo, pateta? — matraqueou para Pietruchka, que se preparava para acomodá-lo na carruagem.

— Ora, por que eu iria rir? não estou fazendo nada; para onde vamos agora?

— Toca para casa, vai...

— Para casa! — gritou Pietruchka, acomodando-se na traseira da carruagem.

"Arre, essa gralha agourenta!" — pensou o senhor Golyádkin. Enquanto isso a carruagem já havia passado bastante da ponte Izmáilovski. De repente nosso herói puxou com toda a força o cordão e gritou ao seu cocheiro que voltasse imediatamente. O cocheiro deu meia-volta com os cavalos e dois minutos depois tornou a entrar no pátio da casa de Olsufi Ivánovitch. "Não é preciso, imbecil, não é preciso; volte!" — gritou o senhor Golyádkin — e foi como se o cocheiro esperasse essa ordem; sem fazer nenhuma objeção nem parar à entrada, deu uma volta por todo o pátio e tornou à rua.

O senhor Golyádkin não retornou para casa e, evitando a ponte Semeónovski, ordenou que o cocheiro guinasse para uma travessa e parasse ao lado de uma taverna de aspecto bastante modesto. Nosso herói desceu do carro, pagou ao cocheiro e assim finalmente se livrou de sua carruagem, ordenou que Pietruchka fosse para casa e esperasse o seu retorno; já ele entrou na taverna, requisitou um reservado e mandou que lhe servissem o jantar. Sentia-se muito mal, com a cabeça na mais completa desordem e caos. Andou por muito tempo pelo reservado, tomado de agitação; por fim sentou-se numa cadeira, apoiou a fronte nas mãos e com todas as forças começou uma tentativa de analisar e resolver alguma coisa relativa à sua situação atual...

CAPÍTULO IV

O dia, o solene dia do aniversário de Clara Olsúfievna, filha única do conselheiro de Estado Beriendêiev — outrora benfeitor do senhor Goliádkin — foi um dia comemorado com um esplêndido, um magnífico jantar de gala, um jantar daqueles que há muito não se via entre as paredes das casas dos burocratas da região da ponte Izmáilovski e arredores, um jantar que mais parecia um festim de Baltazar, que se destacou por seu ar babilônico no tocante ao brilho, luxo e bom-tom, regado a champanhe Clicquot, ostras e frutas dos armazéns Elissêiev e Miliútin,[10] toda sorte de vitelos fornidos e uma escala inteira da hierarquia burocrática — esse dia solene, marcado por um jantar tão solene, terminou com um esplêndido baile, em família, pequeno, para os íntimos, mas mesmo assim um baile esplêndido quanto ao gosto, ao nível cultural e ao bom-tom. É claro, concordo inteiramente que tais bailes acontecem, mas são raros. Esses bailes, mais parecidos com festas de família do que com bailes, só podem ser dados em casas como, por exemplo, a do conselheiro de Estado Beriendêiev. Digo mais: até duvido que todos os conselheiros de Estado possam dar semelhantes bailes. Ah, se eu fosse poeta! — É claro que ao menos como Homero ou Púchkin; com menos talento não dá para se meter. — Sem falta eu

---

[10] Comerciantes, proprietários dos maiores armazéns de víveres e frutas da Petersburgo de então. (N. do T.)

O duplo 45

retrataria em cores vivas e largas pinceladas todo esse dia sublime para vós, leitores. Não, eu começaria meu poema pelo jantar, enfatizaria em particular o instante surpreendente e ao mesmo tempo majestoso em que foi erguida a primeira taça brindando a czarina da festa. Eu vos retrataria, em primeiro lugar, aqueles convidados mergulhados numa expectativa e num silêncio reverentes, mais parecido com a eloquência de Demócrito que com silêncio. Depois eu vos retrataria Andriêi Filíppovitch, como o mais velho dos convidados, e portanto detentor até de certo direito à primazia, enfeitado pelas cãs e medalhas convenientes a essas cãs, levantando-se e erguendo sobre a cabeça a taça de espumante — vinho trazido especialmente de um reinado distante para com ele beber por tais momentos, um vinho mais parecido com o néctar dos deuses que com vinho. Eu vos retrataria os convidados e os felizes pais da czarina da festa, também erguendo suas taças logo depois de Andriêi Filíppovitch e com seus olhos cheios de expectativa fixados nele. Eu vos retrataria como esse tão mencionado Andriêi Filíppovitch, que, começando por deixar cair uma lágrima dentro da taça, proferiu as felicitações e os votos, fez o brinde e bebeu à saúde... Confesso, porém, e confesso de forma plena, que eu não seria capaz de representar toda a solenidade daquele momento em que a própria czarina da festa, Clara Olsúfievna, corando, como uma rosa primaveril, com o rubor do deleite e da pudicícia, movida pela plenitude dos sentimentos caiu nos braços da terna mãe, como a terna mãe ficou banhada em lágrimas e como neste instante começou a soluçar o próprio pai, o venerando ancião e conselheiro de Estado Olsufi Ivánovitch — que sofrera paralisia das pernas durante o longo serviço que prestara e, por tamanho zelo, fora recompensado pelo destino com um capitalzinho, uma casinha, uns povoadozinhos camponeses e a bela filha: soluçava como uma criança e, entre lágrimas, proclamou que Sua Excelência era um benfeitor. Eu não conse-

guiria, isso mesmo, também não conseguiria representar para os senhores o entusiasmo que sucedeu irresistivelmente a esse instante, envolvendo todos os corações — um entusiasmo expresso com clareza até pelo comportamento de um jovem registrador (que nesse instante se pareceu mais com um conselheiro de Estado do que com um registrador), que também ficou banhado em lágrimas ao ouvir atentamente Andriêi Filíppovitch. Por sua vez, nesse instante solene Andriêi Filíppovitch não tinha nenhuma semelhança com o conselheiro de colegiado e chefe de repartição de um departamento — não, ele parecia outra coisa... não sei exatamente o quê, só não era conselheiro de colegiado. Ele era superior! Por fim... oh! por que não detenho o mistério do estilo elevado, intenso, do estilo solene para representar todos esses momentos maravilhosos e edificantes da vida humana, que parecem ter sido feitos para provar como às vezes a virtude triunfa contra a malícia, o livre-pensar, o vício e a inveja!? Nada direi, mas, calando — o que é melhor que qualquer eloquência —, menciono Vladímir Semeónovitch, este jovem feliz que está entrando em sua vigésima sexta primavera, é sobrinho de Andriêi Filíppovitch e por sua vez levantou-se de seu lugar, que por sua vez está fazendo um brinde e em quem estão fixados os olhos lacrimejantes dos pais da czarina da festa, o olhar altivo de Andriêi Filíppovitch, o olhar pudico da própria czarina da festa, os olhares extasiados dos convivas e até os olhares decentemente invejosos de alguns jovens colegas de repartição desse brilhante jovem. Nada direi, embora não possa deixar de observar que tudo nesse jovem — que, para falar num sentido mais favorável a ele, mais se parece com um velho que com um jovem —, tudo, das vicejantes maçãs do rosto ao cargo que ocupava, tudo nesse instante solene estava a ponto de dizer: eis a quão alto grau pode a boa educação levar um homem! Não descreverei como, enfim, Anton Antónovitch Siétotchin, chefe de seção de um departamento, colega de trabalho de Andriêi Filíppovitch e outrora de Olsufi Ivánovitch, ao mesmo tempo velho amigo da família e padrinho de batismo de Clara Olsúfievna — um velhote coberto de cãs —, por sua vez propôs um brinde, cantou como galo e declamou versos divertidos; como ele, com esse decente esquecimento da decência, se é lícita a expressão, divertiu até levar às lágrimas todo o grupo; que por esse divertimento e pela gentileza a própria Clara Olsúfievna lhe deu um beijo a mando dos pais. Direi apenas que os convivas, que, depois de semelhante jantar, deviam sentir-se naturalmente íntimos e irmãos entre si, enfim se levantaram da mesa; que depois os velhos e os homens graves, tendo consumido algum tempo em conversa amistosa e até em algumas franquezas sem dúvida muito decentes e amáveis, passaram com ar solene para outra sala e sem perda do áureo tempo dividiram-se em grupos e, imbuídos da própria dignidade, sentaram-se às mesas forradas de pano verde; que todas as senhoras, acomodadas na sala de visitas, de uma hora para outra revelaram uma amabilidade incomum e começaram a conversar sobre diferentes matérias; que o próprio estimadíssimo anfitrião, que ficara paralítico das pernas servindo à fé e à verdade e por isso fora recompensado com tudo o que aqui já se mencionou, enfim se pôs a andar de muletas entre os seus convidados, apoiado por Vladímir Semeónovitch e Clara Olsúfievna, e súbito também revelou uma amabilidade incomum e resolveu improvisar um modesto e pequeno baile, apesar das despesas; como para tanto foi enviado um jovem esperto (aquele mesmo que à mesa do jantar mais parecia um conselheiro de Estado que um jovem) à procura de músicos; como depois chegaram os músicos num total de onze e como, por fim, às oito e meia em ponto ouviram-se os sons chamando para a quadrilha francesa e outras várias danças... Já é até dispensável dizer que minha pena é fraca, chocha e obtusa para representar à altura o baile improvisado pela amabilidade incomum do grisalho anfitrião. E ademais como, pergunto, como posso eu, um modesto narrador das aventuras do senhor Golyádkin, a seu modo muito curiosas — como posso representar essa mistura inusitada e digna de beleza, brilho, decoro, jovialidade, gravidade afável e afabilidade grave, de vivacidade, alegria, todos esses jogos e risos de todas essas senhoras de burocratas, mais parecidas com fadas que com senhoras — para usar termos favoráveis a elas —, com seus ombros e rostinhos róseo-lilases, seus corpos etéreos, seus travessos pezinhos ligeiros, homeopáticos, para usar estilo elevado? Como, enfim, representar para vós esses brilhantes cavalheiros burocratas, joviais e graves, moços e ponderados, alegres e convenientemente sorumbáticos, uns fumando cachimbo nos intervalos entre as danças numa afastada salinha verde e outros não fumando cachimbo nos intervalos — cavalheiros, do primeiro ao último, detentores de um cargo satisfatório e de sobrenome, cavalheiros profundamente imbuídos do sentimento do belo e de amor-próprio, cavalheiros que em sua maioria falam francês com as damas e, se falam russo, empregam expressões do tom mais elevado e fazem cumprimentos com frases profundas — cavalheiros que só na salinha para fumantes se permitem algumas amáveis transgressões da linguagem de tom elevado, algumas frases do tipo: "Puxa, Pietka, seu isso, seu aquilo, abafaste na polca", ou: "Puxa, Vássia, seu isso, seu aquilo, fizeste gato e sapato da tua daminha"? Para tudo isso, como já tive a honra de vos explicar, oh leitores! falta-me pena, e por esta razão me calo. É melhor nos voltarmos para o senhor Golyádkin, o único, o verdadeiro herói da nossa mui verídica história.

Ocorre que a esta altura ele se encontrava numa situação muito estranha, para não dizer mais. Ele, senhores, também está aqui, quer dizer, não no baile, mas é quase como se estivesse no baile; ele, senhores, vai indo: embora a seu modo, mas neste instante segue uma linha não inteiramente reta;

neste momento ele está — é até estranho dizer — neste momento ele está no saguão, na entrada de serviço da casa de Olsufi Ivánovitch. Mas não faz mal que ele se encontre ali; ele está mais ou menos. Ele, senhores, está num cantinho, esquecido num cantinho que, mesmo não sendo dos mais aconchegantes, em compensação é mais escuro, está em parte encoberto por um armário imenso e velhos biombos, no meio de detritos, trastes e trapos de toda espécie, escondendo-se provisoriamente e por ora apenas observando o transcorrer das coisas na qualidade de espectador de fora. Ele, senhores, neste momento está apenas observando; ora, senhores, ele também pode entrar... e por que não entrar? É só dar um passo que entra, e entra com muita destreza. Só agora — depois de mais de duas horas suportando o frio entre um armário e biombos, no meio de detritos, trastes e trapos de toda espécie — ele citava para se justificar uma frase do ministro francês Villèle,[11] de saudosa memória, que dizia: "tudo vem a seu tempo quando se tem jeito para esperar". Outrora o senhor Goliádkin lera essa frase num livro totalmente estranho, mas agora ela lhe vinha à lembrança muito a propósito. Em primeiro lugar, a frase se adequava muito bem à sua situação, e, em segundo, o que não vem à cabeça de um homem que aguarda o desfecho feliz de quase três horas inteiras passadas num saguão, no escuro e no frio? Depois de citar muito a propósito, como já foi dito, a frase do ex-ministro francês Villèle, não se sabe por que o senhor Goliádkin lembrou-se no mesmo instante do antigo vizir turco Marsimir, assim como da bela condessa Luíza,[12] cuja história também lera outrora num

---

[11] Jean-Baptiste Guillaume Joseph Villèle (1773-1854), conde francês, chefe do Conselho de Ministros de Luís XVIII e Carlos X de 1822 a 1828. A frase citada por Goliádkin era uma espécie de divisa política de Villèle. (N. da E.)

[12] Tem-se em vista o romance de M. Komaróv *As aventuras do lorde*

livro. Depois lhe veio à lembrança que os jesuítas até haviam adotado como regra considerar úteis todos os meios, contanto que o objetivo pudesse ser alcançado. Criando um pouco de alma nova com essa referência histórica, o senhor Goliádkin alegou de si para si: o que têm os jesuítas? os jesuítas foram todos, do primeiro ao último, os maiores imbecis, que ele mesmo os meteria no chinelo, que era só abrir-se por um minuto a porta da copa (aquele mesmo cômodo cuja porta se comunicava direto com o saguão, com a entrada de serviço, onde o senhor Goliádkin se encontra neste momento) e ele, apesar de todos os jesuítas, pegaria e passaria direto, primeiro da copa para a sala de chá, depois para a sala onde agora jogavam baralho, e de lá direto para a sala onde agora dançavam a polca. E passaria, sem falta passaria, passaria sem olhar para nada, se esgueiraria — e pronto, e ninguém notaria; uma vez lá dentro ele mesmo saberia o que fazer. Pois é nesta situação, senhores, que neste momento encontramos o herói da nossa história absolutamente verídica, embora, pensando bem, seja difícil explicar o que de fato estava se passando com ele. Acontece que chegar ao saguão e à entrada de serviço ele sabia, porque, pensava, como não chegaria se todos chegavam? Mas não ousava adentrar, era evidente que não ousava fazê-lo... não porque não se atrevesse a fazer alguma coisa, mas apenas porque ele mesmo não queria, porque achava melhor ficar ali à espreita. Eis que ele, senhores, agora está ali à espreita do momento, esperando-o há exatas duas horas e meia. Por que não havia de esperar? O próprio Villèle esperou. "Mas o que tem Villèle com isso! — pensava o senhor Goliádkin — qual Villèle, qual nada! Agora,

---

inglês George e da condessa Frederica Luíza de Brandenburg, com um anexo à história do vizir turco Marsimir e da rainha Tereza da Sardenha, subliteratura muito popular entre os leitores de baixa escolaridade da época. (N. da E.)

como eu acharia um jeito de... pegar e penetrar?... Sim senhor, que figurante que és! — disse o senhor Golyádkin, beliscando com a mão congelada as faces congeladas —, és um pateta, um tremendo Golyádka[13] — assim é o teu sobrenome!..." Pensando bem, esse afago à própria pessoa no presente instante era uma coisa à toa, feito de passagem, sem nenhum objetivo aparente. Eis que ele fez menção de enfiar-se e avançar; chegara o momento; a porta da copa estava deserta, e lá não havia ninguém; o senhor Golyádkin viu tudo isso por uma janelinha; com dois passos chegou à porta e já começara a abri-la. "Entro ou não? Entro ou não? Vou... por que não ir? Sempre há passagem para o ousado!" Enchendo-se assim de confiança, nosso herói retirou-se de modo súbito e totalmente inesperado para trás dos biombos. "Não — pensava ele —, e se de repente entra alguém? E foi o que aconteceu: entrou; por que banquei o basbaque quando não havia gente? Era pegar e penetrar!... Não, qual penetrar quando o homem tem um caráter como esse! Ora, isso é uma tendência vil! Acovardei-me como uma galinha. Covardia é comigo mesmo, esse é o problema! Sempre estragando a coisa: não me pergunteis sobre isso. Agora fique eu aí postado, feito um estupidarrão, não mais que isso! Em casa agora eu poderia tomar uma xicrinha de chá... Seria até agradável beber uma xicrinha. Se chegar mais tarde Pietruchka pode resmungar. Não seria o caso de ir embora? Diabos carreguem tudo isso! Vou entrar, e chega!" Tendo assim decidido sua situação, o senhor Golyádkin avançou rapidamente, como se alguém tivesse acionado uma mola dentro dele; com dois passos entrou na copa, largou o capote, tirou o gorro de pele, meteu tudo isso às pressas num canto, recompôs-se e alisou a roupa; depois... depois rumou para a sala de chá, da sala de chá es-

---

[13] O sobrenome Golyádkin deriva de *golyadá*, *golyadka*, que significa pobre, indigente, mendigo, miserável etc. (N. do T.)

capuliu para outro cômodo, esgueirou-se quase sem ser notado entre os jogadores que estavam cheios de entusiasmo; depois... depois... aí o senhor Golyádkin esqueceu tudo o que acontecia a seu redor e, sem mais preâmbulos, apareceu no salão do baile. Como de propósito, não se dançava nesse instante. As damas andavam pelo salão em grupos pitorescos. Os homens se juntavam em círculos ou corriam para todos os lados, convidando as damas para dançar. O senhor Golyádkin não percebia nada disso. Só via Clara Olsúfievna; ao lado dela via Andriêi Filíppovitch, depois Vladímir Semeónovitch e ainda uns dois ou três oficiais, e mais dois ou três rapazes também muito interessantes, que tinham futuro ou já o haviam realizado, como se podia julgar à primeira vista. Ele ainda via alguém. Ou não; já não via mais ninguém, não olhava para ninguém... mas, impulsionado pela mesma mola que o fizera pular para dentro de um baile alheio sem ser convidado, foi adiante, depois ainda mais adiante, e mais adiante; esbarrou de passagem num conselheiro, espremendo-lhe o pé; aliás, já pisara no vestido de uma velha de respeito e o rasgara um pouco, dera um encontrão num homem que levava uma bandeja, um esbarrão em mais alguém e, sem perceber nada disso, ou melhor, percebendo mas já meio de passagem, sem olhar para ninguém e abrindo caminho mais e mais adiante, viu-se de repente diante da própria Clara Olsúfievna. Sem nenhuma dúvida, sem pestanejar, nesse instante ele teria o maior prazer em sumir como que por encanto; mas o que está feito não volta atrás... não há como voltar atrás. Então, o que fazer? Se fracassas, não desanima; se atinges o objetivo, segue firme. O senhor Golyádkin, está claro, não era um intrigante nem um mestre em rapapés... E foi isso que se viu. Ademais, os jesuítas também deram um jeito de meter o bedelho... Mas, pensando bem, o senhor Golyádkin não estava nem aí para eles. Tudo o que andava, produzia ruído, falava e ria caiu num repentino silêncio como que obedecendo a algum sinal e pouco a pouco foi se aglomerando perto do senhor Golyádkin. Este, aliás, parecia não ouvir nada, não ver nada, ele não podia olhar... por nada neste mundo podia olhar; baixou os olhos para o chão e assim ficou, aliás dando a si mesmo a palavra de honra de que acharia um jeito de se matar com um tiro naquela mesma noite. O senhor Golyádkin disse de si para si: "É preciso arriscar" — e para sua maior surpresa começou a falar de modo totalmente repentino e inesperado.

O senhor Golyádkin começou pelos cumprimentos e os votos de bom-tom. As felicitações correram bem; mas na hora dos votos nosso herói titubeou. Sentia que se titubeasse tudo iria de vez por água abaixo. E foi o que aconteceu: titubeou e embatucou... Embatucou e corou; corou e desconcertou-se; desconcertou-se e ergueu os olhos; ergueu os olhos e os lançou ao redor; lançou-os ao redor e — e ficou petrificado... Tudo parado, tudo em silêncio, tudo na expectativa; um pouco distante houve um murmúrio; um pouco mais perto ouviu-se uma gargalhada. O senhor Golyádkin lançou a Andriêi Filíppovitch um olhar submisso, desconcertado. Andriêi Filíppovitch respondeu ao senhor Golyádkin com um olhar que, se nosso herói já não estivesse inteiramente liquidado, sem dúvida seria liquidado uma segunda vez — se é que isso fosse possível. O silêncio se prolongava.

— Isto tem mais a ver com circunstâncias domésticas e com minha vida privada, Andriêi Filíppovitch — disse o senhor Golyádkin mais morto que vivo e com uma voz que mal se fazia ouvir —, não se trata de um incidente oficial, Andriêi Filíppovitch...

— Tenha vergonha, meu caro senhor, tenha vergonha! — disse Andriêi Filíppovitch num meio sussurro, com um ar inexprimível de indignação. Proferiu a frase, pegou Clara Olsúfievna pela mão e afastou-se do senhor Golyádkin.

— Não tenho de que me envergonhar, Andriêi Filíppovitch — respondeu o senhor Golyádkin também com um meio sussurro, lançando seu infeliz olhar ao redor, desconcertado e por isso procurando descobrir qual era o seu papel no meio daquela multidão perplexa. — Ora, não foi nada, ora, não foi nada, senhores; ora, qual é o problema? Ora, isso pode acontecer com qualquer um — murmurava o senhor Golyádkin, deslocando-se aos poucos do lugar e procurando livrar-se da multidão que o rodeava. Deram-lhe passagem. Nosso herói passou com dificuldade entre duas fileiras de observadores curiosos e perplexos. O fado o arrastava dali. O próprio senhor Golyádkin sentia que o fado o arrastava dali. É claro que nesse momento ele pagaria caro pela possibilidade de se encontrar em seu posto anterior, no saguão, ao lado da escada de serviço, sem faltar com o decoro; mas como isso era terminantemente impossível, então ele foi cuidando de sair de banda para algum cantinho e ali ficar com seus botões — com ar discreto, decente, à parte, sem afetar ninguém, sem chamar a atenção exclusiva mas ao mesmo tempo granjeando a benevolência dos convidados e do anfitrião. Aliás, o senhor Golyádkin tinha a impressão de que algo parecia erguê-lo, de que era como se oscilasse, como se estivesse caindo. Enfim conseguiu chegar a um cantinho e ali se postou como um estranho, como um observador bastante indiferente, com as mãos apoiadas nos encostos de duas cadeiras, tão agarradas a eles que os tinha sob sua posse completa, e procurava, na medida do possível, lançar um olhar animado para os convidados de Olsufi Ivánovitch agrupados a seu lado. Quem estava mais perto dele era um oficial, rapaz alto e bonito, diante do qual o senhor Golyádkin se sentia um verdadeiro inseto.

— Tenente, estas duas cadeiras estão destinadas: uma a Clara Olsúfievna, a outra à princesa Tchevtchekhánova, que está dançando ali; eu, tenente, estou guardando-as para elas

— pronunciou entre arquejos o senhor Golyádkin, lançando um olhar suplicante ao senhor tenente. O tenente voltou-lhe as costas em silêncio e com um sorriso mortífero nos lábios. Embatucado no mesmo lugar, nosso herói quis tentar a sorte em algum outro ponto do salão e foi direto a um importante conselheiro que ostentava uma significativa cruz no pescoço. Mas o conselheiro o mediu com um olhar tão frio que o senhor Golyádkin sentiu claramente que num átimo recebera uma verdadeira ducha de água fria. O senhor Golyádkin calou-se. Resolveu que era melhor ficar em silêncio, não se meter a falar, mostrar que ia mais ou menos, que também ia levando como todo mundo, e que, ao menos até onde percebia, sua situação também era boa. Com esse fim fixou o olhar nos punhos das mangas de seu uniforme, depois ergueu a vista e fixou-a num senhor de aspecto bastante respeitável. "Este senhor está de peruca — pensou o senhor Golyádkin —, e se tirar essa peruca aparecerá a cabeça pelada, tal qual a palma da minha mão." Feita tão importante descoberta, o senhor Golyádkin lembrou-se também dos emires árabes, de quem, caso tiremos o turbante verde que usam como sinal de parentesco com o profeta Maomé, também restará a cabeça pelada, calva. Em seguida, e provavelmente pelo próprio conflito entre as ideias que tinha na cabeça acerca dos turcos, o senhor Golyádkin chegou também aos sapatos turcos e então se lembrou a propósito de que Andriêi Filíppovitch usava umas botas que mais se pareciam com sapatos turcos que com botas. Percebia-se que, em parte, o senhor Golyádkin havia se adaptado à sua situação. "Pois se esse lustre — passou pela cabeça do senhor Golyádkin —, pois se esse lustre despencasse agora e caísse em cima dessa gente, então eu correria no mesmo instante para salvar Clara Olsúfievna. Depois de salvá-la, eu lhe diria: 'Não se preocupe, minha senhora; não foi nada, mas seu salvador sou eu'. Depois..." Nisto o senhor Golyádkin desviou a vista procurando Clara Olsúfievna e viu Gue-

O duplo

rássimitch, o velho camareiro de Olsufi Ivánovitch. Com o ar mais preocupado, mais oficioso e solene, Guerássimitch abria caminho direto na direção dele. O senhor Golyádkin estremeceu e franziu o cenho, movido por uma sensação vaga e ao mesmo tempo a mais desagradável. Olhou maquinalmente ao redor: esboçou a ideia de fazer alguma coisa, o que estivesse à mão, safar-se dali, sair de fininho, colocar-se em segundo plano, isto é, agir como se estivesse fora de tudo aquilo, fazer de conta que não tinha a ver com nada daquilo. Mas antes que nosso herói tivesse tempo de tomar alguma decisão, Guerássimitch já estava postado à sua frente.

— Olhe aqui, Guerássimitch — disse nosso herói, dirigindo-se sorridente a Guerássimitch —, pegue e mande... veja aquela vela do candelabro, Guerássimitch; está a ponto de cair: então mande ajeitá-la; palavra, ela está a ponto de cair, Guerássimitch...

— Aquela vela? não, a vela está firme; tem gente perguntando pelo senhor.

— Quem é que está perguntando por mim, Guerássimitch?

— Ah, palavra que não sei exatamente quem. Uma pessoa qualquer. Yákov Pietróvitch Golyádkin, perguntou ela, está aqui? Vá chamá-lo para tratar de um assunto necessário e urgente... veja só.

— Não, Guerássimitch, você esta enganado; nisso você está enganado, Guerássimitch.

— Duvido...

— Não, Guerássimitch, não há dúvida; aqui, Guerássimitch, não tem nenhuma dúvida. Ninguém está perguntando por mim, Guerássimitch, não há ninguém que pergunte por mim, aqui estou em casa, quer dizer, no meu lugar, Guerássimitch.

O senhor Golyádkin tomou fôlego e olhou ao redor. E não havia dúvida! Todo o salão tinha os olhos e ouvidos fixados nele, numa expectativa solene. Os homens se aglomeravam ali perto e apuravam o ouvido. Mais afastadas, as senhoras cochichavam inquietas. O próprio anfitrião apareceu a uma distância bem curta do senhor Golyádkin, e embora não deixasse aparentar que ele, por sua vez, também tinha participação direta e imediata nas circunstâncias que envolviam o senhor Golyádkin, porque tudo era feito com muita delicadeza, ainda assim tudo fez o herói da nossa história sentir claramente que chegara sua hora H. O senhor Golyádkin percebia claramente que chegara o momento do golpe ousado, a hora do desmascaramento dos seus inimigos. Estava agitado. O senhor Golyádkin sentiu certa inspiração e recomeçou com voz trêmula e solene, dirigindo-se a Guerássimitch, que o aguardava:

— Não, meu amigo, ninguém está me chamando. Estás enganado.[14] Digo mais; te enganaste também hoje de manhã, me assegurando... atrevendo-se a me assegurar, estou te dizendo (o senhor Golyádkin levantou a voz), que Olsufi Ivánovitch, meu benfeitor desde minha remota[15] idade, que em certo sentido substituiu meu pai, ia me vedar a entrada em sua casa num momento de alegria familiar e solene para seu coração de pai. (O senhor Golyádkin olhou satisfeito ao redor, mas muito emocionado. Lágrimas apareceram em seus olhos.) Repito, meu amigo — concluiu nosso herói —, tu te enganaste, te enganaste de forma cruel, imperdoável...

O momento era solene. O senhor Golyádkin sentia que o efeito havia sido certíssimo. Estava em pé, com os olhos modestamente baixos, e esperava os abraços de Olsufi Ivánovitch. Entre os convidados percebiam-se inquietação e perplexidade; até o próprio Guerássim, inabalável e terrível, gague-

---

[14] Golyádkin mistura os pronomes pessoais. (N. do T.)

[15] O falante usa o termo russo *nezapámyatnii*, que significa imemorial ou remoto. (N. do T.)

O duplo

jara na palavra "duvido"... De repente, sem quê nem para quê, a implacável orquestra fez rebentar uma polca. Tudo desandou, foi um vendaval só. O senhor Golyádkin estremeceu, Guerássimitch deu uma recuada brusca, tudo no salão ficou agitado como o mar, enquanto por ali já voavam Vladímir Semeónovitch formando o primeiro par com Clara Olsúfievna e o tenente bonito com a princesa Tchevtchekhánova. Os espectadores se aglomeravam curiosos e eufóricos para contemplar os dançarinos da polca — uma dança interessante, nova, da moda, que deixava todos tontos. Por um instante o senhor Golyádkin foi esquecido. Mas num átimo tudo ficou inquieto, confuso, agitado; a música parou... houve um acontecimento estranho. Extenuada pela dança, mal conseguindo tomar fôlego de tão cansada, com as faces ardendo e o colo profundamente agitado, Clara Olsúfievna acabou caindo prostrada sobre uma poltrona. Todos os corações se precipitaram para aquela criatura fascinante e encantadora, todos se apressaram em saudá-la e agradecer-lhe pelo prazer proporcionado, quando de repente apareceu diante dela o senhor Golyádkin. Golyádkin estava pálido, presa de profunda aflição; ao que parecia, também um tanto prostrado, mal conseguia se mover. Sorria sabe-se lá por que razão, estendia a mão com ar suplicante. Tomada de pasmo, Clara Olsúfievna não conseguiu recolher a mão e levantou-se maquinalmente ante o convite do senhor Golyádkin. O senhor Golyádkin cambaleou para a frente uma primeira vez, depois uma segunda, em seguida levantou um pé, depois fez algo como um rapapé, depois bateu com o pé no chão, depois tropeçou... ele também queria dançar com Clara Olsúfievna. Clara Olsúfievna soltou um grito; todos se lançaram a fim de soltar sua mão da mão do senhor Golyádkin, e num instante a multidão afastou à força nosso herói a quase dez metros de distância. Ao seu redor também se agrupou um pequeno círculo. Ouviram-se o ganido e o grito de duas velhas, que o senhor

Golyádkin por pouco não derrubara ao bater em retirada. A confusão era terrível; tudo eram perguntas, tudo eram gritos, tudo era discussão. A orquestra se calara. Nosso herói girava no meio do seu pequeno círculo e, com um meio sorriso nos lábios, balbuciava maquinalmente alguma coisa de si para si, como quem diz "e por que não? ora, ao menos até onde parece, a dança é nova e muito interessante, foi criada para consolar as damas... e se a coisa tomou esse rumo é de crer que ele esteja pronto para aceitar". Mas parece que ninguém estava perguntando pela aceitação do senhor Golyádkin. Nosso herói sentiu que a mão de alguém caíra de súbito sobre seu braço, que outra mão caíra levemente em suas costas, que o encaminhavam com uma preocupação especial em alguma direção. Por fim percebeu que caminhava direto para a porta. O senhor Golyádkin quis dizer alguma coisa, fazer alguma coisa... Mas não, ele já não queria nada. Limitava-se a responder maquinalmente com um sorriso. Por fim sentiu que lhe vestiam o capote, que lhe enterravam o chapéu por cima dos olhos; que, enfim, sentia-se no saguão, no escuro e no frio, e por último na escada. Finalmente tropeçou, pareceu-lhe que estava caindo num abismo; quis gritar e — de repente, viu-se no pátio. Recebeu uma baforada de ar fresco, parou por um minuto; nesse mesmo instante chegaram até ele os sons da orquestra que tornara a rebentar. Súbito o senhor Golyádkin lembrou-se de tudo; todas as forças que lhe haviam faltado pareciam voltar. Arrancou de onde até então estivera como que chumbado e precipitou-se para fora dali, para algum lugar ao ar livre, sem rumo...

CAPÍTULO V

Em todas as torres de Petersburgo que mostram e marcam as horas, acaba de bater meia-noite em ponto quando o senhor Goliádkin, fora de si, correu para o cais da Fontanka, ao lado da própria ponte Izmáilovski, fugindo dos inimigos, das perseguições, da saraivada de afrontas que recebera, dos gritos das velhas alarmadas, dos ais e uis das mulheres e dos olhares mortíferos de Andriêi Filíppovitch. O senhor Goliádkin estava aniquilado — aniquilado de todo, no pleno sentido da palavra, e se nesse instante conservava a capacidade de correr era unicamente por algum milagre, milagre este em que afinal ele se negava a acreditar. A noite estava horrível, era noite de novembro — brumosa, úmida, chuvosa, nevoenta, carregada de ameaças de fluxões, resfriados, anginas, de febres de todo tipo e espécie —, em suma, de todas as dádivas do novembro de Petersburgo. O vento uivava nas ruas desertas, erguendo acima das correntes da ponte a água negra da Fontanka e tocando com ar de desafio os mirrados lampiões, que, por sua vez, faziam eco aos seus uivos com um rangido fino e estridente, formando um infinito concerto de pios e sons de cana rachada muito familiar a cada habitante de Petersburgo. Chovia e nevava ao mesmo tempo. Sacudidos pelo vento, os filetes da água da chuva caíam em posição quase horizontal, como se saíssem de uma mangueira de bombeiro, dando pontadas e picadas no rosto do infeliz senhor Goliádkin como milhares de alfinetes e pinos. Em meio ao silêncio da noite, só cortado pelo ruído distante das carruagens, o uivo do vento e o rangido dos lampiões, ouviam-se com desalento o jorrar e o murmurar da água que rebentava de todos os telhados, terraços, calhas e cornijas e escorria sobre o revestimento de granito da calçada. Não havia viva alma por perto ou à distância, e aliás nem parecia possível que houvesse àquela hora e com aquele tempo. Apenas o senhor Golyádkin, sozinho com seu desespero, andava àquela altura pela calçada da Fontanka com seu habitual passinho miúdo, apressando-se para chegar o mais depressa possível à sua rua Chestilávotchnaya, ao seu quarto andar, ao seu apartamento.

Embora a neve, a chuva e tudo o que sequer pode ser nomeado quando se desencadeiam a nevasca e a cerração sob o céu de novembro de Petersburgo de repente e de uma só vez atacassem o já aniquilado pelos infortúnios senhor Golyádkin, sem nenhuma piedade nem lhe dando sossego, penetrando-lhe até os ossos, tapando-lhe os olhos, envolvendo-o por todos os lados, desviando-o do caminho e desorientando-o por completo, embora tudo isso desabasse de uma só vez sobre o senhor Golyádkin, como se estivesse em conluio e em comum acordo com todos os seus inimigos para compensar muito bem o diazinho, a tardinha e a noitinha vividos por ele — apesar de tudo isso o senhor Golyádkin ficou quase indiferente a essa última prova da perseguição do destino, tamanha era a intensidade do abalo e do golpe que sofrera com tudo o que lhe acontecera alguns minutos antes em casa do senhor conselheiro de Estado Beriendêiev! Se nesse momento algum observador de fora, desinteressado, olhasse por olhar, de relance, para o angustiante trotezinho do senhor Golyádkin, até ele se compenetraria de todo o espantoso horror de sua desgraça e diria forçosamente que o senhor Golyádkin tinha nesse instante o ar de quem parecia querer esconder-se de si mesmo em algum lugar, de quem parecia tentar fugir de si

mesmo para algum lugar. Sim! Era realmente o que acontecia. Diremos mais: nesse momento o senhor Golyádkin não só queria fugir de si mesmo, mas deixar-se destruir completamente, não ser, virar pó. Nesse instante ele não tinha ouvidos para nada que o cercava, não compreendia nada do que acontecia ao redor, e pelo seu aspecto era como se para ele não existissem de fato nem as contrariedades da noite de mau tempo, nem a longa caminhada, nem a chuva, nem a neve, nem o vento, nem toda a severa intempérie. Uma galocha, que se separara da bota do seu pé direito, ficara ali mesmo no meio da lama e da neve, na calçada da Fontanka, mas o senhor Golyádkin não pensou em voltar para buscá-la e sequer notou sua perda. Estava tão desconcertado que várias vezes, a despeito de tudo o que o cercava, totalmente absorvido pela ideia de sua recente e terrível queda, estacava feito um poste no meio da calçada; num instante morria, sumia; depois arrancava num estalo como um doido e corria, corria de forma desabalada, como se fugisse da perseguição de alguém, de uma desgraça ainda maior... De fato, a situação era terrível!... Por fim, dominado pela exaustão, o senhor Golyádkin parou, apoiou-se na balaustrada do cais, na posição de alguém cujo nariz começa a sangrar de modo totalmente inesperado, e fixou o olhar na água turva e negra da Fontanka. Não se sabe o tempo exato que passou nessa ocupação. Sabe-se apenas que no lapso desse instante o senhor Golyádkin chegou a tal desespero, sentiu-se tão torturado, tão atormentado, tão exaurido e com seus já minguados resquícios de força tão reduzidos, que se esqueceu de tudo: da ponte Izmáilovski, da rua Chestilávotchnaya e do seu momento presente... Mas qual! ora, para ele não fazia diferença: a coisa estava feita, concluída, a decisão consolidada e assinada; o que mais?... De repente... de repente seu corpo inteiro estremeceu e, num gesto involuntário, ele pulou dois passos para um lado. Começou a olhar ao redor com uma inquietude inefável; no entanto não havia ninguém, nada de especial acontecera, mas ao mesmo tempo... ao mesmo tempo ele teve a impressão de que alguém estava ali na mesma ocasião, no mesmo instante, em pé a seu lado, ombro a ombro com ele, também apoiado na balaustrada do cais, e — coisa estranha! — até lhe dissera alguma coisa, lhe dissera algo às pressas, com voz entrecortada, que não dava para entender direito mas lhe era muito familiar, lhe dizia respeito. "Que coisa, será que foi impressão minha? — disse o senhor Golyádkin, tornando a olhar ao redor. — Mas onde é mesmo que eu estou?... Ai, ai, ai! Ai, ai, ai!" — concluiu balançando a cabeça, mas, tomado de fato de uma sensação de inquietude, de angústia, começou a olhar até com medo para um ponto distante, embaçado, úmido, forçando ao máximo a vista e procurando com todas as forças atravessar com seus olhos míopes esse ponto molhado que se estendia à sua frente. No entanto não havia nada de novo, nada de especial saltava à vista do senhor Golyádkin. Tudo parecia estar em ordem, dentro da praxe, quer dizer, a neve caía ainda mais abundante, em flocos mais graúdos e mais espessos; a vinte passos de distância não se enxergava coisa alguma; o rangido dos lampiões era ainda mais estridente do que antes, e o vento arrastava seu canto melancólico em um tom que parecia ainda mais lamentoso, ainda mais queixoso, como se fosse um pedinte importuno suplicando um vintém para seu alimento. "Ai, ai, ai! o que é que está acontecendo comigo?" — repetiu o senhor Golyádkin, retomando a caminhada e sempre olhando levemente ao redor. Enquanto isso uma nova sensação inundou todo o ser do senhor Golyádkin: se era angústia não se sabe, se era pavor não se sabe... um tremor febril correu por suas veias. O instante era insuportavelmente desagradável! "Ora, não há de ser nada — disse ele para criar ânimo —, ora, não há de ser nada; talvez isso não seja mesmo nada, nem manche a honra de ninguém. Talvez tenha sido necessário — continuou ele, sem entender

O duplo

o que dizia —, talvez tudo isso melhore com o tempo, não haja razão para queixas e todos sejam absolvidos." Assim, falando e aliviando-se com as palavras, o senhor Goliádkin sacudiu-se um pouco, sacudiu de cima de si os flocos de neve que haviam desabado formando uma grossa crosta em cima de seu chapéu, da gola, do capote, da gravata, das botas e de tudo o mais —, porém ainda assim não conseguiu afastar, livrar-se daquela estranha sensação, de sua estranha e obscura angústia. Num ponto qualquer ao longe ouviu-se um tiro de canhão. "Que raio de tempo — pensou nosso herói —, caramba! será que não vai acabar em alagamento? Vê-se que a água subiu com uma força tremenda!" Mal disse ou pensou nisso, o senhor Goliádkin avistou à sua frente um transeunte caminhando em sua direção, provavelmente também atrasado por algum incidente, assim como ele. A coisa parecia irrelevante, fortuita; mas, sabe-se lá por quê, o senhor Goliádkin perturbou-se e até sentiu medo, ficou meio desconcertado. Não é que fosse medo de algum homem mau, mas vá, talvez... "E ademais, quem sabe quem é ele, esse retardatário? — passou de relance pela cabeça do senhor Goliádkin —, talvez ele também esteja na mesma situação, talvez ele seja a coisa mais importante nisto, e não esteja passando por aqui à toa, mas sim com um objetivo, cruzando o meu caminho e esbarrando em mim." Aliás, pode até ser possível que o senhor Goliádkin não tenha pensado exatamente assim, mas, por um instante, tenha apenas sentido algo semelhante e muito desagradável. De resto, não havia tempo para pensar e sentir; o transeunte já estava a dois passos. No mesmo instante o senhor Goliádkin, seguindo o seu eterno hábito, apressou-se em assumir um ar totalmente peculiar — um ar que exprimia com clareza que ele, Goliádkin, era senhor de si, que ia indo, que o caminho era bastante largo para todo mundo e que ele, Goliádkin, nunca ofendia ninguém. Súbito ele parou como se estivesse plantado, como se um raio o tivesse atingido, e virou-se rápido para trás, seguindo o transeunte que acabava de ultrapassá-lo — voltou-se de um jeito como se algo o tivesse puxado por trás, como se o vento o tivesse feito girar como um cata-vento. O transeunte desaparecia rapidamente no meio da nevasca. Também caminhava às pressas, também, como o senhor Golyádkin, estava vestido e agasalhado da cabeça aos pés, e tal como ele pisava acelerado, trotava com seus passinhos curtos pela calçada da Fontanka, saltitando um pouco. "O quê, o que é isso?" — murmurou o senhor Golyádkin com um sorriso desconfiado, no entanto foi tomado de um sobressalto. O frio deu-lhe uma fisgada nas costas. Enquanto isso, o transeunte havia desaparecido por completo, já não se ouviam seus passos, mas o senhor Golyádkin continuava postado, seguindo-o com o olhar. Contudo, aos poucos acabou voltando a si. "Mas o que é isso? — pensou aborrecido —, o que está se passando comigo, será que enlouqueci de fato?". — deu meia-volta e seguiu seu caminho, acelerando e amiudando cada vez mais os passos e achando melhor não pensar em mais nada. Até acabou fechando os olhos com esse fim. Súbito, em meio ao uivo do vento e ao rumor do mau tempo, chegou-lhe outra vez aos ouvidos o ruído dos passos bem próximos de alguém. Ele estremeceu e abriu os olhos. À sua frente, mais uma vez a uns vinte passos, destacava-se o vulto escuro de alguém que se aproximava dele rapidamente. A pessoa andava ligeiro, acelerava os passos, estava apressada; a distância encurtava depressa. O senhor Golyádkin já conseguira até discernir por completo seu novo companheiro retardatário — discerniu e deu um grito de estupefação e pavor; sentiu as pernas fraquejarem. Era o mesmo transeunte já conhecido, que uns dez minutos antes ele deixara passar a seu lado e que agora, de súbito, de modo totalmente inesperado, reaparecia à sua frente. Mas não foi só esse prodígio que fez o senhor Golyádkin pasmar; e estava tão pasmo que parou, deu um grito, esboçou dizer alguma coisa e lançou-se no encalço do desconhecido, chegou até a gritar alguma coisa para ele, provavelmente querendo fazê-lo parar depressa. O desconhecido de fato parou, a cerca de dez passos do senhor Goliádkin, e de tal forma que a luz de um lampião próximo caía em cheio sobre toda a sua figura: parou, voltou-se para o senhor Goliádkin e, com ar de uma impaciente preocupação, ficou aguardando o que o outro diria. "Desculpe, pode ser que eu tenha me enganado" — proferiu nosso herói com voz trêmula. O desconhecido deu-lhe as costas em silêncio e com ar aborrecido seguiu a passos rápidos o seu caminho, como se quisesse compensar os dois segundos perdidos com o senhor Goliádkin. Quanto ao senhor Goliádkin, tremeram-lhe todas as veias, os joelhos dobraram, fraquejaram, e ele se sentou gemendo num frade da calçada. Pensando bem, ele tinha motivos reais para ficar tão perturbado. É que agora o desconhecido lhe parecia conhecido. Isso ainda não seria nada. De certo modo ele agora reconhecia, reconhecia quase de todo esse homem. Costumava vê-lo com frequência, vira-o algum dia, fazia até bem pouco tempo; onde teria sido? Não teria sido ontem? De resto, e mais uma vez, o principal não era o fato de que o senhor Goliádkin o tivesse visto com frequência; aliás, esse homem não tinha quase nada de especial — à primeira vista esse homem não atraía a atenção especial de absolutamente ninguém. Pois bem, ele era um homem como qualquer um, é claro que decente como todas as pessoas decentes, e é possível que tivesse alguns méritos até bastante consideráveis — em suma, era senhor de si. O senhor Goliádkin não chegava a nutrir nem ódio, nem hostilidade, nem sequer a mais leve antipatia por esse homem, pareceria até o contrário — e entretanto (e era nesta circunstância que estava o nó da questão), e entretanto não desejaria encontrar-se com ele por nenhum tesouro do mundo, e muito menos encontrar-se assim, como acontecia agora, por exemplo. Digamos mais: o senhor Go-

lyádkin conhecia perfeitamente esse homem, sabia até como se chamava, qual era o seu sobrenome; não obstante, por nada, e mais uma vez por nenhum tesouro do mundo gostaria de dizer o seu nome, concordar em reconhecer que, sabe como é, é assim que ele se chama, o seu patronímico é tal e seu sobrenome é tal. Se a confusão do senhor Golyádkin foi longa, ou breve — não sei dizer; porém, mal deu um pouco por si, ele disparou numa súbita corrida com todas as forças; estava sem fôlego; tropeçou duas vezes, por pouco não caiu, e nessas circunstâncias ficou órfã a outra bota do senhor Golyádkin, também abandonada por sua galocha. Por fim o senhor Golyádkin diminuiu um pouco os passos para tomar fôlego, deu uma olhadela ao redor e percebeu que já havia percorrido, sem se dar conta, todo o caminho que passava pela Fontanka, atravessado a ponte Ánitchkov, cortado uma parte da avenida Niévski e agora se encontrava na curva para a Litiêinaia. Nesse instante sua situação se parecia com a situação de um homem que se encontra à beira de um terrível precipício, quando a terra sob seus pés está rachando, já balançou, já se moveu, sacode-se pela última vez, cai, arrasta-o para o sorvedouro, e ao mesmo tempo o infeliz não tem força nem firmeza de espírito para saltar para trás, desviar seu olhar do abismo aberto; o precipício o arrasta, e por fim ele pula para dentro dele, acelerando o instante de sua própria morte. O senhor Golyádkin sabia, sentia e tinha plena convicção de que antes que chegasse em casa forçosamente ainda lhe aconteceria alguma coisa ruim, de que alguma contrariedade ainda o acometeria, de que, por exemplo, reencontraria seu desconhecido; mas — coisa estranha — até desejava esse encontro, achava-o inevitável e só pedia que tudo acabasse logo, que sua situação se resolvesse de algum modo, mas que fosse mais depressa. Enquanto isso ele corria e corria, e como que movido por alguma força estranha, pois sentia em todo o seu ser uma debilidade e um entorpecimento esquisitos; não conseguia pensar em nada, embora suas ideias se agarrassem a tudo como carrapicho. Um cãozinho perdido, todo encharcado e gelado, tinha grudado no senhor Goliádkin e também corria a seu lado, apressado, com o rabo e as orelhas encolhidas, lançando-lhe de quando em quando um olhar tímido e compreensivo. Uma ideia qualquer, distante, há muito esquecida — a lembrança de uma circunstância remota — vinha-lhe agora à mente, atordoava-o como marteladas na cabeça, agastava-o, não lhe dava trégua. "Arre, mais esse cãozinho nojento!" — murmurou o senhor Goliádkin sem entender a si mesmo. Por fim avistou seu desconhecido na curva que dava para a rua Italiánskaia. Só que agora o desconhecido já não caminhava ao seu encontro, mas na mesma direção que ele, e também corria, porém alguns passos adiante. Enfim entraram na Chestilávotchnaya. O senhor Goliádkin ficou sem fôlego. O desconhecido parou bem em frente ao prédio em que morava o senhor Goliádkin. Ouviu-se o som de uma campainha e quase no mesmo instante o rangido do ferrolho da cancela. A cancela se abriu, o desconhecido abaixou-se, passou num relance e sumiu. Quase no mesmo instante o senhor Goliádkin também passou e, como uma flecha, atravessou voando a cancela. Sem dar ouvidos aos resmungos do zelador, correu pátio adentro e foi logo avistando seu interessante companheiro de viagem, que por um minuto havia perdido. O desconhecido embarafustou pela entrada que dava para a escada que conduzia ao apartamento do senhor Goliádkin. O senhor Goliádkin lançou-se em seu encalço. A escada era escura, úmida e suja. Todos os seus vãos estavam abarrotados de uma infinidade de trastes, de sorte que um estranho que desconhecesse o ambiente e topasse com aquela escada no escuro teria de viajar por ela cerca de meia hora, arriscando-se a quebrar as pernas e amaldiçoando tanto a escada como seus conhecidos, que moravam em um lugar tão desconfortável. Mas era como se o companheiro do senhor Golyádkin fosse um conhecido, alguém de casa; corria escada acima com leveza, sem dificuldade e com total conhecimento do lugar. O senhor Golyádkin não o alcançou por um triz: a barra do capote do desconhecido chegou até a lhe bater duas ou três vezes no nariz. O coração do senhor Golyádkin parou. O homem misterioso estacou bem em frente à porta do senhor Golyádkin, bateu, e Pietruchka (o que, pensando bem, em outra ocasião deixaria o senhor Golyádkin surpreso), como se estivesse esperando e por isto não tivesse ido dormir, num instante abriu a porta e com uma vela na mão seguiu o recém-chegado. Fora de si, o herói da nossa história entrou correndo em sua morada; sem tirar o capote nem o chapéu, atravessou o corredorzinho e, como que aturdido, parou no limiar do seu quarto. Todos os pressentimentos do senhor Golyádkin se realizaram de forma plena. Tudo o que ele temera e previra agora se concretizava. Ele perdeu o fôlego, ficou tonto. O desconhecido estava sentado à sua frente, também de capote e chapéu, em sua própria cama, com um leve sorriso nos lábios e, apertando um pouco os olhos, fazia-lhe um amistoso aceno de cabeça. O senhor Golyádkin quis gritar, mas não pôde, quis protestar de algum modo, mas não teve forças. Ficou de cabelos arrepiados e sentou-se, desfalecido de pavor. Aliás, havia razão para isso. O senhor Golyádkin reconhecera por completo seu amigo noturno. O amigo noturno não era senão ele mesmo — o próprio senhor Golyádkin, outro senhor Golyádkin, mas absolutamente igual a ele —, era, em suma, aquilo que se chama o seu duplo, em todos os sentidos...

CAPÍTULO VI

No dia seguinte, às oito horas em ponto, o senhor Golyádkin despertou em sua cama. No mesmo instante todas as coisas singulares da véspera e toda aquela noite inverossímil, absurda, com seus incidentes quase incríveis, vieram-lhe à imaginação e à lembrança em sua terrificante plenitude. A maldade diabólica e tenaz dos seus inimigos e sobretudo esta última prova dessa maldade fizeram gelar o coração do senhor Golyádkin. Mas ao mesmo tempo tudo isso era tão estranho, incompreensível, absurdo, parecia tão impossível que era de fato difícil dar crédito a toda essa história; até o próprio senhor Golyádkin estaria disposto a considerar tudo isso um delírio quimérico, uma fugaz perturbação mental, um eclipse da mente, se por sorte não conhecesse por sua amarga experiência de vida até onde a maldade pode às vezes levar um homem, até onde às vezes pode chegar a tenacidade do inimigo que vinga sua honra e seu amor-próprio. Ademais, os membros alquebrados, a cabeça tonta, a região lombar estropiada e um maligno resfriado testemunhavam e asseguravam toda a probabilidade do passeio noturno da véspera e, em parte, tudo o que havia acontecido durante aquele passeio. E, por fim, o senhor Golyádkin já sabia de longa data que aquela gente estava preparando algo, que aquela gente tinha outra pessoa. Então, o que fazer? Depois de refletir bem, o senhor Golyádkin decidiu calar, resignar-se e por enquanto não protestar contra isso. "Bem, pode ser que tenham resolvido apenas me dar um susto, mas quando virem que não estou ligando, que não protesto e me resigno, que suporto com resignação, então vão acabar cedendo, eles mesmos haverão de ceder, e ainda serão os primeiros a ceder."

Pois bem, eram ideias assim que o senhor Golyádkin tinha na cabeça quando, espreguiçando-se em sua cama e ajeitando os membros alquebrados, agora esperava o aparecimento habitual de Pietruchka em seu quarto. Já fazia uns quinze minutos que esperava; ouvia o preguiçoso Pietruchka remanchando atrás do tabique com o samovar na mão, e nada de ele, Golyádkin, resolver chamá-lo. Digo mais; agora o senhor Golyádkin tinha até um pouco de medo de uma acareação com Pietruchka. "Ora, sabe Deus — pensava ele —, ora, sabe Deus que ideia esse vigarista faz agora de tudo isso. Fica por aí sem tugir nem mugir, mas é um finório." Por fim a porta rangeu e Pietruchka apareceu com uma bandeja nas mãos. O senhor Golyádkin lançou-lhe de esguelha um olhar tímido, aguardando com impaciência o que iria acontecer, esperando para ver se ele finalmente não iria dizer alguma coisa sobre certa circunstância. Contudo, Pietruchka não disse nada, mas, pelo contrário, de certo modo estava até mais calado, mais severo e mais zangado que o habitual, e olhava para ele com o rabo do olho; dava para perceber que estava no auge do descontentamento; não olhou sequer uma única vez para o seu amo, o que, diga-se de passagem, espicaçou um pouco o senhor Golyádkin; pôs na mesa tudo o que trouxera, deu meia-volta e se foi para trás do tabique sem dizer palavra. "Está a par, está a par, o vagabundo está a par de tudo!" — rosnava o senhor Golyádkin começando a tomar seu chá. No entanto, nosso herói não perguntou nada de nada a seu criado, apesar de Pietruchka ter entrado depois várias vezes em seu quarto em função de diferentes afazeres. O senhor Golyádkin estava na maior ansiedade. E ainda restava o horror de ir ao departamento. Tinha o forte pressentimento de que era justamente lá que havia algo esquisito. "Bem, eu vou — pensava ele —, mas e se dou de cara com alguma coisa? Por ora não seria melhor aguentar? Por ora não seria melhor aguardar? que fiquem por lá à vontade; quanto a mim, hoje seria melhor eu ficar por aqui esperando, reunindo forças, me recompondo, ponderando melhor sobre todo esse assunto, e depois acharia um tempinho, apareceria de supetão diante de todos eles como se nada estivesse acontecendo." Assim refletindo, o senhor Golyádkin fumava um cachimbo após outro; o tempo voava; já eram quase nove e meia. "Vejam só, já são nove e meia — pensava o senhor Golyádkin —, é tarde para aparecer por lá. E ainda por cima estou doente, é certo que doente, sem dúvida estou doente; quem dirá que não? Que me importa?! E se mandarem averiguar, que venha o executor;[16] mas o que será mesmo que eu tenho? Estou com dor nas costas, com tosse, gripado; e por último não posso ir trabalhar, não posso sair de jeito nenhum com esse tempo; posso cair doente e depois, talvez, até morrer; sobretudo agora, com a mortalidade do jeito que está..." Com essas alegações, o senhor Golyádkin acabou deixando sua consciência plenamente em paz e de antemão se justificou perante si mesmo pelo puxão de orelhas que esperava de Andriêi Filíppovitch pela negligência com o trabalho. Em todas as circunstâncias semelhantes, nosso herói gostava exageradamente de se justificar aos seus próprios olhos por meio de várias alegações irrefutáveis e assim dar plena tranquilidade à sua consciência. Tendo, pois, dado plena tranquilidade à sua consciência, pegou o cachimbo, encheu-o e, mal começou a fumar direito, de um salto levantou-se do sofá, largou o cachimbo, lavou-se depressa, barbeou-se, correu as mãos pe-

---

[16] Na Rússia czarista, funcionário encarregado, entre outras coisas, de inspecionar o cumprimento das normas externas de comportamento dos funcionários das repartições públicas. (N. do T.)

los cabelos, jogou sobre o corpo o uniforme e tudo o mais, agarrou uns papéis e voou para o departamento.

O senhor Goliádkin entrou em sua seção com receio e tremendo, numa expectativa de algo muito ruim — expectativa que, embora inconsciente e obscura, era ao mesmo tempo desagradável; sentou-se receoso em seu lugar de sempre, perto do chefe da seção Anton Antónovitch Siétotchkin. Sem olhar para nada, sem se distrair com nada, mergulhou no conteúdo dos papéis colocados à sua frente. Decidiu-se e deu a si mesmo a palavra de, na medida do possível, esquivar-se de qualquer provocação, de tudo o que pudesse comprometê-lo seriamente, por exemplo: perguntas indiscretas, brincadeiras e alusões indecentes a quaisquer circunstâncias da noite da véspera; decidiu inclusive evitar as habituais cortesias com os colegas de repartição, isto é, perguntas sobre a saúde etc. Contudo, também era evidente que não daria para permanecer assim, que seria impossível. A inquietação e o desconhecimento a respeito de algo capaz de ofendê-lo no íntimo sempre o atormentaram mais que a própria coisa que o ofendia. E eis por que, apesar da palavra que dera a si mesmo de não interferir em nada que se estivesse fazendo, de esquivar-se de tudo o que estivesse acontecendo, o senhor Goliádkin de raro em raro soerguia a cabeça às furtadelas, bem de mansinho, e dava uma espiada para os lados, à direita, à esquerda, sondava as expressões nos rostos dos colegas, e por elas procurava descobrir se não havia algo de novo e especial que lhe dissesse respeito e lhe estivessem ocultando com objetivos indecorosos. Supunha haver uma relação obrigatória entre os eventos que vivera na véspera e tudo o que agora o rodeava. Por fim, em sua aflição, começou a desejar que tudo tivesse uma solução, só Deus sabe qual, contanto que fosse rápida, ainda que acabasse em alguma desgraça — pouco se lhe dava! E foi aí que o destino pegou o senhor Goliádkin: nem bem acabara de sentir esse desejo, suas dúvidas de repente se resolveram, mas, em compensação, do modo mais estranho e inesperado. De repente, a porta da outra sala emitiu um rangido fraco e tímido, como se anunciasse que a pessoa que entrava era muito insignificante, e a figura de alguém, aliás muito conhecida do senhor Golyádkin, apareceu acanhada diante daquela mesma mesa à qual nosso herói estava sentado. Nosso herói não levantou a cabeça — não, ele apenas relanceou essa figura, lançou-lhe o mais breve olhar, porém logo reconheceu tudo, compreendeu tudo nos mínimos detalhes. Enrubesceu de vergonha e mergulhou nos papéis sua desditosa cabeça, exatamente com o mesmo objetivo do avestruz que, perseguido pelo caçador, esconde a sua na areia quente. O novato fez uma reverência a Andriêi Filíppovitch, e em seguida ouviu-se uma voz afável e formal, a mesma que os chefes de todas as repartições públicas usam com os subordinados novatos. "Sente-se aqui neste lugar — disse Andriêi Filíppovitch, indicando ao novato a mesa de Anton Antónovitch —, aqui em frente de Golyádkin, que agora mesmo lhe arranjaremos o que fazer." Andriêi Filíppovitch concluiu fazendo ao novato um rápido gesto de exortação e de bom-tom, e ato contínuo mergulhou no conteúdo de um monte de papéis que tinha sobre sua mesa.

Enfim o senhor Golyádkin ergueu a vista, e se não desmaiou foi somente porque já pressentira tudo, já estava prevenido de tudo, por ter em seu íntimo adivinhado a existência do forasteiro. O primeiro gesto do senhor Golyádkin foi lançar um rápido olhar ao redor para ver se não haveria algum cochicho por ali, se aquilo não estaria provocando algum gracejo na repartição, se algum rosto não estaria se contraindo de surpresa, se, por último, alguém não teria caído de susto debaixo da mesa. Contudo, para a maior surpresa do senhor Golyádkin, não se viu nada semelhante. O comportamento dos senhores colegas e companheiros do senhor Golyádkin o deixaram pasmo. Parecia um comportamento fora do bom senso. O senhor Golyádkin até se assustou com um silêncio tão incomum. A essência da questão falava por si: a coisa era estranha, hedionda, absurda. Ele tinha razão para ficar agitado. Tudo isso, é claro, apenas passou de relance pela cabeça do senhor Golyádkin. Ele ardia em fogo brando. Aliás, havia por quê. Aquele que agora estava sentado frente a frente com senhor Golyádkin era — horror para o senhor Golyádkin —, era — vergonha para o senhor Golyádkin —, era o pesadelo da véspera do senhor Golyádkin; em suma, era o próprio senhor Golyádkin — não aquele senhor Golyádkin que agora estava sentado ali à mesa, boquiaberto e com a pena imóvel na mão; não era aquele que trabalhava como auxiliar de seu chefe de seção; não era aquele que gostava de obnubilar-se e esconder-se no meio da multidão; não era, por fim, aquele cujo andar dizia: "Não bula comigo, que eu também não bulo com você", ou: "Não bula comigo, pois eu não estou bulindo com você"; não, era outro senhor Golyádkin, totalmente outro, mas ao mesmo tempo idêntico ao primeiro — da mesma altura, da mesma compleição, vestido do mesmo jeito, com a mesma calvície —, numa palavra, nada, nada vezes nada estava faltando para que a semelhança fosse completa, de tal forma que se os pegassem e os colocassem lado a lado, ninguém, decididamente ninguém se atreveria a definir quem era mesmo o Golyádkin de verdade e quem era o falsificado, quem era o velho e quem era o novo, quem era o original e quem era a cópia.

    Nosso herói, se é lícita a comparação, encontrava-se agora na situação de um homem com quem algum diabrete se divertisse apontando contra ele um espelho ustório. "O que é isso — pensava ele —, um sonho ou não? Será verdade ou a continuação de ontem? Ora, mas como? com que direito estão fazendo tudo isso? quem deu permissão a esse funcionário, quem lhe deu o direito de fazer isto? Será que estou

dormindo, tendo visões?" O senhor Golyádkin experimentou se beliscar, até tencionou beliscar outra pessoa... Não, não é sonho, e basta. Sentiu que suava em bicas, que lhe acontecia algo nunca acontecido e até então nunca visto, e por isso mesmo, para completar sua desgraça, algo indecoroso, pois o senhor Golyádkin compreendia e percebia toda a desvantagem de ser o primeiro a encontrar-se num caso tão difamatório como esse. Por fim, passou até a duvidar de sua própria existência, e embora antes estivesse predisposto a tudo e desejasse que suas dúvidas encontrassem ao menos algum tipo de solução, o fato é que a própria essência das circunstâncias já era evidentemente digna de surpresas. A angústia o esmagava e atormentava. Vez por outra ele perdia totalmente o senso e a memória. Ao recobrar-se depois desses instantes, percebia-se correndo a pena pelo papel num gesto automático e inconsciente. Desconfiando de si mesmo, começava a confiar em tudo o que estava escrito — e não compreendia nada. Por fim o outro senhor Golyádkin, que até então estivera sentado com ar cerimonioso e quieto, levantou-se e sumiu pela porta da outra sessão, onde foi tratar de algum assunto. O senhor Golyádkin olhou ao redor — nada, tudo em silêncio; só se ouvia o rangido das penas, o ruído das folhas manuseadas, o murmúrio nos cantos mais distantes do lugar de Andriêi Filíppovitch. O senhor Golyádkin deu uma olhada para Anton Antónovitch, e como era bem provável que a fisionomia de nosso herói traduzisse plenamente sua situação naquele momento, correspondesse a todo o sentido do caso e, em certo aspecto, fosse bastante digna de nota, o bondoso Anton Antónovitch pôs a pena de lado e, mostrando um interesse excepcional, perguntou pela saúde do senhor Golyádkin.

— Eu, Anton Antónovitch, graças a Deus... — disse gaguejando o senhor Golyádkin. — Eu, Anton Antónovitch, gozo de plena saúde; neste momento estou mais ou menos, Anton Antónovitch — acrescentou hesitante, ainda sem confiar de todo naquele Anton Antónovitch que ele mencionava com frequência.

— Ah! Mas tive a impressão de que o senhor não estava bem de saúde; aliás, não seria de estranhar, não é impossível! Sobretudo agora, com todas essas epidemias... Sabia que...

— Sim, Anton Antónovitch, sei que existem essas epidemias... Eu, Anton Antónovitch, não era por isso — continuou o senhor Golyádkin, olhando fixo para Anton Antónovitch —, eu, veja, Anton Antónovitch, nem sei como lhe... isto é, estou querendo dizer, por onde abordar esse assunto, Anton Antónovitch...

— O quê? Eu... sabe... confesso que não o estou entendendo lá muito bem; o senhor... sabe, explique com mais detalhes em que sentido está com dificuldades aqui — disse Anton Antónovitch, ele mesmo encontrando certa dificuldade ao ver lágrimas surgirem nos olhos do senhor Golyádkin.

— Eu... palavra... aqui, Anton Antónovitch... tem um funcionário, Anton Antónovitch...

— Bem! Ainda continuo sem entender.

— Estou querendo dizer, Anton Antónovitch, que aqui tem um funcionário novato.

— Sim, tem; com um sobrenome igual ao seu.

— Como? — gritou o senhor Golyádkin.

— É o que estou dizendo: com um sobrenome igual ao do senhor; Golyádkin também. Não será seu irmão?

— Não, Anton Antónovitch, eu...

— Hum! Diga-me, por favor, pois achei que pudesse ser seu parente próximo. Sabe, há, em certa medida, uma semelhança, assim, familial.

O senhor Golyádkin pasmou de assombro e por um momento perdeu o dom da palavra. Tratar com tanta leviandade uma coisa tão revoltante e inédita, uma coisa em certa medida efetivamente rara, uma coisa que faria pasmar até o mais

O duplo

desinteressado dos observadores; falar de semelhança familial quando a coisa estava ali visível como num espelho!

— Veja o que lhe aconselho, Yákov Pietróvitch — continuou Anton Antónovitch. — Procure um médico e faça uma consulta. O senhor está com um aspecto bem doentio. Sobretudo nos olhos... sabe, eles estão com uma expressão peculiar, esquisita.

— Não, Anton Antónovitch, eu, é claro, ando sentindo... quer dizer, estou querendo lhe perguntar: como é esse funcionário?

— Como é?

— Quer dizer, o senhor, Anton Antónovitch, não teria notado nele alguma coisa especial... algo exageradamente expressivo?

— Como assim?

— Isto é, estou querendo dizer, Anton Antónovitch, uma semelhança impressionante com alguém, por exemplo, quer dizer, comigo, por exemplo. Veja, Anton Antónovitch, o senhor acabou de falar na semelhança familial, fez de passagem essa observação... Sabe que às vezes aparecem gêmeos, isto é, iguaizinhos como duas gotas d'água, de sorte que é impossível distingui-los? Pois bem, é disso que estou falando.

— Sim — disse Anton Antónovitch depois de pensar um pouco e pela primeira vez parecendo perplexo com tal circunstância —, sim! tem razão. A semelhança é de fato surpreendente, e o senhor foi certeiro no julgamento, de sorte que realmente se pode tomar um pelo outro — continuou ele, abrindo mais e mais os olhos. — E sabe o senhor, Yákov Pietróvitch, que é até uma semelhança admirável, fantástica, como às vezes se diz, isto é, completamente, como o senhor... Percebeu, Yákov Pietróvitch? Eu mesmo até quis lhe pedir uma explicação, sim, confesso que no começo não dei a devida atenção. É um milagre, realmente um milagre! Veja, Yákov Pietróvitch, o senhor nem é oriundo daqui, é?

— Não.
— Ora, e ele também não é daqui. Talvez seja do mesmo lugar que o senhor. Sua mãe, atrevo-me a perguntar, onde viveu a maior parte de sua vida?
— O senhor disse... o senhor disse que ele não é daqui, Anton Antónovitch?
— Sim, não é destas paragens. De fato, como isso é inusitado — continuou o loquaz Anton Antónovitch, para quem taramelar sobre alguma coisa era uma verdadeira festa —, é algo realmente capaz de despertar curiosidade; e com que frequência a gente passa ao lado de uma coisa, toca nela mas não a nota. Mas não fique perturbado. Isso acontece. Sabe — vou lhe contar —, a mesma coisa aconteceu com minha tia pela linha materna; na hora da morte ela também se viu desdobrada...
— Não, eu — desculpe interrompê-lo, Anton Antónovitch —, eu gostaria de saber como aquele funcionário, quer dizer, em que condição ele está aqui?
— No lugar do falecido Semeon Ivánovitch, na vaga dele; abriu-se uma vaga, e então a supriram. Pois, palavra, esse falecido e afetuoso Semeon Ivánovitch, pelo que dizem, deixou três filhos — cada um menor que o outro. A viúva caiu aos pés de Sua Excelência. Dizem, aliás, que ela está escondendo: tem um dinheirinho, mas está escondendo...
— Não, Anton Antónovitch, continuo insistindo naquela circunstância.
— Qual? Ah, sim! mas por que o senhor está tão interessado nisso? Estou lhe dizendo: não fique perturbado. Até certo ponto tudo isso é passageiro. Fazer o quê? Mas acontece que o senhor é parte da questão; isso foi coisa que o próprio senhor Deus dispôs, aí já se manifestou a vontade Dele, e nesse caso queixar-se é pecado. Nisso se vê a sabedoria Dele. Mas nisso, Yákov Pietróvitch, até onde entendo, o senhor não tem nenhuma culpa. O que é que não acontece neste

O duplo

mundo?! A mãe natureza é pródiga; ninguém vai lhe cobrar por isso, o senhor não vai ter de responder por isso. A título de exemplo; a propósito, o senhor, espero, ouviu falar como eles lá — como é mesmo que se chamam? ah, os irmãos siameses — nasceram com as costas coladas uma na outra, mas vão vivendo, comem e dormem juntos; dizem que cobram grandes somas para se exibirem.

— Com licença, Anton Antónovitch...

— Eu o entendo, entendo! De fato! o que há de mais nisso? — nada! Estou dizendo que, até onde consigo entender, não há motivo para perturbação. Qual é o problema? Ele é um funcionário como qualquer outro; parece que é um homem experiente. Diz que é Golyádkin; que não é destas paragens, que é conselheiro titular. Já apresentou pessoalmente suas explicações a Sua Excelência.

— E então?

— Nada de mais; dizem que deu os esclarecimentos suficientes, apresentou suas razões; disse isso e mais aquilo, sabe como é: Excelência, não tenho bens, desejo trabalhar e especialmente sob sua elogiosa chefia... Bem, e tudo mais que é de praxe, sabe, exprimiu tudo com jeito. É um homem inteligente, ao que parece. Bem, é claro que se apresentou com recomendações, pois sem elas não se pode...

— Sim, mas de quem... isto é, eu pergunto; quem foi mesmo que meteu o bedelho nessa história indecente?

— É. Dizem que a recomendação foi boa; dizem que Sua Excelência e Andriêi Filíppovitch riram.

— Ele riu com Andriêi Filíppovitch?

— Sim; os dois apenas sorriram e disseram que estava bem e que, de sua parte, não tinham nada contra, contanto que o tal trabalhasse direito...

— Bem, e o que mais? Em parte o senhor me dá ânimo novo, Anton Antónovitch; imploro que continue.

— Perdão, acho que mais uma vez não o... Pois não;

bem, não há nada de mais; não há nada de complicado; o senhor, como já lhe disse, não precisa ficar perturbado nem achar nisso nada de suspeito...

— Não. Eu, isto é, quero lhe perguntar, Anton Antónovitch, se Sua Excelência não acrescentou nada... a meu respeito, por exemplo?

— Quer dizer, claro! É! Mas não, nada; pode ficar absolutamente tranquilo. Sabe, é claro, certamente, a circunstância é bem impressionante e a princípio... veja só, eu, por exemplo, a princípio quase não notei. Palavra que não sei por que não havia notado até o momento em que o senhor mencionou. Mas, pensando bem, pode ficar absolutamente tranquilo. Não disse nada de especial, não disse nada de nada — acrescentou o bondoso Anton Antónovitch, levantando-se da mesa.

— Pois eu, Anton Antónovitch...

— Ah, o senhor me desculpe. Acabei taramelando sobre bobagens, mas tenho um serviço importante, urgente. É preciso fazê-lo.

— Anton Antónovitch! — ouviu-se a voz cortês e apelativa de Andriêi Filíppovitch. — Sua Excelência está chamando.

— Num instante, num instante, Andriêi Filíppovitch, vou num instante. — E, pegando um monte de papéis, Anton Antónovitch saiu voando, primeiro para a sala de Andriêi Filíppovitch e depois para o gabinete de Sua Excelência.

"Então como é que fica isso? — pensava consigo o senhor Goliádkin. — Então é esse o jogo aqui na nossa repartição! Então é essa a brisinha que agora sopra por aqui... Nada mal; pois então foi esse rumo agradabilíssimo que a coisa tomou — dizia consigo nosso herói, esfregando as mãos no auge do contentamento. — É assim que a coisa costuma acontecer por aqui. É em futilidades que tudo termina, e nada se resolve. Em realidade, ninguém faz nada, e os bandidos não dão um pio, ficam aí sentados e entregues aos seus afazeres; magnífico, magnífico! gosto das boas almas, sempre gostei e estou disposto a estimá-las... Pensando bem, só de imaginar como esse Anton Antónovitch... dá medo confiar; está para lá de grisalho e chega a cambalear um bocado de velhice. De resto, o mais magnífico e colossal é o fato de que Sua Excelência não disse nada e assim se omitiu: está bem! aprovo! Por que só Andriêi Filíppovitch se mete nisso com suas chacotas? O que ele tem a ver com isso? O velho laço! Sempre no meu caminho, sempre como um gato preto tratando de atravessar o meu caminho, sempre de través e por pirraça; por pirraça e de través..."

Mais uma vez o senhor Golyádkin olhou ao redor e mais uma vez reanimou-se movido pela esperança. Apesar de tudo, sentia que um pensamento distante o perturbava, um pensamento mau. Até esteve a ponto de conceber a ideia de tentar ele mesmo granjear de algum jeito a confiança dos funcionários, pôr o carro diante dos bois, e até (no final do expediente, ou chegando-se como quem vai tratar de um assunto do trabalho), assim, como quem não quer nada, no meio de uma conversa, sair-se com uma indireta: pois é, senhores, vejam que semelhança impressionante, que circunstância estranha, que comédia difamante — quer dizer, ele mesmo caçoar de tudo isso e assim sondar a profundidade do perigo. "Porque, como diz o ditado, guarda-te do homem que não fala e do cão que não ladra" — concluiu mentalmente nosso herói. Aliás, isso foi só uma ideia do senhor Golyádkin, porque ele reconsiderou a tempo. Compreendeu que isso significaria ir longe demais. "Tua natureza é assim! — disse de si para si, dando um leve piparote na testa —, logo te deixas levar pela brincadeira, te contentas! tens uma alma verdadeira! Não, Yákov Pietróvitch, para nós dois o melhor mesmo é aguentar, esperar e aguentar!" Enquanto isso, como já mencionamos, o senhor Golyádkin renasceu cheio de esperança, como se tivesse ressuscitado dos mortos! "Nada mal — pensava ele —, foi como se eu tirasse umas quinhentas arrobas de cima do meu peito! Vejam que circunstância! O escrínio simplesmente se abriu.[17] Krilóv tinha razão, Krilóv era quem tinha razão... foi um sabichão e ao nos meter nesse beco sem saída foi um grande fabulista! Quanto ao outro, que faça seu trabalho, que continue trabalhando e faça bom proveito, contanto que não atrapalhe ninguém nem afete ninguém; que faça seu trabalho — concordo e aprovo!"

Enquanto isso as horas passavam, voavam, e sem que se percebesse bateram as quatro. Fechou-se a repartição; Andriêi Filíppovitch pegou o chapéu e, como era de praxe, todos seguiram o seu exemplo. O senhor Goliádkin demorou-se um pouco, o tempo necessário, e foi o último a sair, de propósito, depois de todos os outros, quando estes já haviam tomado diferentes caminhos. Uma vez na rua, sentiu-se como no paraíso, de modo que até teve vontade de dar ao menos uma volta, uma caminhada pela Niévski. "Como é o destino! — dizia nosso herói —, de repente tudo se transforma. O tempo abriu, faz um friozinho gostoso, temos os trenozinhos. O russo precisa do frio, o russo se dá magnificamente bem com o frio! Gosto do homem russo. Temos uma nevezinha, acaba de cair uma nevezinha fofa, como diria um caçador; só falta uma lebre aqui nesta primeira nevezinha! Eia! Sim senhor! Ah, nada mal!"

Era assim que se exprimia o entusiasmo do senhor Goliádkin, e no entanto ainda havia qualquer coisa — não se sabe se angústia ou não — teimando em lhe dar fisgadas na cabeça, porque de vez em quando seu coração ficava tão atormentado que ele não sabia com que se consolar. "De resto, esperemos um dia e a alegria virá. Porque, pensando bem, o que vem a ser isso? Ora, procuremos raciocinar, ver. Vamos, meu jovem amigo, tratemos de raciocinar, tratemos de ra-

---

[17] Expressão tirada da fábula de I. A. Krilóv *Lártchik* (O escrínio). (N. do T.)

ciocinar. Vê, um homem igualzinho a ti, em primeiro lugar, igualzinho a ti. Sim, mas o que há de especial nisso? Só porque existe um homem assim terei de chorar? O que é que eu tenho a ver com isso? Estou fora; não ligo, e basta! Por isso vou em frente, e basta! Deixem que ele trabalhe! Ora, é estranho e prodigioso, como andam dizendo, que irmãos siameses... Arre, por que siameses? suponhamos que sejam gêmeos, mas acontece que por vezes grandes homens pareceram esquisitões. Até se sabe pela história que o famoso Suvórov cantava como um galo...[18] Ah, sim, mas tudo isso fazia parte da política; e também os grandes chefes militares... mas, pensando bem, o que têm a ver os chefes militares? Eu, por exemplo, sou senhor de mim, e basta, não ligo para ninguém, e em minha inocência desprezo o inimigo. Não sou um intrigante e disto me orgulho. Sou puro, franco, asseado, agradável, complacente..."

Súbito o senhor Golyádkin calou-se, interrompeu-se e começou a tremer que nem vara verde, por um instante até chegou a fechar os olhos. Esperando, porém, que o objeto de seu pavor fosse simplesmente uma ilusão, abriu por fim os olhos e lançou um tímido olhar de esguelha para a direita. Não, não era ilusão!... A seu lado caminhava a passos miúdos seu conhecido da manhã, sorria, fitava-lhe o rosto, e parecia esperar a oportunidade de começar uma conversa. Contudo, a conversa não começava. Nessa situação os dois deram uns cinquenta passos. Todo o empenho do senhor Golyádkin era o de cobrir-se do modo mais hermético possível, encafuar-se dentro do seu capote e enterrar o chapéu até os olhos, no limite do possível. Para completar o ultraje, até o capote e o

---

[18] Ver *Anedotas do conde Suvórov-Rimnikski*, edição de E. Fuks, São Petersburgo, 1827, pp. 75-8. (N. da E.) [Aleksandr Suvórov (1729--1800) foi um famoso general russo, muito popular em seu país, que dizia nunca ter perdido uma batalha. (N. do T.)]

chapéu do seu amigo eram tais quais os seus, como se tivessem acabado de sair dos ombros do senhor Goliádkin.

— Meu caro senhor — proferiu nosso herói, procurando falar quase aos cochichos e sem olhar para o seu amigo —, parece que nossos caminhos são diferentes... Estou até seguro disto — disse, depois de uma breve pausa. — Enfim, estou certo de que o senhor me entendeu plenamente — acrescentou em tom bastante severo para concluir.

— Eu gostaria — disse por fim o amigo do senhor Goliádkin —, eu gostaria... o senhor na certa será generoso e me desculpará... não sei a quem recorrer aqui... minha situação — espero que me desculpe o atrevimento —, tive até a impressão de que o senhor, movido pela compaixão, foi solidário comigo na manhã de hoje. De minha parte, à primeira vista senti simpatia pelo senhor, eu... — No mesmo instante o senhor Goliádkin desejou que seu novo colega desaparecesse como por encanto. — Se eu ousasse alimentar a esperança de que o senhor, Yákov Pietróvitch, condescendesse em me ouvir...

— Nós, nós aqui, nós... é melhor irmos para a minha casa — respondeu o senhor Goliádkin —, vamos passar agora para o outro lado da avenida Niévski, lá será mais conveniente para nós dois, e depois pegaremos uma travessa... é melhor pegarmos uma travessa.

— Está bem. Podemos enveredar por uma travessa — disse em tom tímido o humilde companheiro de viagem do senhor Goliádkin, como se pelo tom da resposta sugerisse que não tinha como ser exigente e que, em sua situação, estava disposto a contentar-se com uma travessa. Já o senhor Goliádkin não entendia absolutamente o que se passava consigo. Não acreditava em si mesmo. Ainda não se recobrara da estupefação.

Fiódor Dostoiévski

CAPÍTULO VII

Recobrou-se um pouco na escada, ao entrar em casa. "Ah, que cabeça de asno! — detratou-se mentalmente —, ora, para onde o estou levando? Eu mesmo estou enfiando o pescoço na forca. O que Pietruchka vai pensar quando nos vir juntos? O que esse canalha terá o atrevimento de pensar agora? e olhem que é desconfiado..." Mas já era tarde para lamentar; o senhor Golyádkin bateu, a porta se abriu e Pietruchka começou a tirar os capotes do hóspede e do amo. O senhor Golyádkin fez uma rápida sondagem logo após uma breve mirada para Pietruchka, no afã de penetrar em sua fisionomia e adivinhar seus pensamentos. Mas para sua maior estupefação viu que seu serviçal nem cogitava surpreender-se e, ao contrário, até parecia esperar por algo semelhante. É claro que agora ele parecia um lobo, olhava de esguelha como que disposto a devorar alguém. "Será que hoje todo mundo está enfeitiçado? — pensou nosso herói —, que algum demônio passou a perna neles? Na certa hoje deve ter acontecido alguma coisa especial com toda essa gente. Com os diabos, arre, que tormento!" Foi pensando e refletindo dessa maneira que o senhor Golyádkin introduziu o hóspede em sua casa e humildemente o convidou a sentar-se. O hóspede, pelo visto, estava no auge do desconcerto e, muito acanhado, acompanhava com ar submisso todos os movimentos de seu anfitrião, sondava-lhe o olhar e por ele tentava adivinhar os seus pensamentos. Em todos os seus gestos havia um quê de humilhação, retraimento e temor, de tal forma que nesse instante, se é lícita a comparação, ele se parecia bastante com alguém que vestisse roupa alheia por não ter roupa própria: as mangas do casaco deixam os braços de fora, a cintura quase chega à nuca, e ele ora estica a cada instante o coletezinho curto, ora encolhe um ombro e se senta de lado, ora faz de tudo para sumir, ora olha todos nos olhos e apura o ouvido para ver se as pessoas não estarão falando de sua situação, não estarão rindo dele, não estarão envergonhadas de sua presença — e o homem cora, e o homem se perturba, e sofre seu amor-próprio... O senhor Goliádkin pôs o chapéu na janela; por causa de seu gesto descuidado o chapéu voou para o chão. No mesmo instante, o hóspede se precipitou para apanhá-lo, tirou toda a poeira, devolveu-o num gesto solícito ao lugar de antes e pôs o seu no chão, ao lado da cadeira em cuja beirada se acomodara humildemente. Esse pequeno gesto abriu em parte os olhos do senhor Goliádkin; ele compreendeu que a carência do outro era muito grande, e por isso não se esforçou mais para começar a tratar com ele, deixando isto, como cabia, para o seu hóspede. Este, por sua vez, também não tomava nenhuma iniciativa, não se sabe se por timidez, se por um pouco de vergonha ou porque, por uma questão de cortesia, esperasse a iniciativa do seu anfitrião — era difícil atinar. Nesse ínterim Pietruchka entrou, parou à porta e ficou olhando para um lado totalmente oposto àquele onde se haviam instalado seu amo e o hóspede.

— Posso trazer o jantar em duas porções? — disse ele com ar displicente e voz roufenha.

— Eu, eu não sei... tu... Traz, irmão, em duas porções.

Pietruchka saiu. O senhor Goliádkin olhou para o seu hóspede. O hóspede corou todo. O senhor Goliádkin era um homem bom e por isso, pela bondade de sua alma, logo formulou uma teoria: "Pobre homem — pensou ele —, e ainda por cima em seu primeiro dia de trabalho; já sofreu, é provável; talvez só tenha de bens essa roupinha decente, mas não tem com que comer. Ai, que desvalido! Bem, não há de ser nada; em parte é até melhor..."

— Desculpe-me por eu — começou o senhor Golyádkin —, aliás, permita-me saber qual é o seu nome.

— Ya... Ya... Yákov Pietróvitch — quase murmurou o hóspede, como que tomado de escrúpulos e vergonha, como se pedisse desculpas por também se chamar Yákov Pietróvitch.

— Yákov Pietróvitch! — repetiu nosso herói, sem forças para esconder o embaraço.

— Sim, isso mesmo... Sou seu xará — respondeu o humilde hóspede do senhor Golyádkin, ousando sorrir e dizer algo em tom de brincadeira. Mas incontinente interrompeu-se, ficando com o ar mais sério e, por outro lado, um pouco perturbado ao notar que agora seu anfitrião não estava para brincadeiras.

— Permita-me perguntar que motivo me dá a honra...

— Conhecedor de sua generosidade e de suas virtudes — interrompeu-o rápido mas com voz tímida o hóspede, soerguendo-se um pouco da cadeira —, atrevi-me a recorrer ao senhor e pedir sua... amizade e sua proteção... — concluiu o hóspede, revelando evidente dificuldade para se expressar e escolhendo palavras não excessivamente lisonjeiras nem humilhantes para não se comprometer no quesito amor-próprio, nem tampouco ousadas demais a ponto de insinuar uma igualdade inconveniente. Em linhas gerais, pode-se dizer que o hóspede do senhor Golyádkin se comportava como um indigente nobre, metido num fraque cerzido e com documento de identidade de nobre no bolso, ainda sem a prática elaborada de estirar a mão.

— O senhor me deixa embaraçado — respondeu o senhor Golyádkin, examinando a si, a suas paredes e ao hós-

O duplo

pede —, de que modo eu poderia... eu, isto é, quero dizer, exatamente em que eu poderia lhe ser útil?

— Eu, Yákov Pietróvitch, senti simpatia à primeira vista pelo senhor e, pedindo a generosidade de me desculpar, contei com o senhor, atrevi-me a contar, Yákov Pietróvitch. Eu... aqui estou abandonado, Yákov Pietróvitch, sou pobre, sofri além da conta, Yákov Pietróvitch, e aqui tornei a sofrer. Ao saber que o senhor, com essas habituais qualidades inatas de sua alma maravilhosa, com o mesmo sobrenome que eu...

O senhor Golyádkin franziu o cenho.

— Com o mesmo sobrenome que eu e oriundo das mesmas paragens, atrevi-me a recorrer ao senhor e lhe expor a minha embaraçosa situação.

— Está bem, está bem; palavra, não sei o que lhe dizer — respondeu o senhor Golyádkin com uma voz confusa. — Depois do jantar conversaremos...

O hóspede fez uma reverência; o jantar foi servido. Pietruchka pôs a mesa, e hóspede e anfitrião começaram a saciar-se. O jantar durou pouco; os dois tinham pressa: o anfitrião, porque não estava no melhor dos seus dias, e ainda por cima sentia vergonha porque o jantar tinha sido precário: sentia vergonha em parte porque queria alimentar bem o hóspede, e em parte porque queria mostrar que não vivia como um indigente. De sua parte, o hóspede estava no auge do embaraço e do acanhamento. Tendo pegado e comido uma fatia de pão, já receava estirar a mão e pegar outra, sentia vergonha de pegar uma fatia melhor e a cada instante asseverava que não estava com nenhuma fome, que o jantar havia sido maravilhoso e que ele, de sua parte, estava plenamente satisfeito e assim iria sentir-se até o fim da vida. Quando mal haviam terminado, o senhor Golyádkin acendeu seu cachimbo, ofereceu ao hóspede o outro já preparado para ele — os dois se sentaram um diante do outro e o hóspede começou a contar as suas aventuras.

O relato do senhor Golyádkin segundo durou umas três ou quatro horas. Aliás, a história de suas aventuras era composta pelas circunstâncias mais insignificantes, mais míseras, se é lícita a expressão. Versava sobre o trabalho num palácio de uma província qualquer, sobre promotores e presidentes, certas intrigas de secretaria, a perversão da alma de um chefe de seção, sobre um inspetor geral, a mudança inesperada da chefia, sobre como o senhor Golyádkin segundo sofrera sem nenhuma culpa; sobre Pelagueia Semeónovna, sua tia anciã; sobre como ele, por causa de várias intrigas dos seus inimigos, perdera o emprego e viera a pé para Petersburgo; sobre como ele passara mal e sofrera privações aqui, em Petersburgo, como perdera um longo tempo procurando emprego, gastara todo o seu dinheiro, torrara tudo com alimentação, quase chegara a morar na rua, comera pão dormido regado de suas próprias lágrimas, dormira no chão duro e, por fim, alguém de boa vontade resolvera interceder por ele, lhe dera referências e generosamente lhe arranjara um novo emprego. O hóspede do senhor Golyádkin chorava ao narrar e enxugava as lágrimas com um lencinho quadriculado bastante parecido com lona. Concluiu abrindo-se plenamente para o senhor Golyádkin e confessando que por ora não só não tinha com que viver e instalar-se de modo conveniente, mas nem com que adquirir o fardamento adequado; que, arrematou ele, não conseguira juntar nem para as botas e que o uniforme que usava lhe haviam emprestado por pouco tempo.

O senhor Golyádkin estava comovido, verdadeiramente emocionado. Ademais, apesar de a história de seu hóspede ser a mais insignificante, todas as palavras dessa história caíram-lhe no coração como um maná do céu. É que o senhor Golyádkin esquecia suas últimas dúvidas, liberava seu coração para a liberdade e a alegria e, enfim, mentalmente se considerava um imbecil. Tudo era tão natural! E havia motivo para aflição, para esse alarme? Bem, mas há, de fato há uma circunstância melindrosa — só que ela não é uma desgraça: ela não pode desacreditar um homem, macular seu amor-próprio e arruinar sua carreira quando esse homem não é culpado, quando a própria natureza se meteu nessa história. Além disso, o próprio hóspede pediu proteção, o hóspede chorou, o hóspede acusou o destino, afigurou-se tão simplório, desprovido de maldade e astúcias, mísero, insignificante, e parece agora envergonhado — embora talvez até sob outro aspecto — com a estranha semelhança entre seu rosto e o rosto do anfitrião. Ele se mostrava sobremaneira merecedor de confiança, tanto que procurava agradar seu anfitrião e se portava como se porta um homem torturado pelo remorso e com sentimento de culpa perante outro. Se, por exemplo, o senhor Goliádkin começava a falar de algum tema controverso, o hóspede ia logo concordando com sua opinião. Se, de algum modo, ele cometia a falha de contrariar a opinião do senhor Goliádkin e depois notava que havia se desorientado, corrigia-se no ato, explicava-se e sem nenhuma demora fazia saber que entendia tudo do mesmo modo que seu anfitrião, que pensava como ele e via tudo com os mesmos olhos com que o outro via. Numa palavra, o hóspede envidava todos os esforços possíveis para "escarafunchar o interior" do senhor Goliádkin, de sorte que o senhor Goliádkin acabou concluindo que seu hóspede devia ser um homem muito amável em todos os sentidos. Enquanto isso foi servido o chá; passava das oito horas. O senhor Goliádkin se sentia num estado de espírito magnífico, alegre, muito brincalhão; afrouxou um pouco as rédeas e enfim começou uma conversa das mais vivas e interessantes com seu hóspede. Às vezes, quando estava de veia alegre, o senhor Goliádkin gostava de contar alguma coisa interessante. Era o que acontecia agora: contou ao hóspede muitas coisas da capital, dos seus divertimentos e das suas belezas, de teatro, de clubes, de um quadro de

Briullóv;[19] contou sobre uns ingleses que vieram da Inglaterra a Petersburgo só para ver o gradil do Jardim de Verão e logo em seguida retornaram; falou do trabalho, de Olsufi Ivánovitch e de Andriêi Filíppovitch; de como a Rússia caminhava de hora em hora rumo à perfeição e que

prosperam as ciências da literatura;

falou de uma anedota que lera recentemente no jornal *Siévernaya Ptchelá* e que na Índia existia uma jiboia de uma força incomum; por fim se referiu ao barão Brambeus[20] etc., etc. Em suma, o senhor Golyádkin estava plenamente satisfeito, em primeiro lugar porque sua tranquilidade era completa; em segundo, porque não só não temia seus inimigos como ainda estava disposto a chamar todos agora para a mais decisiva batalha; em terceiro, porque pessoalmente estava dando proteção a alguém e, por último, praticando uma boa ação. Por outro lado, no seu íntimo estava consciente de que nesse instante sua felicidade ainda não era plena, de que dentro de si ainda trazia um vermezinho, aliás ínfimo, mas que mesmo agora ainda lhe roía o coração. A lembrança da noite anterior em casa de Olsufi Ivánovitch deixava-o no auge do tormento. Nesse instante ele daria muito para que não restassem certas coisas daquilo que acontecera na véspera. "Ora, mas aquilo não foi nada!" — enfim nosso herói concluiu e no íntimo tomou a firme decisão de doravante se comportar bem e não mais cometer tais falhas. Como agora o senhor Golyádkin estava de rédeas plenamente soltas e súbito chegara

---

[19] Trata-se do quadro *O último dia de Pompeia*, de K. P. Briullóv, exposto na Academia de Pintura de Petersburgo em 1834. A obra foi muito comentada pela imprensa da época. (N. da E.)

[20] Pseudônimo de O. I. Sienkóvski, editor da revista mensal de variedades *Biblioteca para Leitura*. (N. da E.)

à felicidade completa, teve até a ideia de fazer da vida um prazer. Pietruchka trouxe rum, e fez-se um ponche. O hóspede e o anfitrião esvaziaram de um a dois copos cada um. O hóspede se mostrava ainda mais amável que antes, e de sua parte ofereceu mais de uma prova de retidão e de natureza alegre, propiciando um grande prazer ao senhor Golyádkin; parecia alegrar-se apenas com a alegria dele e o olhava como se olha para o seu verdadeiro e único benfeitor. Pegando uma pena e uma folha de papel, pediu que o senhor Golyádkin não olhasse para o que ele ia escrever e depois, quando já havia terminado, mostrou pessoalmente ao anfitrião tudo o que escrevera. Era uma quadrinha escrita em tom bastante sentimental, aliás com um estilo e uma letra belos e, como se vê, era a composição do mais amável hóspede. Os versos eram os seguintes:

> *Se te esqueceres de mim*
> *Não me esquecerei de ti;*
> *Tudo é possível na vida,*
> *Não te esqueças tu de mim!*

Com lágrimas nos olhos, o senhor Golyádkin abraçou seu hóspede e, já todo comovido, iniciou-o em alguns dos seus segredos e mistérios, sendo que sua fala deu forte destaque a Andriêi Filíppovitch e Clara Olsúfievna. "Pois é, Yákov Pietróvitch, nós dois vamos ser íntimos amigos — dizia nosso herói ao seu hóspede —, nós dois, Yákov Pietróvitch, vamos viver como o peixe e a água, como irmãos; meu velho, nós dois vamos usar de artimanhas, usar de artimanhas de comum acordo; de nossa parte vamos armar intrigas para chateá-los... armar intrigas para chateá-los. Quanto a ti, não confies em nenhum deles. Porque eu te conheço, Yákov Pietróvitch, e compreendo o teu caráter; vais logo contar tudo, és uma alma sincera! Esquiva-te de todos eles, meu caro." O

hóspede concordava com tudo, agradecia ao senhor Golyádkin e por fim também chorou. "Sabes, Yacha[21] — continuou o senhor Golyádkin, com voz trêmula, debilitada —, instala-te em minha casa por uns tempos ou para sempre. Seremos amigos íntimos. O que achas, meu caro, hein? Não fiques perturbado nem te queixes dessa circunstância tão estranha que há entre nós: queixa é pecado, meu caro; é a natureza! A mãe natureza é generosa, eis a questão, mano Yacha! E eu digo: amar-te, amar-te fraternalmente. Mas nós dois vamos usar de artimanhas, Yacha, e de nossa parte fazer um trabalho de sapa e passar a perna neles." Por fim cada um chegou ao terceiro e ao quarto copos de ponche, e então o senhor Golyádkin começou a experimentar duas sensações: uma, de uma felicidade fora do comum, a outra, a de que não conseguia mais se aguentar nas pernas. O hóspede, é claro, foi convidado a pernoitar. Deram um jeito de montar uma cama com duas fileiras de cadeiras. O senhor Golyádkin segundo declarou que debaixo de um teto amigo até o chão limpo é cama macia, que, de sua parte, adormeceria onde calhasse, grato e resignado; que agora estava no paraíso e que, por último, tinha sofrido muito em sua época de desgraças e infortúnios, que tinha visto de tudo, suportado de tudo e que — quem sabe do futuro? — talvez ainda viesse a sofrer. O senhor Golyádkin primeiro protestou contra isso e começou a demonstrar que era necessário depositar toda a esperança em Deus. O hóspede concordou inteiramente e disse que, claro, não havia ninguém como Deus. Então o senhor Golyádkin primeiro observou que em certo sentido os turcos estão certos quando até em sonho chamam pelo nome de Deus. Depois, discordando das calúnias que alguns sábios lançam contra o profeta turco Muhamed[22] e reconhecendo-o como uma

[21] Diminutivo de Yákov. (N. do T.)

[22] Referências a Maomé são frequentes na obra de Dostoiévski, par-

espécie de grande político, o senhor Golyádkin passou a uma descrição muito interessante de uma barbearia argelina, sobre a qual havia lido num livro de variedades. O hóspede e o anfitrião riram muito da ingenuidade dos turcos; de resto, não puderam deixar de render a devida homenagem ao fanatismo deles, estimulado pelo ópio... Enfim o hóspede começou a despir-se, e então o senhor Golyádkin foi para o lado oposto do tabique, em parte por bondade de alma, porque talvez o outro não tivesse nem um camisão de dormir decente e, assim, ele não iria deixar desconcertado aquele homem já tão sofrido; em parte para se certificar, na medida do possível, da lealdade de Pietruchka, se possível distraí-lo e afagá-lo para que todos ficassem felizes e não restasse sal espalhado pela mesa.[23] Cabe observar que Pietruchka ainda continuava a desnortear o senhor Golyádkin.

— Piotr, vai te deitar agora — disse com docilidade o senhor Golyádkin ao entrar no cômodo do seu criado —, vai te deitar agora e amanhã me acorda às oito. Estás entendendo, Pietruchka?

O senhor Golyádkin falava com uma brandura e uma afabilidade incomuns. Mas Pietruchka calava. Nesse instante remanchava ao lado de sua cama e nem sequer se voltou para o seu amo, o que deveria ter feito quando menos por uma questão de respeito.

— Estás me ouvindo, Piotr? — continuou o senhor Golyádkin. — Vai te deitar agora, Pietruchka, e amanhã me acorda às oito horas; estás entendendo?

---

ticularmente na fase mais madura de sua obra. Aparecem em *Crime e castigo*, *O idiota*, *Os demônios*, *O adolescente* e *Os irmãos Karamázov*, e refletem o interesse do romancista pela figura histórica do profeta. Durante seu período de prisão em Semipalatinsk, o escritor estudou intensamente o *Alcorão*. (N. do T.)

[23] Na superstição russa, derramar ou espalhar sal pela mesa é sinal de mau agouro. (N. do T.)

O duplo

— Ora, eu estou lembrado; qual é o problema?! — resmungou Pietruchka.

— Pois é, Pietrucha; falei à toa, para que tu também fiques tranquilo e feliz. — É que agora todos estamos felizes, e quero que também fiques tranquilo e feliz. E agora te desejo uma boa noite. Procura adormecer, Pietrucha, adormecer; todos devemos trabalhar... Sabes, meu irmão, não fiques aí pensando coisa...

O senhor Golyádkin esboçou um assunto, mas parou. "Não estarei exagerando — pensou ele —, não estarei indo longe demais? É sempre assim; sempre exagero na medida." Nosso herói saiu do quarto de Pietruchka muito descontente consigo. Além disso, ficara um pouco ofendido com a grosseria e a inflexibilidade de Pietruchka. "A gente bajula o velhaco, o amo mostra estima pelo velhaco e ele não percebe — pensou o senhor Golyádkin. — Pensando bem, é a tendência torpe de toda essa gente!" Cambaleando um pouco, voltou para o seu quarto e, ao ver que seu hóspede já se deitara para dormir, sentou-se por um instante na cama dele. "Vamos, Yacha, agora confessa — começou entre murmúrios e meneando a cabeça —, pois tu, seu patife, tens culpa no meu cartório, hein? porque, sendo meu xará, sabes como é...", continuou ele, brincando com seu hóspede com bastante familiaridade. Por fim, depois de uma despedida amigável, o senhor Golyádkin foi dormir. Nesse ínterim o hóspede começou a roncar. Por sua vez, o senhor Golyádkin entrou nos preparativos para dormir, mas enquanto isso murmurava entre risadinhas: "Arre, hoje estás bêbado, meu caro Yákov Pietróvitch, seu patife, seu Golyadka — é este o teu sobrenome!! Estás alegre por quê? Amanhã vais é choramingar, seu frouxo: o que hei de fazer contigo?". Neste momento uma sensação bastante estranha espalhou-se por todo o ser do senhor Golyádkin, algo parecido com dúvida ou arrependimento. "Meti mesmo os pés pelas mãos — pensava o senhor Golyádkin —, porque agora estou com uma zoada na cabeça e bêbado; ah, seu palerma, não aguentaste o tranco! Disseste besteiras falando pelas tripas do Judas e ainda por cima querendo usar de artimanhas, patife. Claro, perdoar e esquecer ofensas são a virtude número um, mas mesmo assim é ruim! Eis como é a coisa!" Nesse ponto o senhor Golyádkin levantou-se, pegou uma vela e, na ponta dos pés, foi mais uma vez dar uma olhada no hóspede que dormia. Ficou muito tempo ao lado dele em profunda meditação. "É um quadro desagradável! Uma pasquinagem, a mais pura pasquinagem, e sem mais palavras!"

Por fim o senhor Golyádkin deitou-se de vez. Sua cabeça zoava, estalava, zunia. A consciência começou a fugir, fugir... ele se esforçava em pensar alguma coisa, em lembrar-se de alguma coisa muito interessante, em resolver algo muito importante, algum problema delicado — mas não conseguia. O sono apossou-se de sua cabeça desafortunada, e ele começou a dormir do jeito como costumam dormir pessoas que, por falta de hábito, bebem de repente cinco copos de ponche em alguma festinha de amigos.

CAPÍTULO VIII

No dia seguinte, como de costume, o senhor Golyádkin acordou às oito horas; ao despertar, logo se lembrou de tudo o que acontecera na véspera — lembrou-se e fez uma careta. "Arre, que imbecil eu banquei ontem!" — pensou, soerguendo-se em sua cama e olhando para a cama do hóspede. Mas qual não foi seu espanto ao perceber que o quarto não só estava sem o hóspede como também sem a cama em que ele dormira! "O que é isso? — quase gritou o senhor Golyádkin — o que podia ter acontecido? O que significa agora essa circunstância?" Enquanto o senhor Golyádkin olhava atônito e boquiaberto para o lugar vazio, a porta rangeu e Pietruchka entrou com a bandeja de chá. "Onde, onde?" — disse nosso herói com uma voz que mal se ouvia, apontando com o dedo para o lugar destinado ao hóspede na véspera. De início Pietruchka nada respondeu, sequer olhou para o amo, e voltou o olhar para o canto direito, de sorte que o próprio senhor Golyádkin foi forçado a olhar para o canto direito. De resto, depois de uma pausa, Pietruchka respondeu com voz roufenha e grosseira que "o amo não está em casa".

— És um imbecil; ora, Pietruchka, o teu amo sou eu — proferiu o senhor Golyádkin com voz entrecortada e arregalou os olhos para o seu criado.

Pietruchka nada respondeu, mas olhou para o senhor Golyádkin de tal modo que este corou até as orelhas — olhou com um ar de censura tão ofensivo que parecia um verdadeiro palavrão. O senhor Goliádkin até ficou desanimado, como se diz. Por fim, Pietruchka anunciou que o *outro* já saíra há coisa de uma hora e meia e não quisera esperar. A resposta, é claro, foi previsível e verossímil; via-se que Pietruchka não estava mentindo, que seu olhar ofensivo e a palavra *outro* que empregara eram apenas consequência de toda a conhecida circunstância infame; mas, apesar de tudo, nosso herói compreendia, ainda que de modo vago, que alguma coisa ali não ia bem e que o destino ainda lhe preparava algum presente nada agradável. "Está bem, veremos — pensava consigo —, veremos, a gente decifrará tudo isso a tempo... Ah, meu Deus! — gemeu concluindo, já com uma voz bem diferente —, e por que achei de convidá-lo, a troco de quê fiz tudo isso? Ora, na verdade, eu mesmo estou enfiando o pescoço no laço traiçoeiro deles, eu mesmo estou trançando esse laço. Ai, cabeça, cabeça! nem sequer consegues passar sem dar com a língua nos dentes, como um garoto qualquer, como um funcionário qualquer de chancelaria, como um traste qualquer sem título, um trapo, um cacareco podre qualquer, fofoqueiro duma figa, maricas duma figa!... Santos meus! O velhaco até versos compôs, e me fez uma declaração de amor! Como é que isso... Qual é o modo mais conveniente de mostrar a porta da rua ao velhaco caso ele volte? É claro que existem vários modos e meios. Pois bem, com meus parcos vencimentos... Ou arranjar um jeito de dar um susto nele, alegando que, tendo em vista isso e aquilo, sou forçado a esclarecer... sabe como é, que precisa pagar metade do aluguel, a comida... e pagamento adiantado. Hum! não, com os diabos, não! Isso me difama. Não é muito delicado! Preciso dar um jeito de fazer a coisa: pegar e dar a Pietruchka a ideia de lhe pregar uma peça, tratá-lo com algum desdém, e assim, quem sabe, desalojá-lo. Fazer tudo isso ao mesmo tempo... Não, com os diabos, não! É perigoso, e de novo, vendo a coisa de certo ponto de vista — não, não é nada bom! Nada bom! Bem, e se ele não voltar? será mal? Ontem à noite meti os pés pelas mãos com ele!... Ah, está mal, mal! Ah, como a nossa coisa vai mal! Ah, que cabeça, cabeça maldita! não consegues nem decorar alguma coisa direito, nem meter razão para dentro! Mas e se ele vier e recusar? Queira Deus que venha! Eu ficaria muito contente se ele viesse: eu daria muito para que viesse..." Assim pensava o senhor Golyádkin, engolindo seu chá e olhando sem cessar para o relógio de parede. "São quinze para as nove; já é hora de ir. Alguma coisa vai acontecer por aqui; o que será que vai acontecer? Eu gostaria de saber ao certo o que de especial se esconde por trás dessa história — mais ou menos o seu objetivo, o rumo que pode tomar e os diferentes ardis aí empregados. Seria bom saber a que visa toda essa gente e qual será o seu primeiro passo..." O senhor Golyádkin não pôde mais suportar, largou o cachimbo ainda com fumo, vestiu-se e se foi para a repartição, desejando, se possível, descobrir de antemão o perigo e certificar-se de tudo em pessoa. E havia perigo: ele mesmo sabia que havia perigo. "Mas acontece que nós a... decifraremos — dizia o senhor Golyádkin, tirando o capote e as galochas na entrada —, agora vamos penetrar em todos esses assuntos." Decidido a agir assim, nosso herói ajeitou a roupa, assumiu um ar apropriado e formal, e mal esboçara penetrar na sala vizinha quando de repente, em plena entrada, deu de cara com o conhecido da véspera, seu amigo e camarada. O senhor Golyádkin segundo pareceu não ter notado o senhor Golyádkin primeiro, embora quase tivesse dado de cara com ele. O senhor Golyádkin segundo parecia estar ocupado, ia às pressas sabe-se lá para onde, arquejava; estava com um ar tão oficioso, tão diligente, que, parecia, qualquer um podia ler claramente em seu rosto: "Enviado em missão especial...".

— Ah, é o senhor, Yákov Pietróvitch! — disse o nosso herói, pegando pelo braço seu hóspede da véspera.

O duplo   111

— Depois, depois, desculpe, depois o senhor conta — gritou o senhor Golyádkin segundo, seguindo em frente com ímpeto.
— Todavia, permita-me; o senhor, Yákov Pietróvitch, desejava que...
— O quê? Explique depressa. — Nesse instante o hóspede da véspera do senhor Golyádkin parou como que a contragosto, sem querer, e encostou seu ouvido bem no nariz do senhor Golyádkin.
— Afirmo-lhe, Yákov Pietróvitch, que estou surpreso com a acolhida... com uma acolhida que eu, provavelmente, não poderia esperar de maneira nenhuma.
— Para tudo existe a forma conhecida. Procure o secretário de Sua Excelência e depois, como é de praxe, dirija-se ao senhor chefe da chancelaria. Algum pedido?...
— O senhor, não sei, Yákov Pietróvitch! O senhor simplesmente me faz pasmar, Yákov Pietróvitch! Na certa o senhor não está me reconhecendo ou está brincando, levado por sua inata índole alegre.
— Ah, é o senhor! — disse o senhor Golyádkin segundo, como se só agora tivesse enxergado o senhor Golyádkin primeiro —, então é o senhor? Então, será que dormiu bem? — Dito isso, o senhor Golyádkin segundo deu um leve sorriso — um sorriso oficioso e formal, embora sem nada de corriqueiro (porque, em todo caso, ele tinha dívida de gratidão com o senhor Golyádkin primeiro). Pois bem, depois de um sorriso oficioso e formal, acrescentou que, de sua parte, estava muito contente porque o senhor Golyádkin tinha dormido bem; depois fez uma leve reverência, ficou um tempinho ali pisando miúdo, deu uma olhada para a direita, para a esquerda, em seguida baixou a vista, posicionou-se em direção a uma porta lateral e, matraqueando que estava em missão especial, sumiu para a sala contígua, e era uma vez.
— É brincadeira!... — murmurou nosso herói, pasman-

do por um instante —, é brincadeira! Vejam só que circunstância temos aqui!... — Nesse ponto o senhor Golyádkin sentiu que alguma coisa o deixava todo arrepiado. — Aliás — continuou ele de si para si, a caminho de sua seção —, aliás faz tempo que venho falando dessa circunstância; há muito tempo pressenti que ele estava em missão especial; ontem mesmo falei que o homem estava sendo forçosamente usado em missão especial de alguém...

— O senhor concluiu aquele papel de ontem, Yákov Pietróvitch? — perguntou Anton Antónovitch Siétotchkin, depois de fazer o senhor Golyádkin sentar-se a seu lado. — Ele está com o senhor?

— Está — murmurou o senhor Golyádkin, olhando meio desconcertado para o seu chefe de seção.

— Que bom. Toquei nesse assunto porque Andriêi Filíppovitch já perguntou duas vezes. De uma hora para outra Sua Excelência é capaz de solicitar...

— Não, está concluído...

— Oh, isso é bom.

— Anton Antónovitch, parece que sempre cumpri minhas funções a contento, me empenho nos trabalhos que meus superiores me confiam e os faço com desvelo.

— Sim. Mas o que o senhor está querendo dizer com isso?

— Eu, nada, Anton Antónovitch. Só quero explicar, Anton Antónovitch, que eu... quer dizer, eu quis exprimir que às vezes as más intenções e a inveja não poupam ninguém ao procurarem seu abominável alimento diário...

— Desculpe, não o estou entendendo direito. Para ser mais preciso, a quem o senhor está aludindo?

— Para ser mais preciso, Anton Antónovitch, eu só quis dizer que ando em linha reta, que desprezo rodeios, que não sou um intrigante e que disto, se é lícita a expressão, posso me orgulhar com justa razão...

— É. Tudo isso é assim, e até onde consigo entender, aprecio plenamente o mérito do seu raciocínio; mas permita, Yákov Pietróvitch, que eu também lhe observe o que a um indivíduo não é de todo permitido em boa sociedade; o que, por exemplo, estou disposto a tolerar pelas costas — afinal, quem não é destratado pelas costas? Na cara, porém, saiba o senhor, na cara eu, por exemplo, não permito que me digam insolências. Eu, meu senhor, fiquei grisalho no serviço público e na minha velhice não permito que me digam insolências...

— Não, Anton Antónovitch, veja, Anton Antónovitch, parece que o senhor não me entendeu direito, Anton Antónovitch. Quanto a mim, perdão, Anton Antónovitch, de minha parte só posso considerar uma honra...

— Ora, eu também peço que me desculpe. Aprendemos à moda antiga. Pela moda de vocês, a moderna, é tarde para nós aprendermos. Para o serviço que prestamos à pátria parece que até hoje nosso entendimento foi suficiente. Eu, meu senhor, como o senhor mesmo sabe, tenho uma insígnia pelos vinte anos de serviço irrepreensível...

— De minha parte, Anton Antónovitch, nutro exatamente o mesmo sentimento. Mas eu estava falando de outra coisa, estava falando de máscara, Anton Antónovitch...

— De máscara?

— Quer dizer, mais uma vez o senhor... receio que também agora o senhor entenda de outra maneira o sentido, isto é, o sentido das minhas palavras, como o senhor mesmo diz, Anton Antónovitch. Estou apenas desenvolvendo um tema, quer dizer, Anton Antónovitch, dando vazão à ideia de que as pessoas que usam máscara deixaram de ser raras, e que hoje em dia é difícil reconhecer uma pessoa mascarada...

— Pois sabe que não é de todo difícil?! Às vezes é até bem fácil, às vezes nem se precisa ir longe para encontrar uma.

— Não, Anton Antónovitch, sabe, estou falando de mim, dizendo que eu, por exemplo, só ponho máscara quando tenho necessidade dela, ou seja, só para o carnaval e reuniões divertidas, falando em sentido literal, mas que não me mascaro todos os dias diante das pessoas, falando noutro sentido mais oculto. Eis o que eu quis dizer, Anton Antónovitch.

— Ah, sim, mas por ora deixemos tudo isso de lado; ademais, estou assoberbado — disse Anton Antónovitch, soerguendo-se e juntando uns papéis para o relatório destinado a Sua Excelência. — Quanto a seu caso, acho que não demorará a ser esclarecido no devido momento. O senhor mesmo verá a quem terá de queixar-se e a quem acusar, e peço encarecidamente que depois me dispense de futuras explicações pessoais e boatos prejudiciais ao serviço...

— Não, Anton Antónovitch — começou meio pálido o senhor Golyádkin atrás de Anton Antónovitch, que se retirava —, não era isso que eu estava pensando, Anton Antónovitch. "O que é isso? — continuou nosso herói já de si para si, depois de ficar só. — Que ventos são esses que estão soprando por aqui, e o que significa esse novo rodeio?" No mesmo instante em que nosso herói, desnorteado e meio abatido, se dispunha a resolver essa nova questão, a partir da sala contígua ouviu-se um falatório, uma agitação das atividades, a porta se abriu e Andriêi Filíppovitch, que acabara de ausentar-se para tratar de serviço no gabinete de Sua Excelência, apareceu à porta e gritou pelo senhor Golyádkin. Sabendo do que se tratava e sem querer deixar Andriêi Filíppovitch esperando, o senhor Golyádkin levantou-se de um salto e com a devida presteza entrou numa azáfama imediata e intensa, aprimorando e retocando os papéis exigidos em forma definitiva, preparando-se para ir pessoalmente ao gabinete de Sua Excelência depois de Andriêi Filíppovitch e da entrega dos papéis. Súbito e quase por baixo do braço de Andriêi Filíppovitch, que nesse instante estava em pleno limiar, mergulhou na sala o senhor Golyádkin segundo, azafamado, arquejando, esfalfado de trabalhar, ostentando uma formalidade drástica, e foi direto ao senhor Golyádkin primeiro, que o que menos esperava era semelhante ataque...

— Os papéis, Yákov Pietróvitch, os papéis... Sua Excelência está cobrando, o senhor está com eles prontos ou não? — chilreou matraqueando o amigo do senhor Golyádkin primeiro. — Andriêi Filíppovitch está à sua espera...

— Dispenso sua informação; eu já sabia que ele está esperando — murmurou o senhor Golyádkin primeiro, também matraqueando.

— Não, Yákov Pietróvitch, eu, minha intenção foi outra; eu, Yákov Pietróvitch, tive uma intenção bem diferente; sou solidário, Yákov Pietróvitch, e movido por um interesse sincero.

— Do qual peço humildemente que me dispense. Com licença, com licença...

— Na certa o senhor os encapará, Yákov Pietróvitch, e ponha um sinal na terceira página; com licença, Yákov Pietróvitch...

— Ora, o senhor me dê licença, afinal...

— Mas aqui tem uma manchinha de tinta, Yákov Pietróvitch, será que notou a manchinha de tinta?...

Nesse momento Andriêi Filíppovitch gritou pelo senhor Golyádkin pela segunda vez.

— Num instante, Andriêi Filíppovitch; vou raspar só um pouquinho, aqui neste canto... Meu caro senhor, entende a língua russa?

— O melhor é tirar com uma tesourinha, Yákov Pietróvitch, é melhor o senhor confiar em mim; é melhor o senhor mesmo não tocar nela, Yákov Pietróvitch, e confiar em mim; aqui eu raspo um pouco com a tesourinha...

Andriêi Filíppovitch gritou pelo senhor Golyádkin pela terceira vez.

— Ora, tenha dó; onde é que tem mancha aqui? Porque parece que aqui não tem nenhuma mancha.

— Tem uma aqui, e enorme, veja! queira dar uma olhada, eu a vi aqui; olhe, faça o favor... só quero que me permita, Yákov Pietróvitch, que eu a raspe com a tesourinha, estou fazendo por simpatia, Yákov Pietróvitch, usando a tesourinha e de todo coração... desse jeito, assim, veja, e caso encerrado... Nesse instante, e de modo totalmente inesperado, o senhor Golyádkin segundo, depois de vencer o senhor Golyádkin primeiro na luta fugaz em que se haviam metido, de repente, sem quê nem para quê e totalmente contra a vontade do outro, apossou-se do papel reclamado pelo chefe e, em vez de raspar a mancha de todo coração com a tesourinha, como perfidamente assegurara ao senhor Golyádkin primeiro, dobrou-o rapidamente, meteu-o debaixo do braço e com dois saltos apareceu diante de Andriêi Filíppovitch, que não notara nenhuma das suas maroteiras, e com ele voou para o gabinete do diretor. O senhor Golyádkin primeiro ficou como que chumbado em seu lugar, segurando a tesourinha como quem se prepara para raspar alguma coisa...

Nosso herói ainda não estava compreendendo direito sua nova situação. Ainda não se refizera. Sentira o golpe, mas pensava que fosse uma coisa à toa. Tomado de uma angústia terrível, indescritível, despregou-se finalmente do lugar e precipitou-se direto para o gabinete do diretor, implorando aos céus para que tudo aquilo se resolvesse de algum modo para melhor e não acontecesse nada de mais, que fosse apenas uma coisa à toa... Na última sala, contígua ao gabinete do diretor, deu de cara e ficou face a face com Andriêi Filíppovitch e o seu homônimo. Os dois já retornavam; o senhor Golyádkin deu passagem. Andriêi Filíppovitch falava sorrindo e alegre. O homônimo do senhor Golyádkin primeiro também sorria, adulava, saltitava a uma distância respeitosa de Andriêi Filíppovitch e com ar extasiado lhe murmurava algo ao pé do ouvido, ao que Andriêi Filíppovitch balançava a cabeça da forma mais benévola. Nosso herói compreendeu de imediato toda a situação. Acontece que seu trabalho (como ele soube mais tarde) quase havia superado as expectativas de Sua Excelência e chegara de fato no prazo e a tempo. Sua Excelência estava muitíssimo satisfeito. Diziam até que Sua Excelência dissera obrigado, muito obrigado ao senhor Goliádkin segundo; contavam que prometera lembrar-se e que de maneira nenhuma iria esquecer quando chegasse a ocasião... É claro que a primeira atitude do senhor Goliádkin foi protestar, protestar com todas as forças, até esgotar as possibilidades. Quase fora de si e pálido como a morte, investiu contra Andriêi Filíppovitch. Mas Andriêi Filíppovitch, ao ouvir que o assunto do senhor Goliádkin era particular, negou-se a escutá-lo, observando em tom categórico que não dispunha de um minuto livre nem para suas próprias necessidades.

A secura do tom e a rispidez da recusa deixaram pasmo o senhor Goliádkin. "Acho melhor eu tentar outra abordagem... o melhor é eu procurar Anton Antónovitch."

Para o azar do senhor Goliádkin, Anton Antónovitch não estava presente; também se encontrava alhures, tratando de alguma coisa. "Ah, então não foi sem intenção que pediu para ser dispensado de explicações e boatos! — pensou nosso herói. — Eis a que aludia — o velho laço! Nesse caso eu simplesmente vou ter o atrevimento de implorar a Sua Excelência."

Ainda pálido e sentindo a cabeça em completa barafunda, sem atinar direito no que precisava mesmo decidir, o senhor Goliádkin sentou-se numa cadeira. "Seria bem melhor se tudo isso fosse apenas uma coisa à toa — não cessava de pensar consigo. — De fato, uma coisa obscura como essa até seria de todo improvável. Em primeiro lugar, isso é um absurdo, e, em segundo, não pode acontecer. Pode ter me parecido ouvir alguma coisa por lá ou ter acontecido algo diferente, e não o que realmente aconteceu; ou na certa eu mesmo fui para lá... e de algum modo me tomei por outro bem diferente... numa palavra, isso é uma coisa totalmente impossível." Mal o senhor Golyádin decidiu que isso era uma coisa totalmente impossível, o senhor Golyádkin segundo entrou de supetão na sala trazendo papéis em ambas as mãos e debaixo do braço. Depois de dizer de passagem umas duas palavras necessárias a Andriêi Filíppovitch, trocar umas palavras com mais alguém, desfazer-se em amabilidades com outros, distribuir familiaridades a terceiros, o senhor Golyádkin segundo, pelo visto sem mais tempo a perder à toa, parecia já se preparar para deixar a sala, mas por sorte o senhor Golyádkin primeiro parara em plena saída e sem detença começara a conversar ali mesmo com uns dois ou três colegas funcionários. O senhor Golyádkin primeiro investiu direto contra ele. Tão logo o senhor Golyádkin segundo percebeu a manobra do senhor Golyádkin primeiro, começou a olhar ao redor com grande inquietação, procurando por onde se esgueirar mais depressa. Mas nosso herói já segurava a manga do casaco do seu hóspede da véspera. Os funcionários, que haviam rodeado os dois conselheiros titulares, abriram alas e ficaram aguardando com curiosidade o que iria acontecer. O antigo conselheiro titular compreendia bem que nesse momento os bons ventos não sopravam a seu favor, compreendia bem que era objeto de intrigas: que precisava aguentar firme sobretudo agora. O instante era decisivo.

— Então? — proferiu o senhor Golyádkin segundo, olhando com petulância para o senhor Golyádkin primeiro.

O senhor Golyádkin primeiro mal conseguia respirar.

— Não sei, meu caro senhor — começou ele —, de que maneira o senhor vai explicar essa estranheza do seu comportamento para comigo.

— Vamos. Continue. — Nesse instante o senhor Golyádkin segundo olhou ao redor e piscou um olho para os fun-

O duplo 119

cionários que os rodeavam, como se fizesse saber que agora sim a comédia ia começar.

— A petulância e a desfaçatez das suas atitudes para comigo neste momento, meu caro senhor, ainda o desmascaram mais... do que todas as minhas palavras. Não se fie no seu jogo; ele é bem medíocre...

— Bem, Yákov Pietróvitch, agora me diga: como passou a noite? — respondeu o senhor Golyádkin segundo, olhando direto nos olhos o senhor Golyádkin primeiro.

— Meu caro senhor, veja como se comporta — disse o conselheiro titular inteiramente desnorteado, mal sentindo o chão debaixo dos pés —, espero que o senhor mude de tom...

— Meu amor!! — proferiu o senhor Golyádkin segundo, fazendo uma careta bastante indecorosa para o senhor Golyádkin primeiro, e súbito, de modo totalmente inesperado e como quem faz um afago, pegou-lhe com dois dedos a bochecha direita, bastante rechonchuda. Nosso herói inflamou-se como o fogo... Tão logo o companheiro do senhor Golyádkin primeiro reparou que seu adversário, trêmulo da cabeça aos pés, mudo de fúria, vermelho como um pimentão e, por último, levado ao limite extremo, podia até decidir-se a um ataque formal, fez incontinente a cara mais desavergonhada e por sua vez o repreendeu. Depois de lhe dar mais uns dois tapinhas na bochecha, de lhe fazer cócegas mais umas duas vezes, de brincar com ele, que estava imóvel e alucinado de fúria, e assim passar mais alguns segundos deleitando bastante os jovens que os rodeavam, o senhor Golyádkin segundo usou de uma desfaçatez de revoltar a alma, deu o piparote final na barriga proeminente do senhor Golyádkin primeiro e, com o sorriso mais venenoso, insinuando muita coisa, disse-lhe: "Estás brincando, mano Yákov Pietróvitch, estás brincando! Nós dois vamos usar de artimanhas, Yákov Pietróvitch, usar de artimanhas". Depois, antes que nosso herói conseguisse recobrar-se um pouquinho do último ataque, o senhor Golyádkin segundo (deixando escapar de antemão um pequeno sorriso para os espectadores que os rodeavam) assumiu de repente o ar mais ocupado, mais envolvido com o trabalho, mais formal, baixou a vista, encolheu-se, contraiu-se e, depois de proferir "em missão especial", sacudiu sua perninha curta e esgueirou-se para a sala contígua. Nosso herói não acreditava nos próprios olhos e ainda continuava sem condições de recobrar-se...

Por fim voltou a si. Apercebendo-se num átimo de que estava perdido, em certo sentido aniquilado, de que se desacreditara e manchara sua reputação, de que o haviam ridicularizado e escrachado na presença de estranhos, que fora ultrajado por quem ainda na véspera ele considerava seu amigo preferido e o mais confiável, de que, enfim, quebrara a cara, o senhor Golyádkin lançou-se ao encalço do seu inimigo. Nesse instante ele já nem queria pensar em testemunhas do seu ultraje. "Tudo isso faz parte de um conluio entre eles — dizia de si para si —, um defende o outro e um envenena o outro contra mim." Contudo, tendo dado dez passos, nosso herói percebeu com clareza que todas as perseguições haviam sido fúteis e vãs, e deu meia-volta. "Não me escaparás — pensava ele —, quando chegar o momento levarás a pior, hás de pagar pelas lágrimas derramadas." Com furioso sangue-frio e a mais enérgica firmeza, o senhor Golyádkin chegou à sua cadeira e sentou-se. "Não me escaparás!" — repetiu. Agora não se tratava de mera defesa passiva: havia no ar um cheiro de firmeza, de ofensiva, e quem visse o senhor Golyádkin nesse instante, corando e a muito custo contendo a inquietação, mergulhando a pena no tinteiro e correndo-a pelo papel, já poderia concluir de antemão que aquilo não ficaria assim nem seria possível terminar em simples mariquice. No fundo da alma ele forjara uma decisão e no fundo do coração jurara cumpri-la. Para falar a verdade, ainda não sabia direito como agir, ou, melhor, não sabia absolutamente; mas de qualquer forma não havia de ser nada! "Mas em nossa época, meu caro senhor, não se obtém nada com impostura e falta de vergonha. A impostura e a falta de vergonha, meu caro senhor, não levam a boa coisa, mas à forca. Só houve um Gricha Otrépiev,[24] meu senhor; projetou-se pela impostura, enganou um povo cego e assim mesmo por pouco tempo." A despeito dessa última circunstância, o senhor Goliádkin resolveu esperar que caísse a máscara de certas pessoas e então alguma coisa viria à tona. Para tanto seria necessário que primeiro terminasse o mais rápido possível o expediente, e enquanto isso nosso herói decidiu não fazer nada. Depois, terminado o expediente, ele tomaria uma medida. Então, tomada a medida, saberia como agir depois, como dispor todo o seu plano de ação para fazer baixar a crista à arrogância e esmagar a serpente que morde o pó desdenhando da impotência. Já permitir que o enxovalhassem como um trapo velho em que se limpam botas sujas, o senhor Goliádkin não podia. Tal coisa ele não podia aceitar, e sobretudo neste caso. Não fosse o último vexame, era até possível que nosso herói resolvesse constranger seu coração, podia ser que decidisse calar, resignar-se e não protestar com demasiada obstinação; então discutiria, reivindicaria um pouquinho, provaria que estava em seu direito, depois cederia outro pouquinho, depois talvez cedesse mais um pouquinho, depois concordaria inteiramente, depois, e sobretudo quando a parte contrária reconhecesse em tom solene que ele estava em seu direito, talvez até se reconciliasse, até se comovesse um pouquinho, até — quem poderia saber? — renascesse uma amizade nova, forte, uma amizade calorosa, ainda mais ampla que a da véspera, de sorte que esta amizade pudesse, enfim, ofuscar por inteiro a contrariedade causada pela

[24] Figura histórica e personagem do drama de A. S. Púchkin *Boris Godunóv*. (N. do T.)

semelhança bastante indecorosa das duas pessoas, de modo que ambos os conselheiros titulares chegassem à máxima satisfação e por fim vivessem até os cem anos, etc. Digamos tudo, enfim: o senhor Golyádkin começou até a lamentar por ter defendido a si e ao seu direito e haver ganho em troco a contrariedade. "Tivesse ele se reconciliado — pensava o senhor Golyádkin —, dito que havia brincado, eu o teria perdoado, teria até mais que perdoado, contanto que houvesse confessado em voz alta. Agora, me enxovalhar como um trapo velho, isso eu não vou deixar. Se não permiti nem que pessoas bem superiores me enxovalhassem, menos ainda vou deixar que um depravado cometa esse atentado. Não sou um trapo velho; não sou um trapo velho, meu senhor!" Numa palavra, nosso herói se decidira. "O senhor mesmo é o culpado, meu senhor!" Ele decidira protestar, e protestar com todas as forças, ir até a última possibilidade. Assim era ele! De maneira nenhuma poderia aceitar que o ofendessem, menos ainda permitir que o enxovalhassem como um trapo velho e, enfim, permitir isto a um homem totalmente depravado. Não discutamos, pois, não discutamos. Talvez, se alguém quisesse, se alguém quisesse mesmo, por exemplo, se quisesse transformar forçosamente o senhor Golyádkin num trapo velho, o transformaria mesmo, transformaria sem resistência e impunemente (o próprio senhor Golyádkin já o sentira outra vez), e o resultado seria um trapo velho e não Golyádkin — seria um trapo sujo, mas esse trapo não seria um trapo simples, esse trapo seria dotado de amor-próprio, esse trapo teria ânimo e sentimentos, e mesmo que fosse um amor-próprio humilde e uns sentimentos humildes e escondidos bem fundo nas dobras sujas desse trapo velho, ainda assim seriam sentimentos...

As horas se arrastavam com uma demora incrível; por fim bateram as quatro. Pouco tempo depois todos se levantaram e, seguindo o chefe, tomaram o rumo de suas casas. O senhor Golyádkin misturou-se à multidão; estava atento e não perdia de vista quem precisava espiar. Enfim nosso herói viu que seu companheiro corria para os vigias da repartição que entregavam os capotes e, enquanto esperava o seu, saracoteava ao lado deles, como era seu hábito bem torpezinho. O instante era decisivo. O senhor Golyádkin abriu caminho de qualquer jeito entre a multidão e, sem querer atrasar-se, também solicitou seu capote. Mas quem primeiro recebeu o capote foi o companheiro e amigo do senhor Golyádkin, que também ali conseguira a seu modo angariar simpatias, afabilidades, insinuar-se e cometer vilanias.

Depois de jogar o capote nas costas, o senhor Golyádkin segundo lançou um olhar irônico para o senhor Golyádkin primeiro, agindo de modo descarado e franco para aborrecê-lo, e então, com a petulância que lhe era própria, olhou ao redor, saracoteou a passos miúdos pela última vez — é provável que para deixar boa impressão — ao lado dos funcionários, disse uma palavrinha a um, cochichou com outro, trocou respeitosamente uma beijoca com um terceiro, dirigiu um sorriso a um quarto, deu a mão a um quinto e esgueirou-se com ar alegre escada abaixo. O senhor Golyádkin primeiro saiu atrás dele e, para sua indescritível satisfação, acabou por alcançá-lo no último degrau e o agarrou pela manga do capote. O senhor Golyádkin segundo pareceu desconcertar-se um pouco e olhou ao redor com ar desnorteado.

— Como posso entendê-lo? — enfim murmurou ele com voz fraca para o senhor Golyádkin.

— Meu caro senhor, se o senhor é um homem nobre, espero que se lembre das nossas relações amigáveis de ontem — proferiu nosso herói.

— Ah, sim! E então; dormiu bem?

Por um minuto a raiva paralisou a língua do senhor Golyádkin primeiro.

— Eu dormi bem... Mas permita que eu também lhe diga, meu caro senhor, que seu jogo é extremamente complicado...

— Quem anda dizendo isso? São meus inimigos que andam dizendo — respondeu com voz entrecortada aquele que se chamava de senhor Goliádkin, e com essas palavras livrou-se inesperadamente das fracas mãos do verdadeiro senhor Goliádkin. Uma vez livre, pulou da escada, olhou ao redor e, avistando um cocheiro, correu para ele, aboletou-se numa *drójki* e num piscar de olhos sumiu da vista do senhor Goliádkin primeiro. Desesperado e abandonado por todos, o conselheiro titular olhou ao redor, mas não havia outro cocheiro. Esboçou correr, mas as pernas fraquejaram. Com uma expressão desolada no rosto, boquiaberto, aniquilado, encolhido, encostou-se impotente ao poste do lampião e assim permaneceu alguns minutos no meio da calçada. Parecia que tudo estava morto para o senhor Goliádkin...

CAPÍTULO IX

Pelo visto, tudo, até a própria natureza, havia-se armado contra o senhor Golyádkin; mas ele ainda continuava de pé, e não vencido; ele sentia que não estava vencido. Estava disposto a lutar. Quando se recobrou da estupefação, esfregou as mãos com tal sentimento e tal energia, que só pelo seu aspecto dava para concluir que não cederia. Pensando bem, o perigo estava na cara, era evidente; até isso o senhor Golyádkin sentia; mas como enfrentá-lo, como encarar esse perigo? Eis a questão. Por um instante uma ideia chegou até a passar de relance pela cabeça do senhor Golyádkin: "Será que não seria o caso de deixar tudo isso como está, pura e simplesmente largar de mão? Ora, por que não? ora, nada mal. Eu me mantenho à parte, como se não fosse eu — pensava o senhor Golyádkin —, não ligo a mínima; não sou eu, e é só; ele também estará à parte, quem sabe não largará de mão? O velhaco vai bajular, bajular, ficar rodeando, e largar de mão. É isso! Imponho-me pela humildade. Então, cadê o perigo? vamos, que perigo? Gostaria que alguém me mostrasse onde está o perigo aqui, neste caso. É um caso reles! um caso corriqueiro!...". Neste ponto o senhor Golyádkin interrompeu-se. As palavras se esvaíram em sua língua; ele até se censurou por esse pensamento; até se sentiu colhido num ato de baixeza, de covardia por esse pensamento; mas ainda assim seu caso não avançava. Sentia que agora tinha a real necessidade de tomar alguma decisão; sentia até que pagaria muito a quem lhe dissesse exatamente que tipo de decisão deveria tomar. Ora, pois, como hei de adivinhar? Pensando bem, não havia tempo para adivinhar. Em todo caso, para não perder tempo, alugou um fiacre e voou para casa. "E então? como é que te sentes agora? — pensou no fundo da alma. — Como se digna sentir-se agora, Yákov Pietróvitch? O que vais fazer? O que é que vais fazer agora, seu patife duma figa, seu velhaco duma figa? Chegaste ao extremo, e agora ficas aí chorando, ficas aí choramingando!" Assim o senhor Golyádkin se autoprovocava, chacoalhando em seu reles e sacolejante fiacre. Autoprovocar-se e assim revolver as suas feridas era nesse instante uma espécie de prazer profundo para o senhor Golyádkin, quase chegando à volúpia. "Bem, se agora — pensava ele — aparecesse algum feiticeiro ou se alguém aparecesse em caráter oficial e dissesse: vamos, Golyádkin, me dá um dedo da mão direita e estamos quites; não haverá outro Golyádkin e tu serás feliz, só que sem um dedo — eu daria o dedo, eu o daria na certa e sem pestanejar. O diabo que carregue tudo isso! — exclamou enfim o desesperado conselheiro titular — ora, para que tudo isso? Bem, era necessário que tudo isso acontecesse; isso era mesmo necessário, justamente isso, como se outra coisa fosse impossível! Mas no início tudo foi bom, no início todos estavam satisfeitos e felizes; ah, mas não, era necessário! Pensando bem, com palavras não se consegue mesmo nada! É preciso agir."

Então o senhor Golyádkin, quase decidido a alguma coisa, ao entrar em seu quarto, agarrou o cachimbo sem nenhuma demora e, sugando-o com todas as forças, espalhando partículas de fumaça à direita e à esquerda, começou a correr para a frente e para trás, presa de uma extraordinária agitação. Enquanto isso, Pietruchka começara a pôr a mesa. Por fim o senhor Golyádkin se decidiu de vez, súbito largou o cachimbo, atirou o capote nas costas, disse que não iria almoçar em casa e correu para fora do apartamento. Na escada Pietruchka o alcançou arquejando e trazendo o chapéu que o amo esquecera. O senhor Golyádkin pegou o chapéu, quis justificar-se ligeiramente perante Pietruchka, para que Pietruchka não fosse pensar nada de especial — pois é, a coisa chegou a tal ponto que ele esqueceu o chapéu, etc. —, mas como Pietruchka nem sequer espichou um olho para ele e logo se foi, o senhor Goliádkin pôs seu chapéu sem mais explicações, acabou de descer a escada e, dizendo que tudo talvez viesse a melhorar e que a questão talvez se resolvesse de algum jeito, embora, não obstante, sentisse até um calafrio nos calcanhares, saiu à rua, alugou um fiacre e partiu a toda para a casa de Andriêi Filíppovitch. "Pensando bem, não seria melhor deixar para amanhã? — pensava o senhor Goliádkin, agarrando o cordão da sineta à porta do apartamento de Andriêi Filíppovitch —, e ademais o que eu vou dizer de especial? Neste caso não há nada de especial. Trata-se de uma coisa mísera, enfim, a coisa é de fato mísera, à toa, quer dizer, uma coisa quase à toa... pois ela, como toda essa história, é uma circunstância..." De repente o senhor Goliádkin acionou a sineta; a sineta tilintou, do lado de dentro ouviram-se os passos de alguém... Nesse instante o senhor Goliádkin chegou até a se amaldiçoar, em parte pela pressa e pela petulância. As recentes contrariedades que o senhor Goliádkin, envolvido com seus afazeres, por pouco não havia esquecido, e as desavenças com Andriêi Filíppovitch vieram-lhe imediatamente à lembrança. Mas já era tarde para fugir: a porta se abrira. Para a sorte do senhor Goliádkin, disseram-lhe que Andriêi Filíppovitch ainda não voltara do trabalho e não almoçaria em casa. "Sei onde ele almoça: ele almoça na ponte Izmáilovski" — pensou nosso herói e ficou no auge do contentamento. À pergunta do criado a respeito de como anunciá-lo, respondeu: meu amigo, sabe como é, eu, vá lá que, sabe como é, meu amigo, depois — e correu escada abaixo até com certa animação. Ao chegar à rua, resolveu liberar o fiacre e pagar ao cocheiro. Quando, porém, o cocheiro pediu um acréscimo à corrida — "Vosmecê sabe como é, fiquei muito tempo esperando e não poupei o trotão para obsequiá-lo" —, ele deu um acréscimo de cinquenta copeques, e o fez até com muito gosto; e ele mesmo seguiu a pé.

"Essa coisa, verdade, é tal — pensava o senhor Golyádkin — que não dá para deixar assim; no entanto, se eu pensar desse jeito, pensar com bom senso, a troco de que vou interceder de verdade? Ah, não, mas eu vou insistir sempre em saber a troco de que tenho de interceder? a troco de que terei de me esfalfar, de me arrebentar, de quebrar a cabeça, me atormentar, me matar? Em primeiro lugar, a coisa está feita e não tem volta... não tem volta mesmo! Julguemos assim: aparece uma pessoa, aparece uma pessoa com uma recomendação de peso, digamos, uma pessoa capaz, de boa conduta, só que é pobre e sofreu várias contrariedades — passou por diversos maus bocados —, mas pobreza não é defeito; então eu me mantenho à parte. Arre; realmente, que absurdo é esse? Pois bem, calhou que ele apareceu, conseguiu emprego, arranjou-se de tal modo com a natureza que saiu parecido com outro homem como duas gotas d'água, que é a cópia perfeita de outro homem; então só por isso não haveria de ser aceito no departamento?! Se o destino, se só o destino, se a fortuna cega é a culpada por isso, quer dizer que haveríamos de enxovalhá-lo como um trapo velho, quer dizer que não se deveria lhe dar emprego... então, onde estaria a justiça depois de tudo isso? Ele é um homem pobre, desamparado, atemorizado; neste caso dói no coração, a compaixão manda que se cuide dele! É! de fato, bons chefes seriam os nossos se pensassem como eu, um cabeça estouvada! Essa minha cuca é uma coisa! De vez em quando comete besteiras por dez! Não, não! Agiram bem e merecem gratidão por terem cuidado do pobre diabo... Pois bem, suponhamos, por exemplo, que somos gêmeos, e que viemos ao mundo de tal modo que acabamos irmãos gêmeos, mas é só — eis como a coisa é! Sim, mas e daí? Ora, daí nada! Seria possível que todos os funcionários se acostumassem; que, se um estranho entrasse em nossa repartição, na certa não acharia nada de inconveniente nem ofensivo em tal circunstância. Neste caso a coisa é até algo comovente; que, dir-se-ia, traz até uma ideia: de que a Providência Divina criou dois seres absolutamente semelhantes, e os nossos chefes benfeitores, percebendo a ação da Providência Divina, acolheram os dois gêmeos. É claro — continuou o senhor Golyádkin, tomando fôlego e baixando um pouco a voz —, é claro que... é claro que seria melhor se não houvesse nada disso, de comovente, e que também não houvesse nada de gêmeos... Que o diabo levasse tudo isso! Para que isso serve? Que necessidade tão especial é essa que não admite nenhuma protelação?! Senhor, meu Deus! Vejam só que complicação os diabos armaram. Porque, não obstante, ele tem um caráter de lascar, modos brejeiros, detestáveis — é um patife e tanto, escorregadio, bajulador, lambe botas, um Golyádkin de marca maior! Talvez ainda venha a ter um mau comportamento e manchar meu sobrenome, o patife. Agora é ficar de olho e cuidando dele! Arre, que suplício! Pensando bem, o que é que tem isso? Ora, não é nada! Bem, ele é um patife — bem, admitamos que ele seja um patife, mas em compensação o outro é honesto. Pois bem, ele será um patife, e eu honesto — e dirão que aquele Golyádkin é um patife, que não olhem para ele nem o confundam com o outro; este é honesto, virtuoso, dócil, muito confiável no trabalho e merece ser promovido; vejam só! Bem, concordo... mas como é que aquilo... Mas como é que lá entre eles aquilo... e como eles confundem! Ora, é da parte dele que tudo vai começar! Ai, Senhor, meu Deus!... E vai substituir um homem, aquele patife de marca maior vai substituir — vai substituir um homem como um trapo velho e não vai nem julgar que o homem não é um trapo velho. Ai, Senhor, meu Deus! Arre, que infelicidade!..."

Era assim que pensava e queixava-se o senhor Golyádkin, correndo sem distinguir o caminho e quase sem saber para onde ia. Deu por si na avenida Niévski, e mesmo assim só porque se chocou de tal jeito e tão em cheio com um transeunte que chegou a ver estrelas. Sem levantar a cabeça, o senhor Golyádkin murmurou uma desculpa, e só quando o transeunte rosnou algo não muito lisonjeiro, afastou-se a uma distância considerável, empinou o nariz e sondou o lugar e a situação em que estava. Depois de sondar e perceber que se encontrava justamente ao lado do restaurante em que descansara enquanto se preparava para o jantar de gala de Olsufi Ivánovitch, súbito nosso herói sentiu umas fisgadas e uns piparotes no estômago, lembrou-se de que não almoçara, de que não havia jantar de gala previsto em lugar nenhum e por isso, sem perder seu precioso tempo, correu escada acima para o restaurante a fim de lambiscar depressa alguma coisa e fazendo o possível para não demorar. E embora tudo no restaurante fosse meio caro, desta vez esse pequeno detalhe não deteve o senhor Golyádkin; além do mais, agora não havia tempo para tardar em semelhantes ninharias. Numa sala bem iluminada, junto a um balcão sobre o qual aparecia uma enorme diversidade de tudo o que era servido como salgadinhos para gente da nobreza, havia uma grande aglomeração de frequentadores. O empregado mal dava conta de servir a bebida, atender os fregueses, receber o dinheiro e devolver o troco. O senhor Golyádkin esperou sua vez e, quando ela chegou, estirou modestamente a mão para um pastel aberto. Afastando-se para um cantinho, virou-se de costas para os presentes e começou a comer com apetite; voltou ao vendedor, pôs o pratinho no balcão e, a par do preço, tirou uma moeda de dez copeques de prata e a pôs no balcão, enquanto sondava o olhar do vendedor a fim de lhe mostrar: "bem, a moeda está aí; um pastelzinho", etc.

— Sua conta é de um rublo e dez copeques — disse entre dentes o balconista.

O senhor Golyádkin ficou bastante surpreso.

— É comigo que o senhor está falando?... Eu... parece que só peguei um pastel.

— Pegou onze — objetou convicto o empregado.

— O senhor... pelo que me parece... o senhor parece que está enganado... Eu, palavra, parece que peguei um pastel.

— Eu contei: o senhor pegou onze unidades. Como os pegou, tem de pagar; de graça ninguém lhe dá nada.

O senhor Golyádkin estava pasmo. "O que é isso, alguma bruxaria que estão fazendo comigo?" — pensou ele. Enquanto isso, o caixa aguardava a decisão do senhor Golyádkin; rodearam o senhor Golyádkin; o senhor Golyádkin já ia metendo a mão no bolso para tirar um rublo de prata e pagar sem demora, para se livrar da complicação. "Bem, já que são onze, então são onze — pensava o senhor Golyádkin, corando como um pimentão —, bem, qual é o problema se foram comidos onze pastéis? Ora, o homem estava com fome, e então comeu onze pastéis; vá lá, que coma e faça bom proveito; ora veja, nisso não há razão para surpresa nem para rir..." Súbito foi como se algo tivesse picado o senhor Golyádkin; ele levantou a vista e — num instante decifrou o enigma, compreendeu toda a bruxaria; num instante resolveram-se todas as complicações... à porta que dava para a sala contígua, quase bem às costas do caixa e de frente para o senhor Golyádkin, à porta que, aliás, até então nosso herói confundira com um espelho, estava um homem — estava ele, estava o próprio senhor Golyádkin, não o primeiro senhor Golyádkin, não o herói da nossa história, mas o outro senhor Golyádkin, o novo senhor Golyádkin. O outro senhor Golyádkin aparentava um magnífico estado de ânimo. Sorria para o senhor Golyádkin primeiro, fazia-lhe sinal com a cabeça, piscava os olhos para ele, fazia uns movimentos miúdos com os pés, e pela expressão do seu rosto via-se que era só acontecer alguma coisa que ele se escafederia, que ele se meteria na sala contígua e dali poderia pegar a porta dos fundos e seria aquilo... e todas as perseguições se tornariam inúteis. Tinha na mão a última fatia do décimo pastel que, perante o olhar do senhor Goliádkin, encaminhava à boca, estalando os beiços de satisfação. "Substituiu-me, patife! — pensou o senhor Goliádkin, inflamando-se como fogo pela vergonha — não se acanhou por estar em público! Será que o estão notando? Parece que ninguém o nota!..." O senhor Goliádkin largou no balcão um rublo de prata de tal modo como se todos os seus dedos queimassem ao tocá-lo, e, sem perceber o sorriso significativamente descarado do empregado, sorriso do triunfo e do poder tranquilo, escapou da multidão e precipitou-se para fora sem olhar para trás. "Grato ao menos por não ter comprometido definitivamente um homem! — pensou o senhor Goliádkin primeiro. — Grato ao bandido, a ele e ao destino, por tudo ainda ter se resolvido bem. Só o empregado foi grosseiro. Ora, não há o que fazer, pois ele estava em seu direito! Se cobrasse dez rublos ainda estaria em seu direito. Como disse, de graça não damos nada a ninguém! Podia ao menos ter sido mais cortês, o vagabundo!..."

O senhor Goliádkin falava tudo isso ao descer a escada para o alpendre. Mas no último degrau parou como que plantado e súbito corou de tal modo que até lhe brotaram lágrimas dos olhos, numa crise de amor-próprio ferido. Depois de ficar cerca de meio minuto plantado como um poste, de repente bateu firme com os pés, de um salto desceu do alpendre ganhando a rua e, sem olhar para trás, arfando e sem sentir o cansaço, tomou o caminho de sua casa na rua Chestilávotchnaya. Em casa, sem sequer tirar o capote, contrariando seu hábito caseiro, nem ir logo pegando o cachimbo, sentou-se de imediato no divã, puxou para si um tinteiro, pegou uma pena, uma folha de papel de carta e, com a mão trêmula de emoção, pôs-se a escrever depressa a seguinte missiva:

"Meu caro senhor
Yákov Pietróvitch!
Em hipótese alguma eu pegaria da pena não fossem as circunstâncias em que me encontro e se o senhor mesmo, meu caro senhor, não me tivesse forçado a isso. Creia que uma necessidade me forçou a lhe dar semelhante explicação, e por isso lhe peço, acima de tudo, que não interprete esta minha medida como uma intenção deliberada de ofendê-lo, meu caro senhor, mas como uma consequência necessária das circunstâncias que ora nos envolvem."

"Parece que está bom, decente, polido, embora não desprovido de força e firmeza... Parece que ele não tem por que se ofender. Além do mais estou em meu direito" — pensou o senhor Golyádkin, relendo o escrito.

"Seu aparecimento inesperado e estranho numa noite de tempestade, meu caro senhor, depois da atitude grosseira e indecente tomada contra mim por meus inimigos, cujos nomes silencio por desprezá-los, foi o embrião de todas as desavenças que há entre nós no presente momento. Seu obstinado desejo de teimar e entrar à força no círculo de minha existência e de todas as minhas relações na vida prática, meu caro senhor, chega a ultrapassar os limites exigidos quando nada pela cortesia e pela simples norma de convívio em sociedade. Acho que aqui não cabe mencionar meu documento e meu próprio nome honrado que o senhor raptou, meu caro senhor, com vistas a granjear a afabilidade dos superiores — afabilidade a que o senhor não faz jus. Tampouco cabe mencionar aqui as suas premeditadas e injuriosas esquivas às explicações que o caso requer. Por último, para dizer tudo, aqui também não menciono seu último, estranho e, pode-se dizer, incompreensível procedimento para comigo no café. Longe de mim lamentar a inútil perda de um rublo de prata; mas não posso deixar de externar toda a minha indignação quando me lembro do seu flagrante atentado à minha honra, meu caro senhor, e ainda por cima na presença de várias pessoas que, embora estranhas a mim, eram, não obstante, de muito bom-tom..."

"Não estarei indo longe? — pensou o senhor Goliádkin. — Isto não será muito? Não será demasiada, por exemplo, essa alusão ao bom-tom?... Ah, não é nada disso! Preciso lhe mostrar firmeza de caráter. Pensando bem, para efeito de abrandamento posso lisonjeá-lo e adulá-lo no final. Bem, vejamos como fica."

"Contudo, meu caro senhor, eu não me poria a saturá-lo com minha carta se não tivesse a firme convicção de que a nobreza dos sentimentos cordiais e o seu caráter reto e franco lhe mostrarão os meios de corrigir todas as falhas e restabelecer tudo ao que era antes.

Cheio de esperança, ouso estar seguro de que o senhor não tomará minha carta num sentido de ofensa pessoal e ao mesmo tempo não se recusará a se explicar a propósito desse caso em forma escrita, através do meu portador.

Aguardando resposta, tenho, meu caro senhor, a honra de permanecer seu criado.

Yákov Goliádkin"

"Pois é, tudo saiu bem! A coisa está feita; chegou até à forma escrita. Mas quem é o culpado? Ele mesmo é o culpado; levou um homem à necessidade de cobrar documentos escritos. Mas estou em meu direito..."

Depois de reler pela última vez a carta, o senhor Golyádkin dobrou-a, lacrou-a e chamou Pietruchka. Como de costume, Pietruchka apareceu com os olhos modorrentos e zangado em extremo com alguma coisa.

— Meu caro, vais pegar esta carta aqui... compreendes?
— Compreendo.
— Compreendo! Não és capaz de dizer compreendo-s.[25] Perguntarás pelo funcionário Vakhramêiev e lhe dirás que, sabe como é, meu amo me mandou lhe apresentar seus cumprimentos e pede encarecidamente que procure no livro de endereços da nossa repartição onde, onde mora o conselheiro titular Golyádkin.

Pietruchka ficou calado e, como pareceu ao senhor Golyádkin, deu um sorriso.

— Pois bem, Piotr, tu perguntarás a ele o endereço e ficarás sabendo onde mora o funcionário novato Golyádkin.
— Pois não.
— Perguntarás o endereço e levarás esta carta a esse endereço; estás entendendo?
— Estou.
— Se lá... lá aonde levarás esta carta, o senhor a quem entregarás esta carta, o tal Golyádkin... De que estás rindo, pateta?
— Ora, de que eu iria rir? Pouco se me dá!? Não fiz nada. Gente como eu não tem do que rir...

---

[25] Até fins do século XIX e início do século XX, empregava-se na linguagem coloquial russa a letra "s" depois de qualquer palavra para lhe dar um matiz de gentileza, boa educação, servilismo ou, em casos mais raros, de brincadeira ou ironia. (N. do T.)

O duplo

— Então, vê só... se o tal senhor fizer perguntas como essas: como vai teu amo, como tem passado, o que tem feito... bem, alguma coisa ele vai perguntar... então te cala, responde: meu amo vai mais ou menos, e pede que o senhor lhe responda de próprio punho. Estás entendendo?
— Estou.
— Então vai.
"Ora, veja só, ainda ter de dar tarefa a esse pateta! Só ri, e nada mais. De que será que ri? Cheguei a esta desgraça, tive de chegar assim a esta desgraça! Pensando bem, pode ser que a coisa caminhe sempre para melhor... Aquele vigarista na certa vai passar umas duas horas zanzando, ainda vai sumir. Não se pode mandá-lo a lugar nenhum. Arre, que desgraça!... arre, que desgraça que não dá sossego!..."

Assim, sentindo na plenitude a sua desgraça, nosso herói resolveu passar duas horas num papel passivo, à espera de Pietruchka. Durante cerca de uma hora andou pelo quarto, fumou, depois largou o cachimbo e sentou-se para ler um livrinho qualquer, em seguida deitou-se um pouco no divã, depois voltou ao cachimbo, depois retomou sua correria pelo quarto. Queria pensar, mas não conseguia pensar decididamente em nada. Por fim a agonia do seu estado de passividade atingiu o último grau e o senhor Goliádkin decidiu tomar uma medida. "Pietruchka ainda vai demorar uma hora — pensava ele —, posso deixar a chave com o zelador e enquanto isso eu mesmo pego e... estudo o caso, estudo o caso na parte que me toca." Sem perda de tempo e apressado em resolver o caso, o senhor Goliádkin pegou o chapéu, saiu do quarto, fechou o apartamento, foi até o zelador, entregou-lhe a chave junto com uma moeda de dez copeques — por alguma razão o senhor Goliádkin andava numa generosidade incomum — e saiu no rumo que lhe convinha. O senhor Goliádkin foi a pé, primeiro na direção da ponte Izmáilovski. Levou cerca de meia hora caminhando. Tendo atingido o destino da sua caminhada, entrou direto no pátio do seu prédio conhecido e olhou para as janelas do apartamento do conselheiro de Estado Beriendêiev. Além das três janelas revestidas de cortinas vermelhas, as outras não estavam escuras. "Hoje Olsufi Ivánovitch decerto não está recebendo visitas — pensou o senhor Golyádkin —, na certa está sozinho em casa neste momento." Depois de algum tempo no pátio, nosso herói já esboçava alguma decisão. Mas, pelo visto, a decisão estava fadada a não acontecer. O senhor Golyádkin repensou, desistiu e voltou para a rua. "Não, não era para cá que eu devia ter vindo. O que é que eu vou fazer aqui?... Ora essa, o melhor agora é eu fazer aquilo... estudar todo o caso pessoalmente." Tomada essa decisão, o senhor Golyádkin lançou-se no rumo do seu departamento. A distância não era curta, e ainda por cima havia uma lama terrível e caía uma neve úmida em flocos dos mais graúdos. Contudo, nesse momento parecia não haver dificuldades para nosso herói. Que estava ensopado, estava, é verdade, e além disso ficara bem enlameado: "Bem, tudo feito de afogadilho, mas em compensação o destino foi alcançado". E de fato, o senhor Golyádkin já se aproximava do seu objetivo. A massa escura do imenso edifício público já pretejava ao longe à frente dele. "Epa! — pensou o senhor Golyádkin — para onde estou indo e o que vou fazer ali? Suponhamos que eu venha a saber onde ele mora; mas enquanto isso Pietruchka na certa já voltou e me trouxe a resposta. Só estou perdendo meu precioso tempo à toa, só fiz perder tempo. Mas não há de ser nada; ainda dá para consertar tudo isso. Entretanto, não seria mesmo o caso de fazer uma visitinha a Vakhramêiev? Ah, mas não! isso eu faço mais tarde... Ora! Eu não tinha nenhuma necessidade de ter saído. Mas não, assim é meu caráter! Sou de um jeito tal que, não sei se por necessidade ou não, vivo eternamente tentando de algum modo pôr o carro diante dos bois... Hum... que horas são? na certa já são nove. Pietruchka pode voltar e não me encontrar em casa. Foi uma genuína bobagem eu ter saído... Sim senhor, realmente estou numa enrascada!"

Assim, reconhecendo sinceramente que cometera uma genuína bobagem, nosso herói correu de volta para casa, na Chestilávotchnaya. Chegou cansado, estafado. Já pelo zelador soube que Pietruchka nem sonhava em aparecer. "Pois é, eu já tinha pressentido isso — pensou nosso herói —; entretanto, já são nove horas. Arre, que patife! Está sempre enchendo a cara em algum lugar! Senhor Deus! que diazinho coube à minha desgraçada sina!" Assim matutando e queixando-se, o senhor Golyádkin abriu seu apartamento, pegou fogo para acender o cachimbo, despiu-se por completo, deu uma baforada e cansado, exausto, alquebrado e faminto, sentou-se no divã à espera de Pietruchka. A vela se consumia e emitia uma luz embaçada, que tremia nas paredes... O senhor Golyádkin olhava para lá, olhava para cá, pensava nisso, pensava naquilo, e por fim adormeceu como um morto.

Acordou já tarde. A vela chegara quase ao fim, fumegava e estava prestes a se apagar de vez. O senhor Golyádkin deu um salto, sacudiu-se e lembrou-se de tudo, absolutamente tudo. Por trás do tabique ouviu-se o ronco grosso de Pietruchka. O senhor Golyádkin precipitou-se para a janela — não havia uma luzinha em lugar nenhum. Abriu o postigo — tudo em silêncio; a cidade parecia morta, dormia. Logo, seriam umas duas ou três horas; e eram mesmo: por trás do tabique o relógio fez esforço e bateu duas horas. O senhor Golyádkin correu para trás do tabique.

A custo, aliás depois de longos esforços, ele conseguiu acordar Pietruchka às sacudidelas e o fez sentar-se na cama. A essa altura a vela se extinguira por completo. Passaram-se uns dez minutos até que o senhor Golyádkin achasse outra vela. Enquanto isso Pietruchka conseguira adormecer de novo. "Patife duma figa, patife duma figa! — proferiu o senhor Golyádkin, voltando a sacudi-lo —, será que vais acordar, será

que vais te levantar?" Depois de meia hora de esforços, o senhor Golyádkin conseguiu, não obstante, despertar de vez seu serviçal à custa de sacudidelas e tirá-lo de dentro do tabique. Só então nosso herói percebeu que Pietruchka estava, como se diz, morto de bêbado e a muito custo se segurava nas pernas.

— Vagabundo duma figa! — gritou o senhor Golyádkin. — Bandido duma figa! Tu me fizeste perder a cabeça! Meu Deus, onde ele sumiu com aquela carta? Ai, meu Criador, bem, como é que fica... E por que a escrevi? eu lá precisava escrevê-la! Eu, paspalhão, meti os pés pelas mãos com meu amor-próprio! Meti-me nisso por causa do amor-próprio! Olha em que deu o teu amor-próprio, patife duma figa, olha em que deu o teu amor-próprio!... E tu aí! onde meteste a carta, bandido duma figa? A quem a entregaste?...

— Não entreguei nenhuma carta a ninguém; e não estive com carta nenhuma... é isso!

O senhor Golyádkin torcia os braços de desespero.

— Ouve, Piotr... ouve, ouve-me...

— Pois não...

— Onde estiveste? Responde...

— Onde estive... estive em casa de pessoas de bem! ora, pois!

— Ai, meu Deus! Aonde foste primeiro? Estiveste no departamento?... ouve, Piotr; não estarás bêbado?

— Eu, bêbado? Olhe, que eu fique pregado neste lugar se eu estiver um tiquinho que seja bêbado — é isso...

— Não, não, não faz mal que estejas bêbado... Só perguntei por perguntar; é bom que estejas bêbado; não estou zangado, Pietrucha, não estou zangado... Talvez tenhas apenas esquecido por esquecer, mas te lembras de tudo. Então, vê se te lembras; estiveste com Vakhramêiev, o funcionário... estiveste ou não?

— Nem estive, nem existiu esse funcionário. Agora nem que...

— Não, não, Piotr! Não, Pietrucha, vê, não estou zangado. Ora, tu mesmo estás vendo que não estou zangado... Vamos, qual é o problema? Bem, lá fora está frio, úmido, então, uma pessoa toma um trago; ora veja, não é nada... Não estou zangado. Mano, hoje eu mesmo tomei um trago... Podes confessar, meu irmão, vê se te lembras: estiveste com o funcionário Vakhramêiev?

— Bem, já que agora a coisa tomou esse rumo, então, palavra de honra, estive lá, sim, ainda que neste momento...

— Pois foi bom, Pietrucha, fizeste bem em ter ido. Como vês, não estou zangado... Ora, ora — continuou nosso herói, cativando cada vez mais o seu serviçal, dando-lhe tapinhas no ombro e sorrindo para ele —, ora, encheste a cara, safado, um pouquinho... bebeste aqueles dez copeques, não foi? seu velhaco! Ah, mas não faz mal; bem, estás vendo que não estou zangado... não estou zangado, irmãozinho, não estou zangado...

— Não, não sou velhaco, o senhor que sabe... Apenas visitei pessoas de bem, mas não sou velhaco e velhaco nunca fui...

— Ah, não, não, Pietrucha! procura me ouvir, Piotr: ora, eu não disse nada, não estou te insultando por te chamar de velhaco. Vê, digo isso para te consolar, pondo nisso um sentido nobre. Porque, Pietrucha, dizer a alguém que ele é um tipo sinuoso, que é um velhaco, significa lisonjeá-lo, dizer que é um rapaz que não falha nem permite que ninguém o engazope. Qualquer um gosta de ouvir isso... Vamos, vamos, isso não é nada! Mas dize para mim, Pietrucha, agora sem esconder, sinceramente, como se diz a um amigo... bem, estiveste com o funcionário Vakhramêiev e ele te deu o endereço?

— O endereço ele também deu, também deu o endereço. Bom funcionário! Teu amo, disse ele, é um homem bom, muito bom, disse ele; dize a ele que mando meus cumprimentos, agradece ao teu amo e dize que eu gosto dele, dize como estimo o teu amo! porque teu amo, Pietrucha, é um homem

bom, e tu também, disse, também és um bom homem, Pietrucha — eis...
— Oh, meu Deus! E o endereço, o endereço, seu Judas duma figa? — O senhor Goliádkin pronunciou as últimas palavras quase murmurando.
— O endereço... o endereço também deu.
— Deu? Então, onde ele mora, o Goliádkin, o funcionário Goliádkin, o conselheiro titular?
— Goliádkin, para que saibas, disse ele, mora na rua Chestilávotchnaya. Para chegar lá, disse ele, pegas à direita, sobes a escada para o quarto andar. E aí, disse ele, mora Goliádkin...
— Seu vigarista duma figa! — nosso herói finalmente começou a gritar, perdendo a paciência. — Seu bandido duma figa! Ora, esse Goliádkin aí sou eu; estás falando de mim. Porque existe outro Goliádkin; é do outro que estou falando, seu vigarista duma figa!
— Bem, como queira! pouco se me dá! O senhor quer assim — então!...
— Mas e a carta, a carta...
— Que carta? também não houve carta nenhuma, e não vi carta nenhuma.
— Mas onde foi que a meteste? velhaco duma figa!
— Eu a entreguei, entreguei a carta. Apresenta-lhe meus cumprimentos, disse ele, agradece; teu amo é bom, disse ele. Apresenta-lhe meus cumprimentos, disse ele, ao teu amo...
— Mas quem disse isso? Foi Goliádkin quem disse?
Pietruchka fez um breve silêncio e riu escancarando a boca, fitando seu amo nos olhos.
— Escuta aqui, seu bandido duma figa! — começou o senhor Goliádkin, arfando, desconcertado de fúria —, o que fizeste comigo? Dize para mim o que fizeste comigo! Tu me deixaste totalmente transtornado, miserável duma figa! Tu me desmoralizaste, Judas duma figa!

— Bem, agora é como o senhor quiser! pouco se me dá! — disse Pietruchka em tom decidido, retirando-se para além do tabique.

— Vem cá, vem cá, bandido duma figa!...

— Agora não vou mais ficar com o senhor, não vou de jeito nenhum. Pouco se me dá! Vou procurar pessoas de bem... As pessoas de bem vivem honestamente... as pessoas de bem vivem sem farsa e nunca aparecem duplicadas...

O senhor Golyádkin ficou com as mãos e os pés gelados e sem fôlego...

— É — continuou Pietruchka —, elas nunca aparecem duplicadas, não ofendem a Deus nem pessoas honestas...

— Tu és um vadio, um bêbado. Agora dorme, bandido duma figa! Mas amanhã eu te mostro — pronunciou o senhor Golyádkin com uma voz que mal se ouvia. Quanto a Pietruchka, este ainda murmurou alguma coisa; depois se ouviu que ele deitou na cama, de tal modo que ela rangeu; ele deu um bocejo arrastado, espreguiçou-se e por fim começou a roncar, caindo no sono dos inocentes, como se diz. O senhor Golyádkin estava mais morto que vivo. A atitude de Pietruchka, suas alusões muito estranhas, embora distantes, com as quais, pois, não havia razão para zangar-se, ainda mais porque eram palavras de um bêbado, e, por último, todo o rumo maléfico que o assunto tomara — tudo isso deixou o senhor Golyádkin profundamente abalado. "Deu-me na telha destratá-lo no meio da noite — dizia nosso herói, com o corpo todo a tremer, movido por uma sensação mórbida. — Achei de me meter com um bêbado! Que adianta esperar algo de um bêbado? diz uma mentira atrás da outra. Aliás, o que será que ele estava insinuando, bandido duma figa? Senhor meu Deus! E a troco de que escrevi todas aquelas cartas? sou mesmo um celerado; sou mesmo um suicida duma figa! Não podia segurar um pouco a língua! Tinha de dizer asneiras! Foi demais! Estás liquidado, te equiparas a um

O duplo 145

trapo velho, pois tinhas de meter teu amor-próprio na repartição, como quem diz 'minha honra vai ser afetada', como quem diz 'preciso salvar a minha honra'! Sou um suicida duma figa!"

Assim falava o senhor Golyádkin, sentado em seu divã e sem ousar se mexer de medo. Súbito seus olhos se fixaram num objeto, que despertou em extremo a sua atenção. Tomado de medo —não seria uma ilusão, não seria um engano da imaginação o objeto que despertara a sua atenção? —, ele estendeu a mão para o objeto com esperança, com timidez, com uma curiosidade indescritível... Não, não era engano! Nem ilusão! Era uma carta, exatamente uma carta, sem dúvida uma carta, e endereçada a ele... O senhor Golyádkin pegou a carta da mesa. Seu coração batia terrivelmente. "Decerto foi o vigarista que a trouxe — pensou ele —, largou-a aqui e depois esqueceu; decerto foi assim que aconteceu; decerto foi assim mesmo que tudo aconteceu..." Era uma carta do funcionário Vakhramêiev, jovem colega e outrora amigo do senhor Golyádkin. "Aliás, eu já havia pressentido tudo isso — pensou nosso herói —, e também havia pressentido tudo o que agora vou encontrar na carta..." A carta era a seguinte:

"Meu caro senhor
Yákov Pietróvitch!
Seu emissário é um bêbado e dele não se deve esperar nada de útil; por esta razão, prefiro responder por escrito. Apresso-me em lhe comunicar que aceito cumprir com toda fidelidade e precisão a missão que o senhor me confiou e que consiste em entregar com minhas próprias mãos a carta à pessoa do seu conhecimento. Essa pessoa, que o senhor conhece muito bem, que agora faz para mim as vezes de um amigo e cujo nome omito (porque não que-

ro denegrir à toa a reputação de um homem de todo inocente), mora conosco em casa de Carolina Ivánovna, naquele mesmo quarto que antes, quando o senhor ainda morava conosco, era ocupado pelo oficial de infantaria que viera de Tambov. Aliás, o senhor pode encontrar essa pessoa em qualquer lugar entre gente honesta e sincera, o que é impossível dizer a respeito de certas pessoas. A partir desta data pretendo romper meus laços com o senhor; não podemos manter o tom amigável e a antiga aparência de camaradagem mútua, razão por que lhe peço, meu caro senhor, que tão logo receba esta minha carta franca envie-me os dois rublos que me deve pela navalha de fabrico estrangeiro que, caso se digne de lembrar-se, vendi-lhe sete meses atrás, ainda quando o senhor morava conosco em casa de Carolina Ivánovna, a quem estimo de todo coração. Porto-me dessa maneira porque o senhor, segundo relatos de pessoas inteligentes, perdeu o amor-próprio e a reputação e se tornou perigoso para a moral das pessoas puras e não contagiadas, pois certas pessoas não vivem conforme a verdade e, além disso, suas palavras são uma farsa e sua aparência de boas intenções é suspeita. Gente disposta a interferir contra a ofensa causada a Carolina Ivánovna — que sempre teve boa conduta e, ademais, é uma mulher inteligente e ainda por cima virgem, embora não seja jovem, mas em compensação de boa família estrangeira — sempre se poderá encontrar em toda parte, e foi isto que algumas pessoas pediram para que eu mencionasse de passagem nesta carta e falasse em meu próprio nome. De qualquer maneira, o senhor será informado oportunamente, se é que ainda não o foi, apesar de, segundo relatos de

pessoas inteligentes, haver ganhado fama em todos os recantos da capital e, portanto, já terem recebido as devidas notícias a seu respeito em muitos lugares, meu caro senhor. Para concluir minha carta comunico-lhe, meu caro senhor, que a pessoa de seu conhecimento, cujo nome omito por uma questão de delicadeza, goza de muita estima das pessoas sensatas; além disso, sendo de natureza alegre e agradável, sobressai tanto no trabalho como na relação com todas as pessoas ponderadas, é fiel à sua palavra e à amizade e não ofende pelas costas aqueles com quem mantém francas relações amistosas.
Seja como for, continuo
              seu criado,
                      N. Vakhramêiev

P.S. Ponha no olho da rua o seu criado: ele é um bêbado e, ao que tudo indica, lhe dá muito trabalho, e admita Evstáfio, que trabalhou lá em casa e agora está desempregado. Seu serviçal atual não é só um bêbado, mas, além disso, ladrão, pois na semana passada vendeu abaixo do preço uma libra de açúcar em pedaços a Carolina Ivánovna, o que, segundo minha opinião, não podia ter feito senão roubando sutilmente do senhor aos poucos e em diferentes momentos. Escrevo isto por lhe desejar o bem, apesar de algumas pessoas só saberem ofender e enganar todas as outras, principalmente as honestas e de bom caráter; além do mais, descem o malho nelas pelas costas e as pintam num aspecto contrário ao que elas são, unicamente por inveja e porque não podem dizer o mesmo de si mesmas o que dizem delas.
                                  V."

Tendo lido a carta de Vahramêiev, nosso herói ainda permaneceu imóvel por muito tempo em seu divã. Alguma luz nova irrompia por entre toda a névoa obscura e enigmática que o vinha cercando fazia dois dias. Em parte nosso herói começava a entender... Tentou levantar-se do divã e dar uma e outra caminhada pelo quarto com o fim de revigorar-se, juntar de algum modo as ideias fragmentadas, direcioná-las para um determinado objeto e, depois de recompor-se um pouco, ponderar com maturidade sua situação. Contudo, mal esboçou soerguer-se, caiu de fraqueza, impotente, no mesmo lugar. "Tudo isso, é claro, eu tinha pressentido bem antes; no entanto, o que é que ele escreve e qual é o sentido direto das suas palavras? O sentido, admitamos, eu sei; mas em que isso vai dar? Eu diria francamente: vejam, pois, é assim e assado, exige-se isso e aquilo, e eu o faria. O rumo que a coisa tomou acabou sendo desagradável! Ah, se desse para fazer o dia de amanhã chegar depressa e depressa conseguir acesso ao caso! porque agora eu sei o que fazer. Diria: sabe como é, aceito as razões, não traio minha honra, e quanto àquilo... talvez; de resto, ele, aquela pessoa, aquele tipo negativo, como é que foi colocado aqui? por que foi colocado precisamente aqui? Ah, quem me dera que chegasse logo o dia de amanhã! Até agora eles vêm me difamando, fazendo intrigas comigo, trabalhando para me aborrecer! O principal é que não preciso perder tempo, e agora, por exemplo, preciso ao menos escrever uma carta e apenas deixar escapar uma coisa assim: sabe como é, é isso e mais aquilo, então aceito isso e mais aquilo. E amanhã, assim que o dia clarear, será o caso de eu mesmo me antecipar... e, por outro lado, investir contra eles e adverti--los... os meus caros. Eles me difamam, e só!"

O senhor Goliádkin puxou o papel, pegou a pena e escreveu o seguinte em resposta à carta do secretário de província Vakhramêiev:

"Meu caro senhor
Niéstor Ignátievitch!

Foi com uma surpresa dolorosa para meu coração que li sua ultrajante carta, pois percebo com clareza que, ao falar de certas pessoas indecentes e outras de falsas intenções, o senhor me tem em vista. Vejo com sincera amargura como a calúnia foi rápida e bem-sucedida ao lançar raízes profundas em detrimento de minha felicidade, minha honra e meu bom nome. E isto é ainda mais doloroso e ultrajante porque até pessoas honradas, que têm ideias efetivamente nobres e, o mais importante, são diretas e francas, renegam os interesses de pessoas nobres e aderem com as melhores qualidades de seus corações ao verme da maldade — que por infelicidade proliferou com intensidade e extrema malevolência em nossa época amoral. Para concluir, afirmo que considero uma obrigação sagrada saldar em forma integral a dívida de dois rublos de prata mencionada pelo senhor.

Quanto às suas insinuações a respeito de uma conhecida pessoa do sexo feminino, meu caro senhor, a respeito das intenções, cálculos e outros planos dessa pessoa, afirmo-lhe, meu caro senhor, que compreendi de modo vago e impreciso todas essas insinuações. Permita-me, meu caro senhor, que eu preserve limpos meu nobre modo de pensar e meu nome honrado. Em quaisquer circunstâncias estou disposto a condescender em me explicar pessoalmente, preferindo a veracidade da explicação oral à escrita e, além disso, estou pronto para entrar em diferentes acordos pacíficos, naturalmente recíprocos. Com este fim peço-lhe, meu caro senhor, transmitir a tal pessoa minha disposição para um acordo pessoal e, além do mais, pedir-lhe que marque a hora e o lugar do encontro. Foi-me amargo ler, meu caro senhor, suas insinuações de que eu o teria ofendido, traído a nossa antiga amizade e falado mal do senhor. Atribuo tudo isso a um mal-entendido, a uma nefasta calúnia, à inveja e à má vontade daqueles a quem posso chamar de meus mais obstinados inimigos. Mas na certa eles não sabem que a inocência já é forte por ser inocente, que a falta de vergonha, a desfaçatez e a revoltante sem-cerimônia de alguns cedo ou tarde farão por merecer a marca do desprezo, e que essas pessoas não morrerão a não ser levadas por sua própria indecência e pela perversão do coração. Para concluir eu lhe peço, meu caro senhor, transmitir àquelas pessoas que sua estranha pretensão e seu vil e fantástico desejo de expulsar os outros dos lugares que com suas vidas estes ocupam neste mundo e assumir os seus lugares são dignos de estupefação, desprezo, compaixão e, além disso, de um manicômio; que, além do mais, as leis proíbem de forma severa tais atitudes, o que, a meu ver, é absolutamente justo, pois cada um deve se dar por satisfeito com seu próprio lugar. Para tudo há limites, e se isso for uma brincadeira então é uma brincadeira indecorosa, e digo mais: de uma imoralidade total, pois ouso assegurar-lhe, meu caro senhor, que as ideias que acima expus sobre *o lugar de cada um* são genuinamente éticas.

 Seja como for, tenho a honra de continuar
seu criado,
Ya. Golyádkin"

CAPÍTULO X

Em linhas gerais, pode-se dizer que os acontecimentos da véspera deixaram o senhor Goliádkin arrasado. Nosso herói dormiu pessimamente, isto é, não conseguiu nem cinco minutos de sono completo: era como se algum diabrete tivesse espalhado cerdas picadas sobre sua cama. Passou a noite inteira numa espécie de modorra, de semivigília, virando-se de um lado para outro, de um flanco para outro, soltando ais, gemendo, adormecendo por um minuto, um minuto depois tornando a acordar, e tudo isso acompanhado de uma angústia estranha, de lembranças vagas, de visões repugnantes — em suma, de tudo o que pode haver de desagradável... Ora aparecia à sua frente, numa penumbra estranha, enigmática, a figura de Andriêi Filíppovitch — figura seca, figura zangada, com um olhar seco, austero, e uma repreensão entre dura e cortês... E mal o senhor Goliádkin ia começando a se aproximar de Andriêi Filíppovitch a fim de justificar-se de alguma maneira perante ele, assim ou assado, e lhe provar que não era em nada igual àquele que seus inimigos pintavam, que era isso e aquilo e, além das suas qualidades comuns e congênitas, ainda era dotado disso e daquilo, então aparecia aquela pessoa conhecida por sua índole indecente, e, através do tipo de recurso que mais revolta a alma, destruía imediatamente todas as antigas iniciativas do senhor Goliádkin, ali mesmo, quase diante dos olhos do senhor Goliádkin, denegria em cheio a sua reputação, arrastava na lama o seu amor-

-próprio e logo em seguida ocupava o lugar dele no serviço público e na sociedade. Ora o senhor Golyádkin sentia uma comichão na cabeça por causa de um piparote que levara pouco tempo antes e aceitara de forma humilhante, piparote que recebera no convívio social ou no cumprimento de algum dever e contra o qual lhe fora difícil protestar... E enquanto o senhor Golyádkin já ia começando a quebrar a cabeça querendo saber por que era mesmo tão difícil protestar ao menos contra tal piparote, essa mesma ideia do piparote desaguava em alguma outra forma — na forma de alguma baixeza pequena ou bastante significativa que ele presenciara, da qual ouvira falar ou que ele mesmo cometera pouco tempo antes — e cometera amiúde até mesmo sem um estímulo propriamente baixo, até mesmo sem uma motivação baixa, mas assim, sem quê nem pra quê —, às vezes, por exemplo, até por alguma razão — por delicadeza, outras vezes levado por seu total desamparo, bem, e enfim porque... porque, numa palavra, aí o senhor Golyádkin sabia perfeitamente *por quê*! Nesse ponto o senhor Golyádkin corava no meio do sonho e, reprimindo seu rubor, resmungava algo de si para si, como quem diz: neste caso, por exemplo, daria para mostrar firmeza de caráter, uma considerável firmeza de caráter daria para mostrar neste caso... e depois, então, concluir assim: "Qual firmeza de caráter, qual nada!... por que mencioná-la agora?...". Contudo, o que mais irritava e enfurecia o senhor Golyádkin era o fato de que, se alguém fazia menção de chamá-lo ou o chamava, ali mesmo, infalivelmente no mesmo instante aparecia aquela pessoa conhecida por sua índole indecente e difamatória e, apesar de já parecer claro do que se tratava, também resmungava com seu sorriso indecoroso: "Qual firmeza de caráter, qual nada, neste caso! Como é que nós dois, Yákov Pietróvitch, vamos ter firmeza de caráter?...". Ora o senhor Golyádkin sonhava que estava no meio de um grupo maravilhoso, conhecido por sua espirituosidade e pelo tom nobre usado por todos os seus integrantes; que o senhor Golyádkin, por sua vez, se distinguia nos quesitos amabilidade e espiritualidade; que todos gostavam dele, até alguns de seus inimigos que ali se encontravam tinham passado a gostar dele, o que era muito agradável para o senhor Golyádkin; que todos lhe davam prioridade e que, enfim, o próprio senhor Golyádkin escutava com prazer o elogio que o anfitrião lhe fazia para um dos convidados que levara para um lado... e de repente, sem quê nem pra quê, tornava a aparecer, na feição do senhor Golyádkin segundo, aquela pessoa conhecida por suas más intenções e suas motivações atrozes, e ato contínuo, imediatamente, num piscar de olhos o senhor Golyádkin segundo destruía com seu simples aparecimento todo o triunfo e toda a glória do senhor Golyádkin primeiro, obnubilava com sua presença o senhor Golyádkin primeiro, pisoteava na lama o senhor Golyádkin primeiro e, por fim, demonstrava claramente que Golyádkin primeiro era ao mesmo tempo autêntico e absolutamente inautêntico, falsificado, que ele é que era o autêntico e, por último, Golyádkin primeiro não era nada daquilo que aparentava, porém isso e mais aquilo, e, por conseguinte, não podia nem tinha o direito de pertencer a uma sociedade de pessoas bem-intencionadas e de bom-tom. E tudo isso acontecia com tal rapidez que, antes que o senhor Golyádkin primeiro sequer tivesse tempo de abrir a boca, todos já se entregavam de corpo e alma ao asqueroso e falso Golyádkin e renegavam com o mais profundo desprezo a ele, o verdadeiro e cândido Golyádkin. Não restou uma pessoa cuja opinião o repugnante senhor Golyádkin não tivesse modificado do seu jeito num piscar de olhos. Não restou uma pessoa, nem a mais insignificante de todo o grupo, que o inútil e falso senhor Golyádkin não adulasse a seu modo, da forma mais melosa, de quem não tentasse cair nas graças a seu modo, a quem não incensasse, segundo seu hábito, com o que havia de mais agradável e doce, de sorte que a pessoa incensada se limitava a sorver e expelir o seu incenso até as lágrimas em sinal do mais alto prazer. E o principal: tudo isso era feito num piscar de olhos; a rapidez dos movimentos do suspeito e inútil senhor Goliádkin era surpreendente! Mal conseguia, por exemplo, lamber as botas de um, cair nas suas graças, antes de piscar um olho já estava com outro. Lambe, lambe as botas de outro às escondidas, arranca um sorriso de benevolência, sacode sua perninha curtinha, redondinha, aliás bastante tosca — e eis que já está com um terceiro, e se arrasta diante desse terceiro, e também lambe suas botas de forma amigável; não dá nem tempo de abrir a boca, nem tempo de pasmar — e ele já está com o quarto, e nas mesmas condições — um horror: feitiçaria e nada mais! E todo mundo está contente com ele, e todos gostam dele, e todos o enaltecem, e todos proclamam em coro que a amabilidade e a veia satírica de sua inteligência são incomparavelmente melhores que a amabilidade e a veia satírica do verdadeiro senhor Goliádkin, e assim envergonham o verdadeiro e cândido senhor Goliádkin, e repudiam o senhor Goliádkin, amante da verdade, e já escorraçam aos empurrões o bem-intencionado senhor Goliádkin, e já fazem chover piparotes no verdadeiro senhor Goliádkin, conhecido por seu amor ao próximo!... Agastado, horrorizado, enfurecido, o sofredor senhor Goliádkin corre para a rua e começa a tentar alugar um fiacre a fim de voar direto para a casa de Sua Excelência e, se não der certo, ao menos para a casa de Andriêi Filíppovitch, mas — cruzes! nenhum cocheiro aceita de maneira nenhuma levar o senhor Goliádkin: "Senhor, diz um, não posso transportar duas pessoas absolutamente semelhantes; vosmecê, um homem bom faz tudo para viver honestamente, e não de qualquer jeito, e nunca aparece duplicado". Sentindo-se no cúmulo da humilhação, o honestíssimo senhor Goliádkin olhou ao redor e de fato se certificou, com seus próprios olhos, de que os cocheiros e Pietruchka, secretamente mancomunado com eles, estavam todos em seu direito; porque o depravado senhor Goliádkin realmente se encontrava ali mesmo, ao lado dele, a pouca distância, e, fazendo valer os hábitos torpes do seu caráter, com toda certeza se dispunha a fazer naquele momento crítico alguma coisa muito indecente e que não desmascarava em nada a nobreza especial de caráter que se costuma adquirir com a educação — nobreza essa que o asqueroso senhor Goliádkin segundo tanto decantava sempre que tinha oportunidade. Fora de si, humilhado e desesperado, o justíssimo e aniquilado senhor Goliádkin saiu precipitadamente sem rumo, à mercê do destino, a esmo. Mas a cada passo, a cada batida dos seus pés no granito da calçada, brotavam como que de debaixo da terra figuras iguaizinhas, totalmente semelhantes ao asqueroso e devasso senhor Goliádkin. E, assim que apareciam, todos esses totalmente semelhantes punham-se a correr atrás do senhor Goliádkin primeiro, arrastando-se e claudicando um após outro como uma longa corrente, como uma fileira de gansos, de sorte que não havia para onde fugir dos totalmente semelhantes, de sorte que o senhor Goliádkin, digno de todas as penas, perdia o fôlego de pavor, de sorte que toda a capital acabou infestada dos totalmente semelhantes, e um policial, ao ver tal infração da ordem, viu-se forçado a pegar pelo cangote todos esses totalmente semelhantes e prendê-los na guarita que surgira a seu lado... Transido e gelado de pavor, nosso herói acordou e, ainda transido e gelado de pavor, sentiu que de olhos abertos o tempo não passava de modo muito mais divertido. Estava difícil, angustiante... Começava a sentir tamanha angústia, como se alguém lhe estivesse roendo o coração dentro do peito...

 Por fim o senhor Goliádkin não pôde mais suportar. "Isso não vai acontecer!" — gritou, levantando-se decidido da cama, e após essa exclamação despertou inteiramente.

 Pelo visto o dia já amanhecera há muito tempo. Havia

no quarto uma claridade meio incomum; os raios do sol atravessavam em cheio a vidraça da janela coberta de geada e se espalhavam abundantes pelo quarto, o que não surpreendia pouco o senhor Golyádkin; porque só ao meio-dia era a hora de o sol espiar pela sua janela; antes quase nunca se verificara tais exceções no curso do astro, ao menos até onde a lembrança do próprio senhor Golyádkin podia chegar. Mal nosso herói teve tempo de admirar-se com isso, o relógio da parede atrás do tabique começou a zumbir, quase a ponto de bater. "Vejam só!" — pensou o senhor Golyádkin, e com uma tediosa expectativa preparou-se para ouvir... Mas, para a surpresa completa e definitiva do senhor Golyádkin, seu relógio fez mais um esforço e bateu apenas uma vez. "Que história é essa?" — bradou nosso herói, pulando de vez da cama. Do jeito que estava e sem acreditar nos próprios ouvidos, precipitou-se rumo à parede atrás do tabique. O relógio estava de fato marcando uma hora. O senhor Golyádkin lançou um olhar para a cama de Pietruchka; mas no quarto não havia nem cheiro de Pietruchka: sua cama pelo visto já fora arrumada e abandonada muito tempo antes; as botas dele também não estavam por ali em nenhum lugar, sinal evidente de que Pietruchka não estava mesmo em casa. O senhor Golyádkin precipitou-se em direção à porta: estava fechada. "Mas onde estará Pietruchka?" — continuou murmurando, presa de uma terrível inquietação e sentindo um tremor bastante significativo em todos os membros... Súbito uma ideia lhe passou pela cabeça... O senhor Golyádkin lançou-se para a sua mesa, examinou-a, revistou ao redor — dito e feito: a carta que enviara na véspera a Vakhramêiev não estava ali... atrás do tabique também não havia nem sombra de Pietruchka; o relógio de parede marcava uma hora, e na carta que ele escrevera na véspera para Vakhramêiev haviam sido inseridos alguns trechos novos, aliás muito vagos à primeira vista, mas que agora estavam plenamente explicados. Por fim, até

Pietruchka — era evidente que Pietruchka estava comprado! Sim, sim, era verdade!

"Então é aí que está o nó da questão! — bradou o senhor Golyádkin, batendo na testa e abrindo cada vez mais os olhos — então é no covil daquela alemã mesquinha que agora está aboletado o diabo-mor! Quer dizer então que ela estava só realizando uma manobra estratégica ao me sugerir a ponte Izmáilovski: desviava a vista, me desconcertava (bruxa imprestável!) e de alguma maneira fazia trabalho de sapa!!! Sim, foi isso mesmo! Se olharmos apenas para este aspecto da questão, veremos que tudo é exatamente assim e que agora o aparecimento do patife também se explica de forma plena: uma coisa puxa a outra. Há muito tempo eles o vinham mantendo, preparando e munindo para o momento propício. Porque, vejam só em que pé a coisa está, em que veio dar tudo isso! Em que resultou! Mas não há de ser nada! O tempo ainda não está perdido!..." Nesse ponto o senhor Golyádkin apercebeu-se horrorizado de que já se aproximavam as duas da tarde. "E se a esta altura eles já tiverem conseguido... — Um gemido escapou de seu peito... — Ah, isso não, estão mentindo, não conseguiram; é o que veremos..." Vestiu-se de qualquer jeito, pegou papel, pena e escreveu às pressas a seguinte missiva:

> "Meu caro senhor
> Yákov Pietróvitch!
> Ou o senhor, ou eu, porque juntos é impossível! E por isso lhe comunico que o seu desejo estranho, ridículo e ao mesmo tempo inviável de parecer meu irmão gêmeo e se apresentar como tal não servirá senão para a sua completa desonra e derrota. Daí porque lhe peço, para o seu próprio proveito, que se afaste e deixe o caminho livre para pessoas verdadeiramente nobres e movidas pela

lealdade. Caso contrário, estou disposto a tomar até as medidas mais extremas. Deponho a pena e fico aguardando... De resto, continuo pronto para servi-lo e — recorrer às pistolas.

Y. Golyádkin."

Nosso herói esfregou energicamente as mãos ao concluir o bilhete. Em seguida vestiu o capote e pôs o chapéu na cabeça, fechou o apartamento com outra chave, a reserva, e rumou para o departamento. Chegou ao departamento, mas não se decidiu a entrar; de fato, já era tarde demais, o relógio do senhor Golyádkin marcava duas e meia. Súbito, uma circunstância bem insignificante resolveu algumas dúvidas do senhor Golyádkin: na esquina do prédio do departamento apareceu de repente uma figura ofegante e enrubescida e se esgueirou com seu furtivo andar de ratazana para o terraço de entrada, e daí imediatamente para o saguão. Era o escrivão Ostáfiev, pessoa muito conhecida do senhor Golyádkin, homem até certo ponto disposto a tudo por uma moeda de dez copeques. Conhecendo o ponto fraco de Ostáfiev e percebendo que ele, depois de ter se ausentado para atender a uma necessidade inadiável, estaria ainda mais ávido que antes por umas moedas de dez copeques, nosso herói decidiu não poupá-los e no mesmo instante se esgueirou para a entrada e depois para o saguão atrás de Ostáfiev, gritou por ele e com ar misterioso chamou-o para um lado, para um recanto atrás de uma enorme estufa. Depois de levá-lo para lá, nosso herói começou a interrogá-lo.

— Então, meu amigo, e aquilo... lá dentro, estás me entendendo?...

— Pois não, vosmecê, desejo saúde a vosmecê.

— Está bem, meu amigo, está bem; eu te agradeço, meu querido amigo. Pois é, meu amigo, como é que pode?

— O que está querendo perguntar? — Nisto Ostáfiev

O duplo 161

tapou levemente com a mão a boca que se escancarara involuntariamente.

— Pois é, meu amigo, vê, é aquilo que eu... mas não penses nada de mal... Bem, Andriêi Filíppovitch está aí?...

— Está.

— E os funcionários, estão?

— E os funcionários também, como é de praxe.

— E Sua Excelência também está?

— E sua Excelência também. — Nisto o escrivão tornou a tapar a boca que de novo se abrira e olhou para o senhor Golyádkin de um jeito meio curioso e estranho. Pelo menos foi isso que pareceu ao nosso herói.

— E não está havendo nada de especial, meu amigo?

— Não; nada de nada.

— E assim, a meu respeito, meu querido amigo, não estariam falando alguma coisa lá dentro, só alguma coisinha assim... hein? Só alguma coisinha, meu amigo, entendes?

— Não, ainda não se ouviu falar nada, por enquanto. — Neste ponto o escrivão tornou a tapar a boca e a olhar para o senhor Golyádkin de um jeito meio estranho. É que agora nosso herói procurava penetrar na expressão do rosto de Ostáfiev, ler alguma coisa nela para ver se não estaria escondendo algo. E de fato, era como se ela escondesse algo; porque Ostáfiev ia ficando como que cada vez mais grosseiro e mais seco e, já sem aquela simpatia do início da conversa, agora procurava sondar os interesses do senhor Golyádkin. "Até certo ponto ele está em seu direito — pensou o senhor Golyádkin —, porque, o que lhe custaria? É possível que já tenha recebido da outra parte, e por isso se ausentou em função de uma necessidade inadiável. Mas eu também vou lhe..." O senhor Golyádkin compreendeu que chegara a hora das moedas.

— Para ti, meu querido amigo...

— Sou sumamente grato a vosmecê.

— Vou te dar ainda mais.

— Às ordens, vosmecê.

— Agora, neste momento, vou te dar ainda mais agora, e quando tudo terminar darei outro tanto. Estás entendendo?

O escrivão calava, olhando perfilado e imóvel para o senhor Goliádkin.

— Bem, agora me diz: não se ouviu nada a meu respeito?...

— Parece que por enquanto... sobre isso ainda... por enquanto não há nada. — Ostáfiev respondia pausadamente e, como o senhor Goliádkin, também observava com um ar meio misterioso, contraindo um pouco o sobrolho, olhando para o chão, procurando acertar o devido tom e, em suma, tentando com todas as forças ganhar o que lhe havia sido prometido, porque já considerava definitivamente seu o dinheiro que recebera.

— E não se sabe nada?

— Por enquanto ainda não.

— Mas escuta... isso... pode-se vir a saber?

— Depois, é claro, pode-se vir a saber.

"Está mal", pensou nosso herói.

— Ouve, recebe mais, meu caro.

— Sou sumamente grato a vosmecê.

— Vakhramêiev esteve aqui ontem?...

— Esteve.

— E alguém mais esteve?... Tu te lembras, meu caro?

O escrivão revolveu a memória cerca de um minuto e não se lembrou de nada que viesse a propósito.

— Não, não apareceu ninguém.

— Hum! — Seguiu-se um silêncio.

— Escuta, maninho, mais uma para ti; conta tudo, todo o segredo.

— Pois não. — Agora Ostáfiev estava uma seda: era disso que o senhor Goliádkin precisava.

— Explica-me, maninho, como ele vai indo agora.

O duplo 163

— Mais ou menos, vai bem — respondeu o escrivão, arregalando os olhos para o senhor Golyádkin.
— Como assim, bem?
— Quer dizer, isso mesmo. — Neste ponto Ostáfiev mexeu de modo significativo o sobrolho. Aliás, caíra terminantemente num impasse e não sabia mais o que dizer. "A coisa vai mal!", pensou o senhor Golyádkin.
— Será que eles lá e Vakhramêiev não teriam algo de novo?
— Mas tudo continua como antes.
— Pensa, vamos.
— Têm, é o que andam dizendo.
— Então, o que andam dizendo?
Ostáfiev tapou a boca com a mão.
— Não haveria uma carta de lá para mim?
— Hoje o vigia Mikhêiev foi à casa de Vakhramêiev procurar a alemã, de maneira que vou perguntar a ele se for necessário.
— Faz-me esse favor, maninho, pelo Criador!... Só assim eu... Não penses nada de mais, meu irmão, não é por nada. Interroga, maninho, procura descobrir se eles lá não estariam tramando alguma coisa a meu respeito. Como o tal está agindo! é isso que quero que descubras, querido amigo, e depois te agradecerei, querido amigo...
— Pois não, vosmecê; seu lugar foi ocupado hoje por Ivan Semeónitch.
— Ivan Semeónitch? Ah, sim! mas será possível?
— Andriêi Filíppovitch o mandou ocupar...
— Será possível? por que razão? Assunta isso, maninho, pelo Salvador, assunta isso, maninho; assunta tudo, que te agradecerei, querido amigo; é disso que necessito... Mas não penses nada de mais, maninho...
— Pois não, pois não, num instante estarei de volta. E vosmecê, por acaso não vai entrar hoje para trabalhar?

— Não, meu amigo; não é por nada, não é por nada, só vim assuntar, querido amigo, depois te agradecerei, meu amigo.

— Pois não. — O escrivão subiu a escada com rapidez e afinco, e o senhor Goliádkin ficou só.

"Vai mal — pensou ele. — Ai, vai mal, mal! Ai, como esse nosso casinho à toa... está indo mal! O que significaria tudo isso? o que esse bêbado quis mesmo dizer, por exemplo, com algumas alusões, e quem estaria armando isso? Ah! agora sei de quem é essa armação. Eis a armação. Na certa eles lá souberam de alguma coisa e o puseram... Pensando bem, por que esse "puseram"? Foi Andriêi Filíppovitch quem pôs lá o tal Ivan Semeónovitch; é, por que será que ele o pôs lá, e qual foi mesmo seu objetivo? É provável que tenha descoberto... Aí tem o dedo de Vakhramêiev, quer dizer, de Vakhramêiev não, é uma toupeira esse Vakhramêiev; foram todos eles lá que fizeram o trabalho por ele e por isso mesmo despacharam o velhaco instigado para cá; e a alemã, a caolha, fez a queixa! Sempre desconfiei de que toda essa intriga era de caso pensado e de que em toda essa bisbilhotice de comadres, de velhas, havia forçosamente alguma coisa; eu até disse o mesmo a Crestian Ivánovitch; que teriam jurado me matar moralmente e então se aferraram a Carolina Ivánovna. Não, nisso tem o dedo de um mestre, percebe-se! Nisso, meu senhor, tem o dedo de um mestre, e não de Vakhramêiev. Já disse que Vakhramêiev é um paspalho, mas esse... agora sei quem está agindo por todos eles; é um velhaco, um impostor que está agindo! Esse é seu único porto seguro e em parte o que justifica seu sucesso na alta sociedade. Mas o que eu gostaria de saber é como ele vai se havendo agora... a quantas anda lá com eles. Só que, a troco de que botaram o tal do Ivan Semeónovitch lá? para que diabos precisavam de Ivan Semeónovitch? Como se fosse impossível arranjar outro. Aliás, quem quer que pusessem no lugar daria no mesmo; tudo o

O duplo 165

que sei é que ele, o tal Ivan Semeónovitch, me era um antigo suspeito, isso eu vinha notando nele desde muito tempo: um velhote detestável, torpe — dizem até que é agiota e cobra ágio de *jid*.[26] Mas tudo isso é armação do urso. Porque o urso está metido em toda essa história. Ela começou assim. Começou na ponte Izmáilovski: eis como começou..." Nisto o senhor Golyádkin fez uma careta como se tivesse mordido um limão, provavelmente por ter se lembrado de algo muito desagradável. "Bem, não há de ser nada, pois! — pensou ele. — Mas estou sempre batendo na mesma tecla. Por que Ostáfiev não volta? Na certa encalhou por lá ou o retiveram de alguma maneira. É até bom que vez por outra eu arme uma intriga e faça trabalho de sapa. Ostáfiev só precisa de um trocado e pronto... fica do meu lado. Só que, vejamos como é a coisa: estará ele do meu lado? Pode ser que eles lá, de sua parte, também... e combinados com ele, de sua parte também façam intrigas. Porque o vigarista parece um bandoleiro, um verdadeiro bandoleiro! Vive fazendo mistério, o velhaco! 'Não, não é nada, diz ele, e sou sumamente grato a vosmecê.' Bandoleiro duma figa!"

Ouviu-se um ruído... o senhor Golyádkin contraiu-se e pulou para trás da estufa. Alguém desceu a escada e saiu para a rua. "Quem será esse que acabou de sair?", pensou consigo nosso herói. Ao cabo de um minuto ouviram-se novamente os passos de alguém... Nisto o senhor Golyádkin não se conteve e projetou de trás do parapeito uma pontinha à toa de seu nariz — projetou-a e no mesmo instante recuou, como se alguém tivesse picado com um alfinete a ponta de seu nariz. Desta feita passava sabe-se quem: o velhaco, intrigante e depravado, passava com seu habitual e torpe passinho miúdo, saltitando e sacudindo as pernas curtas como quem se prepara para dar um coice em alguém. "Patife!" — disse con-

---

[26] Termo depreciativo de judeu. (N. do T.)

sigo nosso herói. Aliás, o senhor Golyádkin não pôde deixar de notar que o patife levava debaixo do braço a enorme pasta verde de Sua Excelência. "De novo em missão especial", pensou o senhor Golyádkin, corando e encolhendo-se de despeito ainda mais que antes. Mal o senhor Golyádkin segundo passou como um raio ao lado do senhor Golyádkin primeiro, sem notá-lo absolutamente, ouviram-se pela terceira vez os passos de alguém, e desta vez o senhor Golyádkin adivinhou que os passos eram do escrivão. De fato, uma figurinha engomada de escrivão veio ter com ele atrás da estufa; aliás, a figurinha não era a de Ostáfiev, mas de outro escrivão chamado Pissarienko.[27] Isto surpreendeu o senhor Golyádkin. "Por que ele meteu outras pessoas no segredo? — pensou nosso herói. — Que bárbaros! para eles não existe nada de sagrado!"

— Então, meu amigo — proferiu ele, dirigindo-se a Pissarienko —, da parte de quem vieste?...

— Bem, vim tratar do seu casinho. Por enquanto não há notícias de ninguém. Se houver, informaremos.

— E Ostáfiev?

— Está totalmente impossibilitado, meu senhor. Sua Excelência já passou duas vezes pela seção, e eu também estou assoberbado.

— Obrigado, querido amigo, obrigado... Diz-me apenas uma coisa...

— Juro que estou assoberbado... A cada minuto nos solicitam. Mas fique por aqui, porque se aparecer alguma coisa a respeito do seu casinho, nós o informaremos...

— Não, meu amigo, dize...

— Com licença; não disponho de tempo — dizia Pissarienko, esforçando-se por se livrar do senhor Golyádkin, que

---

[27] Derivado do verbo russo *pissat*, isto é, escrever. (N. do T.)

O duplo

lhe segurava a aba do casaco —, palavra, não dá. Queira esperar mais um pouco aqui, e nós o informaremos.

— Um instante, um instante, meu amigo! um instante, querido amigo! Eis o que quero agora; vê esta carta, meu amigo; eu te agradecerei, querido amigo.

— Às suas ordens.

— Procura entregar, querido amigo, ao senhor Golyádkin.

— A Golyádkin?

— Sim, meu amigo, ao senhor Golyádkin.

— Está bem; levo-a assim que me retirar daqui. Quanto ao senhor, por enquanto continue aqui. Aqui ninguém o notará.

— Não, meu amigo, não penses... ora, não estou postado aqui para que não me vejam. Mas agora, meu amigo, não vou ficar aqui... vou ficar naquele bequinho ali, olha. Lá tem um café; então vou ficar lá esperando e, caso aconteça alguma coisa, tu me informas de tudo, entendes?

— Está bem. Só que me solte; estou entendendo...

— Eu te agradecerei, querido amigo! — gritou o senhor Golyádkin atrás de Pissarienko, que enfim se desvencilhara das mãos dele... "O velhaco parece que ficou mais grosseiro — pensou nosso herói, saindo às furtadelas de detrás da estufa. — Esse aí é mais um chicaneiro. Está claro... Primeiro era isso, e aquilo... Aliás, estava mesmo apressado; talvez tenha muito que fazer lá dentro. E Sua Excelência passou duas vezes pela seção... Por que teria ido?... Arre! mas não é nada! Aliás, pode nem ser nada mesmo, mas fiquemos de olho..."

O senhor Golyádkin já ia abrindo a porta e querendo sair para a rua quando de repente, nesse mesmo instante, a carruagem de Sua Excelência estrondeou diante do terraço de entrada. O senhor Golyádkin mal conseguira recobrar-se quando alguém abriu de dentro as portinholas da carruagem e um senhor que ali estava saltou, entrando no terraço. Não era senão o próprio senhor Golyádkin segundo, que se ausentara uns dez minutos antes. O senhor Golyádkin primeiro lembrou-se de que o apartamento do diretor ficava a dois passos dali. "É ele em missão especial" — pensou consigo nosso herói. Enquanto isso o senhor Golyádkin segundo, depois de apanhar da carruagem uma grossa pasta verde e mais uns papéis, por fim deu uma ordem qualquer ao cocheiro, abriu a porta quase esbarrando com ela no senhor Golyádkin primeiro e, ignorando-o de propósito e, por conseguinte, agindo para aborrecê-lo, subiu a passos rápidos a escada do departamento. "Vai mal! — pensou o senhor Golyádkin —, sim senhor, agora nosso casinho sofreu um revés! Vejam só como ele está, meu Deus!" Nosso herói ainda ficou cerca de meio minuto ali parado; por fim se decidiu. Sem pensar duas vezes, aliás sentindo palpitações e tremor em todos os membros, subiu correndo a escada atrás do companheiro. "Ah, vamos arriscar; que me custa? sou parte desse caso" — pensava ele tirando o chapéu, o capote e as galochas na entrada.

Já era pleno lusco-fusco quando o senhor Golyádkin entrou em sua seção. Nem Andriêi Filíppovitch, nem Anton Antónovitch estavam mais na sala. Ambos se encontravam no gabinete do diretor com seus relatórios; o diretor, por sua vez, como se sabia pelos boatos, tinha pressa de ir encontrar Sua Excelência. Em face de tais circunstâncias, e ainda porque a elas se juntara o lusco-fusco e terminara o expediente, no instante em que nosso herói entrou alguns funcionários, principalmente os jovens, estavam ocupados com um tipo de inércia, formavam grupos, conversavam, trocavam explicações, riam, e até alguns dos mais jovens, isto é, daqueles funcionários ainda sem título, jogavam cara ou coroa às escondidas e debaixo do ruído geral, num canto ao pé de uma janela. Conhecedor do decoro e sentindo nesse momento uma necessidade especial de ganhar as pessoas e "ser aceito", o senhor Golyádkin foi logo a algumas pessoas com quem se dava melhor a fim de saudá-las, etc. Mas os colegas responderam de modo um tanto estranho às saudações do senhor Goliádkin. Ele ficou mal impressionado com uma espécie de frieza geral, com a secura e até, pode-se dizer, com um quê de severidade na recepção. Ninguém lhe deu a mão. Uns deram apenas um "boa noite" e se afastaram; outros se limitaram a um sinal de cabeça, houve quem simplesmente lhe desse as costas, mostrando que o haviam ignorado por completo; por último, alguns — o que foi mais ofensivo para o senhor Goliádkin —, alguns dos funcionários jovens, ainda sem qualificação funcional, rapazes que, segundo justa referência do senhor Goliádkin, só sabem jogar eventualmente cara ou coroa e bater pernas por aí — pouco a pouco cercaram o senhor Goliádkin, agruparam-se em torno dele e quase lhe bloquearam a saída. Todos olhavam para ele com uma curiosidade um tanto ofensiva.

Era um mau sinal. O senhor Goliádkin o percebia e de sua parte se dispunha a ignorar tudo. Súbito uma circunstância totalmente inesperada liquidou e, como se diz, deu cabo do senhor Goliádkin.

No grupo dos jovens colegas que rodeavam o senhor Goliádkin e, como que de propósito, no momento mais angustiante para ele, apareceu de repente o senhor Goliádkin segundo, como sempre alegre, como sempre sorrindo e também como sempre inquieto, em suma, travesso, saltitante, adulador, galhofeiro, como sempre falastrão e ágil, exatamente como fora na véspera, por exemplo, num momento assaz desagradável para o senhor Goliádkin primeiro. De dentes arreganhados, saracoteando, saltitando, estampando um sorriso que era um verdadeiro "boa tarde" a todos, misturou-se ao grupo dos funcionários, apertou a mão de um, deu um tapinha no ombro de outro, um leve abraço num terceiro, explicou a um quarto a verdadeira razão de ter sido utilizado por Sua Excelência, aonde tinha ido, o que havia feito, o que trouxera ao voltar; a um quinto, provavelmente seu melhor amigo, beijou bem nos lábios — em suma, tudo acontecia tal qual no sonho do senhor Goliádkin primeiro. Depois de saltitar à farta, de ajustar-se a seu modo com cada um, de ganhar astuciosamente a todos, de, sabe-se lá se precisando ou não, fartar-se em adulação com todos, o senhor Goliádkin segundo, súbito e na certa por engano, por não ter conseguido até então notar seu mais antigo amigo, estendeu a mão também para o senhor Goliádkin. Na certa também por engano, embora, diga-se de passagem, tivesse conseguido notar plenamente o vil senhor Goliádkin segundo, nosso herói agarrou no ato e com avidez a mão que lhe haviam estendido de forma tão inesperada e a apertou com a maior força, do modo mais amigável, com uma motivação interior estranha e de todo inesperada, com um sentimento lacrimoso. Se nosso herói foi enganado pelo primeiro gesto do seu vil inimigo ou agiu por agir, se não encontrou uma saída ou no fundo da alma sentiu e se deu conta de todo o seu desamparo, é difícil dizer. O fato é que o senhor Goliádkin primeiro, de sã consciência, por vontade própria e diante de testemunhas, apertou solenemente a mão daquele a quem chamava de seu inimigo mortal. Mas que surpresa, que raiva e que fúria, que horror e que vergonha experimentou o senhor Goliádkin primeiro quando o vil senhor Goliádkin segundo, seu desafeto e inimigo mortal, percebendo o engano desse homem perseguido, inocente e atraiçoado por ele, arrancou sua mão da mão dele de repente, com grosseria e uma desfaçatez inaceitável, sem nenhum pejo, sem sentimento, sem compaixão nem consciência! Além disso, sacudiu essa mão como se a tivesse sujado de alguma porcaria; ademais, cuspiu para um lado, acompanhando tudo isso do gesto mais ultrajante; como se não bastasse, tirou do bolso um lenço e, ato contínuo, chegando ao cúmulo da indecência, limpou com ele todos os dedos que por um instante estiveram na mão do senhor Goliádkin primeiro. Agindo dessa maneira e movido por seu

O duplo

torpe costume, o senhor Golyádkin segundo sondava deliberadamente ao redor para que todos reparassem no seu comportamento, fitava todos nos olhos e, pelo visto, cuidava de incutir em todos eles a disposição mais negativa em relação ao senhor Golyádkin primeiro. O comportamento do asqueroso senhor Golyádkin segundo pareceu suscitar a indignação geral dos funcionários ao redor; até os jovens estouvados mostraram seu descontentamento. Queixas e murmúrios ouviram-se ao redor. Esse movimento geral não podia passar despercebido aos ouvidos do senhor Golyádkin primeiro; mas súbito uma brincadeira, que, aliás, partira dos lábios do senhor Golyádkin segundo, frustrou, destruiu as últimas esperanças de nosso herói e inclinou a balança mais uma vez a favor do seu mortal e inútil inimigo.

— Este é o nosso Faublas[28] russo, senhores; permitam-me apresentar-lhes o jovem Faublas — começou a piar o senhor Golyádkin segundo, saltitando e saracoteando com sua peculiar desfaçatez no meio dos funcionários e apontando-lhes o autêntico senhor Golyádkin, petrificado e ao mesmo tempo enfurecido. — Troquemos uns beijinhos, meu amor! — continuou ele com uma insuportável familiaridade, avançando para o homem traiçoeiramente ofendido. A pequena brincadeira do inútil senhor Golyádkin segundo pareceu ter encontrado eco onde devia, ainda mais porque continha uma pérfida alusão a uma circunstância que pelo visto já chegara ao conhecimento público. Nosso herói sentiu pesar nos ombros a mão dos inimigos. Aliás, já tomara sua decisão. Com o olhar chamejante, o rosto pálido e um sorriso estancado nos lábios, desvencilhou-se a duras penas do grupo e a passos irregulares e acelerados tomou o rumo direto do gabinete de Sua Excelência. Na penúltima sala deu de cara com Andriêi

[28] Sedutor pérfido e ladino, personagem do romance *Os amores do cavaleiro de Faublas*, de Louvet de Couvray (1760-1797). (N. do T.)

Filíppovitch, que acabara de deixar o gabinete de Sua Excelência, e embora na mesma sala houvesse naquele momento um bom número de pessoas totalmente estranhas ao senhor Golyádkin, nosso herói sequer cogitou atentar para tal circunstância. De modo direto, decidido, audacioso, quase admirado de si mesmo e no íntimo elogiando-se por sua audácia, sem perda de tempo abordou Andriêi Filíppovitch, que ficou bastante surpreso com esse ataque imprevisto.

— Ah!... o que o senhor... o que o senhor deseja? — perguntou o chefe da repartição, sem ouvir o titubeio do senhor Golyádkin.

— Andriêi Filíppovitch, eu... posso eu, Andriêi Filíppovitch, ter agora, neste momento e olho no olho, uma conversa com Sua Excelência? — proferiu nosso herói com eloquência e nitidez, fixando o olhar mais decidido em Andriêi Filíppovitch.

— O quê? É claro que não. — Andriêi Filíppovitch mediu com o olhar o senhor Golyádkin da cabeça aos pés.

— Eu, Andriêi Filíppovitch, tudo isso é para dizer que me surpreende como ninguém aqui denuncia o impostor e patife.

— O quê-ê?

— O patife, Andriêi Filíppovitch.

— A quem o senhor acha de se referir dessa maneira?

— A uma certa pessoa, Andriêi Filíppovitch. Eu, Andriêi Filíppovitch, estou aludindo a uma certa pessoa; estou em meu direito... Acho, Andriêi Filíppovitch, que os chefes deveriam estimular semelhantes gestos — acrescentou o senhor Golyádkin, pelo visto sem dar por si —, o senhor mesmo, Andriêi Filíppovitch... provavelmente percebe que se trata de um gesto nobre, que testemunha de todas as maneiras as minhas boas intenções — de tomar meu chefe por pai e lhe confiar cegamente o meu destino. É isso aí, pois... então é isso...

— Neste ponto a voz do senhor Golyádkin começou a tremer, seu rosto corou por inteiro e duas lágrimas lhe rolaram dos cílios.

 Andriêi Filíppovitch estava tão surpreso ao ouvir o senhor Golyádkin que deu dois bruscos passos atrás de um jeito meio involuntário. Depois olhou ao redor com inquietação... Era difícil dizer como a coisa terminaria... Mas a porta do gabinete de Sua Excelência abriu-se de repente e ele mesmo saiu acompanhado de alguns funcionários. Atrás dele se arrastaram todos os que estavam na sala. Sua Excelência chamou Andriêi Filíppovitch e seguiu em frente com ele ao lado, entabulando uma conversa sobre certos assuntos. Quando todos se puseram em movimento e deixaram a sala, o senhor Golyádkin também deu por si. Acalmado, acomodou-se sob a asa de Anton Antónovitch Siétotchkin que, por sua vez, claudicava atrás de todos e, como pareceu ao senhor Golyádkin, tinha o ar mais preocupado. "Também aqui meti os pés pelas mãos — pensou consigo nosso herói —, mas não há de ser nada."

 — Anton Antónovitch, espero que pelo menos o senhor aceite me ouvir e examinar as circunstâncias em que me encontro — disse o senhor Golyádkin em voz baixa e ainda tremendo de agitação. — Renegado por todos, recorro ao senhor. Anton Antónovitch, até agora não compreendi o significado das palavras de Andriêi Filíppovitch. Explique-me, se puder...

 — Tudo se esclarecerá no devido momento — respondeu Anton Antónovitch pausadamente, em tom severo e, segundo impressão do senhor Golyádkin, com um ar que deixava claro que ele não tinha nenhuma vontade de continuar a conversa. — Dentro em breve o senhor saberá tudo. Hoje mesmo tomará ciência de tudo por via formal.

 — O que significa via formal, Anton Antónovitch? por que exatamente via formal? — perguntou com timidez nosso herói.

 — Não é assunto para nós dois, Yákov Pietróvitch; será como os superiores decidirem.

— Por que os superiores, Anton Antónovitch? — disse o senhor Golyádkin ainda mais intimidado. — Por que os superiores? Não vejo motivo para incomodar os superiores com esse assunto, Anton Antónovitch... Será que o senhor não teria algo a dizer a respeito de ontem, Anton Antónovitch?

— Ah, não, não se trata de ontem; neste caso houve uma ou outra claudicação de sua parte.

— O que é que está claudicando, Anton Antónovitch? parece-me que em mim não há nada claudicando.

— E com quem o senhor queria usar de artimanhas? — cortou com rispidez Anton Antónovitch, deixando o senhor Golyádkin em total perplexidade. Nosso herói estremeceu e ficou pálido como um lenço.

— É claro, Anton Antónovitch — proferiu o senhor Golyádkin com uma voz que mal se ouvia —, que se escutarmos as vozes da calúnia e dermos ouvido aos nossos inimigos, desprezando as justificativas da outra parte, então, é claro... é claro, Anton Antónovitch, que aí tanto podemos sofrer sem culpa como não sofrer por nada, Anton Antónovitch.

— Aí é que a coisa pega; mas e sua atitude inconveniente em detrimento da reputação de uma moça nobre e de sua família virtuosa, honrada e conhecida, que o cumulava de benefícios?

— Que atitude, Anton Antónovitch?

— Aí é que são elas. E quanto à outra moça, que apesar de ser pobre é de origem estrangeira honesta, o senhor tem conhecimento de algum ato louvável que praticou em relação a ela?

— Perdão, Anton Antónovitch... conceda a benevolência de ouvir, Anton Antónovitch...

— E seu ato pérfido e a calúnia contra outra pessoa, a acusação que fez a outra pessoa por falhas que o senhor mesmo cometeu? hein? como se chama isso?

— Anton Antónovitch, não o expulsei de minha casa —

O duplo

proferiu nosso herói começando a tremer —, e Pietruchka, isto é, meu criado, não o instruí a respeito de nada semelhante... Ele comeu do meu pão, Anton Antónovitch, gozou de minha hospitalidade — acrescentou nosso herói com ar expressivo e profundo sentimento, de sorte que seu queixo tremeu um pouco e as lágrimas quase voltaram a rolar.

— É o senhor, Yákov Pietróvitch, que só sabe dizer que ele comeu do seu pão — respondeu Anton Antónovitch, e a malícia transpareceu em sua voz, de modo que o senhor Golyádkin sentiu algo lhe roer por dentro.

— Permita mais uma vez, Anton Antónovitch, perguntar com a maior humildade: toda essa questão é do conhecimento de Sua Excelência?

— Como não? Aliás, agora me deixe. Neste momento não tenho tempo para conversarmos... Hoje mesmo saberá de tudo o que deve saber.

— Por amor de Deus, permita-me mais um minuto, Anton Antónovitch...

— Depois o senhor falará...

— Não, Anton Antónovitch; eu, veja, apenas ouça, Anton Antónovitch... Não tenho nada de livre-pensador, Anton Antónovitch, fujo do livre-pensamento; de minha parte estou totalmente disposto, e até admiti a ideia...

— Está bem, está bem. Já ouvi...

— Não, isso o senhor não ouviu, Anton Antónovitch. É outra história, Anton Antónovitch, é boa, palavra, é boa e dá gosto ouvir... Como já expliquei, Anton Antónovitch, admiti a ideia de que a Providência Divina criou duas pessoas totalmente semelhantes, e os nossos benevolentes superiores, percebendo a ação da Providência Divina, abrigaram dois gêmeos. Isso é bom, Anton Antónovitch. O senhor percebe que isso é muito bom, Anton Antónovitch, e que estou distante do livre-pensamento. Reconheço meu chefe benevolente como um pai. O chefe benevolente... diz ele, o senhor é assim... o jovem precisa trabalhar. Dê-me seu apoio, Anton Antónovitch, interceda por mim, Anton Antónovitch... Eu não... Anton Antónovitch, pelo amor de Deus, mais uma palavrinha... Anton Antónovitch...

Mas Anton Antónovitch já estava longe do senhor Golyádkin... Nosso herói não sabia onde estava, o que ouvia, o que fazia, o que acontecia e ainda ia acontecer com ele — tão confuso e abalado ficara com tudo o que ouvira e com tudo o que lhe acontecera.

Com um olhar suplicante, procurava Anton Antónovitch no meio dos funcionários para mais uma vez justificar-se perante ele e dizer-lhe algo muitíssimo bem-intencionado e assaz nobre e agradável a seu respeito... Aliás, pouco a pouco uma nova luz começava a infiltrar-se em meio à perturbação do senhor Golyádkin, uma nova e terrível luz, que iluminava diante dele de repente e de uma vez toda uma perspectiva de circunstâncias até então desconhecidas e sequer minimamente suspeitadas... Neste momento alguém tocou no ombro do nosso herói, totalmente desconcertado. Ele se virou. Diante dele estava Pissarienko.

— Uma carta para vosmecê.

— Ah!... já foste lá, querido amigo.

— Não, foi trazida ainda às dez da manhã. Serguiêi Mikhêiev, o vigia, trouxe-a da casa do secretário de província Vakhramêiev.

— Está bem, meu amigo, está bem, vou te agradecer, querido amigo.

Dito isto, o senhor Golyádkin escondeu a carta no bolso lateral de seu uniforme e o fechou, abotoando todos os botões; depois examinou ao redor e, para sua surpresa, percebeu que já estava no saguão do departamento, entre os funcionários que se aglomeravam à saída, pois o expediente já havia terminado. O senhor Golyádkin não só não havia notado até então essa última circunstância, como também não notou nem se deu conta do modo como de repente apareceu de capote, galochas e chapéu na mão. Todos os funcionários estavam imóveis e aguardavam respeitosamente. Ocorre que Sua Excelência parara nos primeiros degraus da escada, aguardando sua carruagem que por alguma razão se atrasara, e estava numa conversa muito interessante com dois conselheiros e Andriêi Filíppovitch. Um pouco distante dos dois conselheiros e de Andriêi Filíppovitch estavam Anton Antónovitch Siétotchkin e um dos outros funcionários, que sorriam muito por verem que Sua Excelência se dignava gracejar e sorrir. Os funcionários aglomerados no topo da escada também sorriam e esperavam que Sua Excelência tornasse a sorrir. Só não sorria Fiedossêitch, o porteiro barrigudo que, retesado, segurava a maçaneta da porta e aguardava com impaciência sua habitual porção de prazer, que consistia em escancarar de uma só vez, com um único movimento, metade da porta e depois, curvado, deixar respeitosamente que Sua Excelência passasse a seu lado. Contudo, quem aparentava estar mais contente e sentir mais prazer era o indigno e vil inimigo do senhor Golyádkin. Nesse momento ele até esquecera todos os funcionários, deixara inclusive de bajular e saltitar no meio deles segundo seu hábito bem torpezinho, até se esquecera de aproveitar a oportunidade e adular alguém. Ele era todo ouvidos e olhares, contraía-se de um jeito meio estranho, na certa para ouvir melhor, sem tirar os olhos de cima de Sua Excelência, e de raro em raro umas convulsões que mal se notavam sacudiam levemente seus braços, pernas e cabeça, denunciando todos os movimentos internos, recônditos de sua alma.

"Xi, como está prosa! — pensou nosso herói —, com pinta de favorito, o vigarista! Eu gostaria de saber de que jeito ele se dá bem numa sociedade de modos refinados. Não tem inteligência, nem caráter, nem instrução, nem sentimentos; o velhaco tem sorte! Senhor, como alguém pode progredir tão

rápido e num piscar de olhos "entrar na intimidade" de todas as pessoas! E ele vai, juro, ele vai longe, o velhaco, vai se dar bem — tem sorte, o velhaco! Eu ainda gostaria de saber o que é exatamente que ele está cochichando com todos eles. O que estará confabulando com toda essa gente, e de que segredos estarão falando? Meu Deus! Como é que eu arranjaria... um jeito... de também me chegar um pouco a eles... pois, sabe como é, pedir a ele talvez... sabe como é... não vou mais fazer isso; pois é, a culpa é minha, Excelência, e em nossos dias o jovem precisa trabalhar; minha obscura situação não me perturba de maneira nenhuma — eis como é a coisa! protestar de alguma maneira também não vou, e suportarei tudo com paciência e resignação — é isso aí! Então, é assim que devo agir?... Mas, pensando bem, não se consegue demovê-lo, o velhaco, nenhuma palavra o dobra; não se consegue meter argumento na sua cabeça dura... Mas, pensando bem, tentemos. Pode ser que este seja o momento certo, então cabe experimentar..."

Em sua intranquilidade, angústia e perturbação, sentindo que como estava não podia continuar, que chegara o momento decisivo, que precisava explicar-se com alguém, nosso herói já ia se deslocando aos poucos para o lugar onde se encontrava seu indigno e enigmático companheiro; mas nesse instante estrondeou à entrada a longamente esperada carruagem de Sua Excelência. Fiedossêitch escancarou a porta e, curvando-se até o chão, deu passagem a Sua Excelência. Todos os que aguardavam dispararam na direção da saída e por um instante afastaram o senhor Golyádkin primeiro do senhor Golyádkin segundo. "Não me escaparás!" — dizia nosso herói, abrindo caminho entre a multidão e sem tirar os olhos de cima do seu devido alvo. Por fim a multidão abriu caminho. Nosso herói sentiu-se em liberdade e disparou no encalço do seu desafeto.

CAPÍTULO XI

O senhor Goliádkin perdeu o fôlego; como se tivesse asas nos pés, voava no encalço do seu desafeto, que rápido se distanciava. Sentia em si a presença de uma tremenda energia. Pensando bem, apesar de sentir a presença dessa tremenda energia, o senhor Goliádkin podia tranquilamente estar certo de que até um simples mosquito teria muita facilidade de arrebentá-lo com um toque de sua asa, caso este pudesse viver em Petersburgo naquele clima. Sentia-se ainda fraco e depauperado, que uma força especialíssima e estranha o conduzia, que em absoluto não era ele que caminhava e que suas pernas fraquejavam e se negavam a obedecer. Pensando bem, tudo isso podia melhorar. "Melhorar e não piorar — pensava o senhor Goliádkin, quase sufocado com a velocidade da corrida —; agora, de que a causa está perdida não há a mínima dúvida; que estou totalmente liquidado isso já se sabe, está resolvido, definido e sacramentado." A despeito de tudo isso, foi como se nosso herói tivesse ressuscitado dos mortos, como se tivesse suportado uma batalha, como se tivesse se aferrado à vitória, quando finalmente agarrou-se ao capote de seu desafeto, que já estava com um pé no estribo da *drójki* para levá-lo a algum lugar recém-combinado com o cocheiro. "Meu caro senhor! meu caro senhor! — enfim gritou para o vil senhor Goliádkin segundo, que ele acabava de alcançar. — Meu caro senhor, espero que o senhor..."

— Não, o senhor faça o favor de não esperar nada — respondeu em tom evasivo o vil desafeto do senhor Golyádkin, que tinha um pé no estribo da *drójki* e tentava com todas as forças pôr o outro na carruagem, agitando-o inutilmente no ar, procurando manter o equilíbrio e ao mesmo tempo esforçando-se ao máximo para desprender o capote das mãos do senhor Golyádkin primeiro que, por sua vez, a ele se aferrara por todos os meios que a natureza lhe dera.

— Yákov Pietróvitch! Só dez minutos...
— Desculpe, estou assoberbado.
— Convenha o senhor mesmo, Yákov Pietróvitch... por favor, Yákov Pietróvitch... pelo amor de Deus, Yákov Pietróvitch... sabe como é, um esclarecimento... é preciso coragem... Um segundinho, Yákov Pietróvitch.

— Meu caro, estou assoberbado — respondeu, com uma familiaridade descortês, mas disfarçada de bondade sincera, o falsamente nobre desafeto do senhor Golyádkin —, noutra ocasião; acredite que falarei com toda a minha alma e com toda sinceridade; mas neste momento, palavra, não dá.

"Patife!" — pensou o senhor Golyádkin.

— Yákov Pietróvitch! — gritou angustiado — nunca fui seu inimigo. Pessoas más fizeram uma imagem injusta de mim... De minha parte, estou pronto... Yákov Pietróvitch, quer que nós dois entremos agora mesmo ali?... Lá falaremos com toda sinceridade, como o senhor acabou de dizer com justa razão e em tom franco, nobre; estou falando daquele café ali: então tudo se esclarecerá por si mesmo; é isso, Yákov Pietróvitch! Então tudo se esclarecerá por si mesmo, sem falta...

— No café? está bem, de acordo, entremos no café com uma única condição, meu amor, com uma única condição: que lá tudo se esclareça por si mesmo. Pois vá lá, meu amor — disse o senhor Golyádkin segundo, descendo da *drójki* e batendo desavergonhadamente no ombro de nosso herói —, meu amor; para ti, Yákov Pietróvitch, estou disposto a enveredar por uma travessa (como em certa ocasião o senhor, Yákov Pietróvitch, se dignou observar). Agora, és um finório, palavra, fazes o que queres com uma pessoa! — continuou o falso amigo do senhor Golyádkin, girando em torno dele e bajulando-o com um leve sorriso nos lábios.

Distante das ruas principais, o café onde entraram os dois Golyádkin estava deserto na ocasião. Uma alemã bastante gorda apareceu ao balcão assim que ouviu o toque do sininho. O senhor Golyádkin e seu vil desafeto entraram no segundo reservado, onde um rapazola inchado e de cabelos rentes tinha uma braçada de cavacos nas mãos e tentava, ao pé do fogão, reanimar o fogo que se apagara. A pedido do senhor Golyádkin segundo, foi servido chocolate.

— A mulher é bem gostosinha — disse o senhor Golyádkin segundo, piscando com um ar finório para o senhor Golyádkin primeiro. Nosso herói corou e ficou calado.

— Ah, sim, eu tinha esquecido; desculpe. Conheço o seu gosto. Meu senhor, nós cobiçamos alemãzinhas magrinhas; és uma alma sincera, Yákov Pietróvitch, nós dois cobiçamos as alemãs magrinhas, mas que, pensando bem, não são desprovidas de seus atrativos; alugamos quartos em suas casas, corrompemos sua moral, por uma sopa regada a *Bier* e outra a *Milch*[29] nós lhes entregamos nossos corações e assumimos vários compromissos — eis o que fazemos, seu Faublas, seu traidor!

O senhor Golyádkin segundo disse tudo isso em uma alusão de todo inútil, embora, pensando bem, criminosamente ladina, a certa pessoa do sexo feminino, enquanto girava em torno do senhor Golyádkin, sorrindo-lhe para parecer amável e assim fingindo cordialidade com ele e alegria pelo encontro. Percebendo, porém, que o senhor Golyádkin pri-

---

[29] *Bier*, "cerveja"; *Milch*, "leite", em alemão no original. (N. do T.)

meiro não era em absoluto tão tolo nem tão desprovido de instrução e de boas maneiras a ponto de ir logo acreditando nele, o vil homem resolveu mudar de tática e agir às claras. Tão logo proferiu sua torpeza, o falso senhor Golyádkin a concluiu, com uma desfaçatez e uma familiaridade que revoltam a alma, dando um forte tapa no ombro do senhor Golyádkin e, não satisfeito, pôs-se a adulá-lo de um modo absolutamente inoportuno para uma sociedade de bom-tom, tencionando mesmo repetir sua torpeza anterior, isto é: a despeito da resistência e dos breves gritos do indignado senhor Golyádkin primeiro, dar-lhe um beliscão nas bochechas. Ao perceber tamanha libertinagem, nosso herói encheu-se de cólera mas não disse palavra... se bem que só por um instante.

— Essa é a fala dos meus inimigos — respondeu por fim com uma voz trêmula, contendo-se com sensatez. Ao mesmo tempo, nosso herói voltou-se intranquilo para a porta. Ocorre que o senhor Golyádkin segundo parecia estar com um humor magnífico e disposto a sair-se com diversas brincadeiras não permitidas em local público e, em linhas gerais, vetadas pelas leis da sociedade, principalmente de uma sociedade de estilo elevado.

— Bem, neste caso seja como o senhor quiser — respondeu em tom sério o senhor Golyádkin segundo ao pensamento do senhor Golyádkin primeiro, depois de pôr na mesa a xícara que esvaziara com uma sofreguidão indecorosa. — Ora, nós dois não temos nenhuma razão para demora, pensando bem... Então, como tem vivido, Yákov Pietróvitch?

— A única coisa que posso lhe dizer, Yákov Pietróvitch — respondeu nosso herói com frieza e dignidade —, é que nunca fui seu inimigo.

— Hum... ah, mas e Pietruchka, como é mesmo que se chama? Parece que é Pietruchka, não?

— Ele também vai vivendo como antes, Yákov Pietróvitch — respondeu meio surpreso o senhor Golyádkin primei-

ro. — Yákov Pietróvitch, não sei... de minha parte... minha parte nobre, franca, Yákov Pietróvitch, convenha o senhor, Yákov Pietróvitch...

— É. Mas o senhor mesmo sabe, Yákov Pietróvitch — respondeu em voz baixa e expressiva o senhor Golyádkin segundo, bancando falsamente um homem triste, digno, cheio de arrependimento e compaixão —, o senhor mesmo sabe que vivemos num tempo difícil... Eu me espelho no senhor, Yákov Pietróvitch; o senhor é inteligente e justo nos julgamentos — concluiu o senhor Golyádkin segundo, bajulando de um modo vil o senhor Golyádkin primeiro. — A vida não é brinquedo, o senhor mesmo sabe, Yákov Pietróvitch — concluiu o senhor Golyádkin segundo com ar significativo, fingindo-se um homem inteligente e sábio, capaz de julgar coisas elevadas.

— De minha parte, Yákov Pietróvitch — respondeu cheio de ânimo nosso herói —, de minha parte, desprezando rodeios e falando com coragem e franqueza, em linguagem direta e nobre, e pondo todo o assunto num plano nobre, digo-lhe, posso lhe afirmar com nobreza e franqueza, Yákov Pietróvitch, que sou totalmente puro e que, o senhor mesmo sabe, Yákov Pietróvitch, o erro recíproco — tudo pode acontecer —, o julgamento da sociedade, a opinião da multidão servil... Falo com franqueza, Yákov Pietróvitch, tudo pode acontecer. Digo ainda, Yákov Pietróvitch, que se julgarmos dessa maneira, se examinarmos a questão de um ponto de vista nobre e elevado, terei a coragem de dizer, sem falso pudor, Yákov Pietróvitch, que para mim é até agradável revelar que me equivoquei, que acho até agradável confessar isto. O senhor mesmo sabe, é um homem inteligente e acima de tudo nobre. Sem pudor, sem falso pudor estou disposto a confessar isso... — concluiu nosso herói com dignidade e nobreza.

— É o fado, o destino! Yákov Pietróvitch... mas deixemos tudo isso — proferiu suspirando o senhor Golyádkin segundo. — É melhor usarmos os breves minutos de nosso encontro para uma conversa mais útil e agradável, como deve ser entre dois colegas de trabalho... Em verdade, durante todo esse tempo não consegui trocar duas palavras com o senhor.

— Nem eu — interrompeu com ardor nosso herói —, nem eu! Meu coração me diz, Yákov Pietróvitch, que tampouco sou culpado por isso tudo. Acusemos o destino por tudo isso, Yákov Pietróvitch — acrescentou o senhor Golyádkin primeiro num tom completamente conciliador. Sua voz começava pouco a pouco a enfraquecer e tremer.

— Então, como tem andado de saúde? — pronunciou com voz embaraçada e doce Golyádkin segundo.

— Ando com um pouco de tosse — respondeu nosso herói com voz ainda mais doce.

— Cuide-se. Agora as epidemias estão assolando, é natural pegar uma angina, e eu, confesso, já comecei a me agasalhar com flanela.

— De fato, Yákov Pietróvitch, é natural pegar uma angina... — disse nosso herói depois de uma breve pausa. — Yákov Pietróvitch! estou vendo que me equivoquei... Lembro-me enternecido daqueles momentos felizes que nós dois conseguimos passar juntos debaixo do meu teto pobre mas, me atrevo a dizer, hospitaleiro...

— Aliás, não foi o que o senhor escreveu em sua carta — disse com uma pitada de censura o absolutamente justo (aliás, só neste aspecto absolutamente justo) senhor Golyádkin segundo.

— Yákov Pietróvitch, eu estava equivocado... Agora vejo com clareza que estava equivocado também naquela minha carta infeliz. Yákov Pietróvitch, tenho vergonha de olhar para o senhor, o senhor não pode acreditar, Yákov Pietróvitch... Dê-me essa carta para eu rasgá-la diante dos nossos olhos, Yákov Pietróvitch, e se isto for de todo impossível, imploro que a leia ao contrário, toda ao contrário, isto é, com uma

O duplo

intenção amistosa, interpretando com um sentido oposto todas as palavras de minha carta. Estava equivocado. Perdoe-me, Yákov Pietróvitch, eu estava todo... amargamente equivocado, Yákov Pietróvitch.

— O senhor está dizendo?... — perguntou de modo bastante distraído e indiferente o pérfido amigo do senhor Golyádkin primeiro.

— Estou dizendo que estava totalmente equivocado, Yákov Pietróvitch, e que de minha parte não tenho nenhum falso pudor...

— Ah, então é bom! É muito bom que o senhor estivesse equivocado — respondeu em tom grosseiro o senhor Golyádkin segundo.

— Eu, Yákov Pietróvitch, estava até com uma ideia — acrescentou de modo nobre nosso franco herói, sem se dar a mínima conta da terrível deslealdade de seu falso amigo —, estava até com a ideia de que, veja só, haviam sido criados dois seres totalmente semelhantes...

— Ah, era essa a sua ideia!...

Neste momento o senhor Golyádkin segundo, conhecido por sua inutilidade, agarrou o chapéu. Ainda sem perceber o embuste, o senhor Golyádkin primeiro também se levantou, sorrindo com ar cândido e nobre para o seu falso amigo, procurando, em sua candura, acarinhá-lo, animá-lo e assim travar com ele uma nova amizade...

— Adeus, Excelência! — bradou de repente o senhor Golyádkin segundo. Nosso herói estremeceu ao notar algo até dionisíaco no rosto de seu inimigo — e com o único intuito de desvencilhar-se, meteu dois dedos de sua mão na mão que o imoral lhe estendera; mas nisto... nisto a desfaçatez do senhor Golyádkin segundo passou de todos os limites. Depois de pegar os dois dedos da mão do senhor Golyádkin primeiro e começar por apertá-los, no mesmo instante, na cara do senhor Golyádkin, a vil criatura resolveu repetir sua desavergonhada brincadeira daquela manhã. Esgotava-se o limite da paciência humana...

Ele já havia metido no bolso o lenço com que limpara seus dedos quando o senhor Goliádkin primeiro deu por si e investiu atrás dele rumo ao reservado contíguo, para onde, segundo seu torpe hábito, o inconciliável inimigo se apressara em esgueirar-se. Como quem não liga para nada, ele estava ao balcão, comia um pastel e, qual um homem virtuoso, na maior tranquilidade cumulava de galanteios a confeiteira alemã. "Diante das senhoras não posso" — pensou nosso herói e também se chegou ao balcão, fora de si de tão agitado.

— De fato, a mulherzinha não é nada feia! O que o senhor acha? — voltou às suas indecentes extravagâncias o senhor Goliádkin segundo, na certa contando com a infinita paciência do senhor Goliádkin. Por sua vez, a gorda alemã pousava nos seus dois fregueses um apalermado olhar mortiço, claro que sem entender a língua russa e com um sorriso afável nos lábios. Nosso herói inflamou-se como fogo em face das palavras do desavergonhado senhor Goliádkin segundo e, sem forças para conter-se, investiu por fim contra o desafeto com a nítida intenção de estraçalhá-lo e assim ajustar definitivamente as contas com ele; mas o senhor Goliádkin segundo, conforme seu torpe hábito, já estava longe; dera no pé, já se encontrava na saída. É claro que, depois de sua primeira estupefação instantânea, o senhor Goliádkin primeiro recobrou-se e deu às pernas atrás do ofensor, que já se aboletara na carruagem que o aguardava, pelo visto já tendo combinado tudo com o cocheiro. Mas nesse exato momento a gorda alemã, vendo a fuga dos dois fregueses, soltou um grito agudo e tocou seu sininho com toda força. Nosso herói olhou para trás quase voando, lançou-lhe o dinheiro que cabia a si e ao desavergonhado fugitivo que não pagara, dispensou o troco e, apesar de ter-se atrasado, conseguiu, ainda que

O duplo 189

novamente voando, apanhar seu desafeto. Agarrando-se a um dos flancos da *drójki* por todos os meios que a natureza lhe dera, nosso herói voou algum tempo pela rua tentando a custo trepar na *drójki*, o que o senhor Golyádkin segundo tentava evitar com todas as suas forças. Enquanto isso, o cocheiro apressava com o chicote, as rédeas, os pés e palavras o seu estropiado rocim, que, de forma totalmente inesperada, pôs-se a galopar, tomando o freio nos dentes e distribuindo coices a três por dois. Por fim nosso herói acabou conseguindo aboletar-se na *drójki*, cara a cara com seu desafeto, com as costas apoiadas no cocheiro, os joelhos roçando os joelhos do desavergonhado e a mão direita grudada na gola de pele assaz ordinária do capote de seu devasso e mais encarniçado desafeto.

Os inimigos seguiam a toda e durante certo tempo permaneceram calados. Nosso herói mal conseguia tomar fôlego; a estrada era precaríssima e ele sacolejava sem parar, correndo o risco de quebrar o pescoço. Além disso, seu encarniçado desafeto teimava em não se reconhecer vencido e tentava derrubar seu desafeto na lama. Para completar todas as contrariedades, o tempo estava péssimo. A neve caía copiosamente em flocos e, por sua vez, procurava de todas as maneiras infiltrar-se por baixo do capote aberto do verdadeiro senhor Golyádkin. Ao redor, tudo estava embaçado e não se enxergava nada. Era difícil distinguir por que ruas e para onde iam... O senhor Golyádkin teve a impressão de que lhe ocorria algo já conhecido. Por um instante procurou recordar se não teria pressentido algo na véspera... em sonho, por exemplo... Enfim sua angústia atingiu o último grau de agonia. Apoiado com força sobre seu inimigo implacável, fez menção de gritar. Mas o grito morreu em seus lábios... Houve um instante em que o senhor Golyádkin esqueceu tudo e resolveu que tudo isso era insignificante, que tudo acontecia sem quê nem pra quê, sabe-se lá como, de maneira inexplicável, e protestar por esse motivo seria coisa inútil e de todo perdida... Mas súbito, e quase no mesmo instante em que nosso herói concluiu tudo isso, um abrupto solavanco mudou todo o sentido da questão. O senhor Golyádkin despencou da *drójki* como um saco de farinha e rolou sem direção, reconhecendo com justa razão, no momento da queda, que se excitara de fato e de modo assaz despropositado. Depois de se levantar de um salto, percebeu que haviam chegado a algum lugar; a *drójki* estava parada no pátio de alguém, e à primeira vista nosso herói percebeu que era o pátio do mesmo prédio em que morava Olsufi Ivánovitch. No mesmo instante percebeu que seu desafeto já se esgueirava pelo terraço de entrada e na certa ia à casa de Olsufi Ivánovitch. Tomado de uma angústia indescritível, fez menção de alcançar seu desafeto, mas por sorte repensou com sensatez e a tempo. Sem se esquecer de pagar ao cocheiro, o senhor Golyádkin precipitou-se para a rua e pôs-se a correr com todas as forças sem rumo certo. A neve caía copiosamente, em flocos, como antes; como antes estava turvo, úmido e escuro. Nosso herói não andava, mas voava, derrubando todos em seu caminho — homens, mulheres, crianças —, e por sua vez pulando para se desviar dos homens, mulheres e crianças. Ao redor e atrás dele ouviam-se um murmúrio assustador, ganidos, gritos... Mas o senhor Golyádkin parecia desprovido de sentidos e sem vontade de prestar atenção em nada... Aliás, deu por si já na ponte Semeónovski, e assim mesmo porque conseguiu esbarrar em duas velhas mascates, derrubá-las com suas mercadorias e também estatelar-se. "Não foi nada — pensou o senhor Golyádkin —, tudo isso ainda pode mudar muito para melhor" —, e incontinente meteu a mão no bolso com a intenção de se desfazer de um rublo de prata para compensar os pães de mel, as maçãs, a ervilha e várias outras coisas. Súbito uma nova luz iluminou o senhor Golyádkin; em seu bolso ele apalpou a carta que o escrivão lhe entregara de manhã.

Lembrando-se, a propósito, de que conhecia uma taberna perto dali, correu para lá, sem demorar um minuto acomodou-se a uma mesinha iluminada à luz de vela de sebo e, sem prestar atenção a nada nem ouvir o criado que aparecera para atender aos pedidos, rompeu o sinete e começou a ler o seguinte, que o deixou definitivamente pasmo:

"Nobre benfeitor, que sofre por mim e a quem meu coração quer para sempre!
Estou sofrendo, estou perdida — salva-me! O caluniador, intrigante e conhecido por seus inúteis intentos envolveu-me em suas redes e estou perdida! Decaí! Mas ele me dá nojo, ao passo que tu!... Separaram-nos, interceptaram minhas cartas para ti, e quem fez tudo isso foi o amoral, que se valeu de sua melhor qualidade — a semelhança contigo. Em todo caso, pode-se ser feio, mas cativar pela inteligência, por um sentimento forte e maneiras agradáveis... Estou perdida! Vão me casar à força, e o maior intrigante dessa história é meu pai e benfeitor, o conselheiro de Estado Olsufi Ivánovitch, na certa porque deseja garantir o meu lugar e minhas relações na sociedade de estilo de vida elevado... Mas estou decidida e protestando por todos os meios que a natureza me deu. Espera-me com tua carruagem hoje às nove horas em ponto ao pé das janelas da casa de Olsufi Ivánovitch. Mais uma vez haverá um baile em nossa casa e aquele tenente bonito estará presente. Sairei e voaremos daqui. Ademais, também há outros locais de trabalho onde se pode ser útil à pátria. Em quaisquer que sejam as circunstâncias, lembra-te, meu amigo, que a inocência já é forte por sua própria inocência. Adeus. Espera com a carruagem à entrada. Ponho-me sob a

proteção dos teus braços às duas da madrugada em ponto.[30]

Tua até a morte,

Clara Olsúfievna"

Depois de ler a carta, nosso herói ficou alguns minutos como que estupefato. Tomado de uma terrível angústia, de uma terrível inquietação e pálido como um lenço, deu várias voltas pelo recinto com a carta na mão; para completar a desgraça de sua situação, nosso herói não se deu conta de que nesse momento era objeto da atenção exclusiva de todos os que se encontravam no recinto. Na certa a desordem de seu uniforme, a inquietação incontida, a andança, ou melhor, a correria, a gesticulação com ambas as mãos e talvez algumas palavras enigmáticas lançadas ao vento e por descuido — na certa tudo isso deixou o senhor Goliádkin mal na opinião de todos os presentes; até o criado começava a olhar para ele com ar de suspeita. Caindo em si, nosso herói percebeu que estava no centro do recinto e que olhava de um jeito quase indecente, descortês, para um velhote de aparência honrosa que, tendo almoçado e rezado diante de uma imagem de Deus, tornara a sentar-se e, de sua parte, também não tirava os olhos de cima do senhor Goliádkin. Nosso herói olhou perturbado ao redor e notou que todos, terminantemente todos o observavam com o ar mais sinistro e suspeito. Súbito um militar reformado, de gola vermelha, pediu o *Politzêiskie Viédomosti*.[31] O senhor Goliádkin estremeceu e corou: baixou a vista meio por descuido e viu que estava metido numa

---

[30] Primeiro a missivista marca o encontro para as nove horas; cinco linhas abaixo, para as duas da madrugada. (N. do T.)

[31] Trata-se do jornal *Viédomosti S-Peterbúrgskoi Gorodskói Polítzii* (Boletim da Polícia da Cidade de São Petersburgo), editado entre 1839 e 1917, que cobria os mais diversos acontecimentos da cidade. (N. da E.)

roupa tão indecente que não podia usá-la nem em sua casa, menos ainda num recinto público. As botas, as calças e todo o seu flanco esquerdo eram uma sujeira só, a presilha da perna direita da calça tinha sido arrancada e o fraque estava até rasgado em muitos lugares. Tomado de uma angústia infinda, nosso herói chegou-se à mesa diante da qual estivera lendo e viu que dele se aproximava o empregado da taberna com uma expressão estranha e insistentemente petulante no rosto. Desconcertado e totalmente contraído, nosso herói começou a examinar a mesa diante da qual agora se achava em pé. Havia na mesa pratos não recolhidos depois da refeição de alguém, um guardanapo sujo, uma faca que acabara de ser usada, um garfo e uma colher. "Quem terá almoçado? — pensou nosso herói. — Será que fui eu? Ora, tudo pode acontecer! Almocei e nem me dei conta; o que fazer?" Erguendo a vista, o senhor Golyádkin tornou a ver a seu lado o criado, que pretendia lhe dizer alguma coisa.

— Quanto devo, irmãozinho? — perguntou nosso herói com voz trêmula.

Ao redor do senhor Golyádkin ouviu-se uma estridente gargalhada; o próprio criado riu. O senhor Golyádkin compreendeu que também ali havia metido os pés pelas mãos e cometido uma enorme tolice. Tendo compreendido tudo isso, ficou de tal forma atrapalhado que foi obrigado a enfiar a mão no bolso à procura do lenço, na certa a fim de fazer alguma coisa e não ficar ali parado à toa; mas, para indescritível surpresa sua e de todos que o rodeavam, em vez do lenço tirou um frasco com o remédio que uns quatro dias antes fora prescrito por Crestian Ivánovitch. "Os medicamentos da mesma farmácia" — passou rápido pela cabeça do senhor Golyádkin... Súbito ele estremeceu e por pouco não gritou de horror. Derramava-se uma nova luz... Um líquido avermelhado e repugnante brilhou com um reflexo funesto aos olhos do senhor Golyádkin... O frasco lhe caiu das mãos e quebrou-se no ato. Nosso herói deu um grito e recuou uns dois passos, afastando-se do líquido derramado... todos os seus membros tremiam e o suor lhe brotava nas têmporas e na testa. "Então minha vida está em perigo!" Enquanto isso houve no recinto um movimento, uma agitação; todos rodearam o senhor Golyádkin, todos falavam ao senhor Golyádkin, alguns até agarravam o senhor Golyádkin. Mas nosso herói estava mudo e imóvel, sem ver nada, sem ouvir nada, sem sentir nada... Por fim, como se tivesse se desprendido do lugar, correu para fora da taberna, abriu caminho empurrando todos e cada um que tentava segurá-lo, quase sem sentidos caiu dentro da primeira *drójki* e voou para o seu apartamento.

No saguão de seu prédio encontrou Mikhêiev, o vigia do departamento, com um envelope oficial nas mãos. "Estou sabendo, meu amigo, estou sabendo de tudo — respondeu nosso estafado herói com uma voz fraca e triste —, isto é oficial..." Sobre o envelope havia de fato uma ordem para o senhor Golyádkin, assinada por Andriêi Filíppovitch, determinando que ele transferisse para Ivan Semeónovitch o processo que estava em suas mãos. Depois de receber o envelope e dar dez copeques ao vigia, o senhor Golyádkin entrou em seu apartamento e viu que no saguão Pietruchka preparava e juntava num monte todos os seus trapos e tralhas, todas as suas coisas, com a evidente intenção de deixar o senhor Golyádkin e ir para a casa de Carolina Ivánovna, que o atraíra para substituir Evstáfio.

CAPÍTULO XII

Pietruchka entrou cambaleando, com um modo um tanto estranho e displicente e uma expressão servilmente triunfal no rosto. Via-se que tinha algo em mente, que se sentia em seu pleno direito e parecia uma pessoa totalmente estranha, isto é, o serviçal de algum outro, mas sem nada daquele antigo serviçal do senhor Golyádkin.

— Bem, vê só, meu querido — começou nosso herói, arfando —, que horas são, meu querido?

Pietruchka seguiu calado para trás do tabique, depois voltou e declarou em tom bastante independente que logo seriam sete e meia.

— Então está bem, meu querido, está bem. Bem, vê só, meu querido... permite-me dizer, meu querido, que parece que agora está tudo acabado entre nós.

Pietruchka calava.

— Bem, como agora tudo entre nós está acabado, diz, com franqueza, como amigo: onde estiveste, irmãozinho?

— Onde estive? Entre pessoas bondosas.

— Sei, meu amigo, sei. Sempre estive satisfeito contigo, e te darei uma recomendação... Bem, mas agora o que será de ti entre estranhos?

— Pois é, senhor! o senhor mesmo está a par. Sabe-se que um homem bom não deseja mal à gente.

— Sei, meu querido, sei. Hoje em dia pessoas boas são

raras, meu amigo; procura apreciá-las, meu amigo. Então, como são elas?

— Sabe-se como são... Só que com o senhor não posso continuar; o senhor mesmo sabe.

— Sei, meu querido, sei; conheço teu zelo e tua dedicação; presenciei tudo isso, meu amigo, e observei. Eu te estimo, meu amigo. Estimo o homem bom e honesto, mesmo que seja um criado.

— Ora, isso se sabe! A gente sabe, e é claro que o senhor também, o que é melhor. Assim é a coisa. Quanto a mim... é sabido, meu senhor, que não se pode viver sem uma boa pessoa.

— Ora, está bem, irmãozinho, está bem; sinto por isso... Bem, aqui estão o teu dinheiro e a tua recomendação. Agora nos beijemos, irmãozinho, digamos adeus... Bem, meu amigo, agora vou te pedir um favor, o último favor — disse o senhor Goliádkin em tom solene. — Como vês, meu amigo, acontece de tudo. A desgraça, meu amigo, se esconde até nos palácios banhados a ouro, e ninguém foge a ela. Sabes, meu amigo, que eu, parece que sempre fui afável contigo, me parece...

Pietruchka calava.

— Parece-me que sempre fui afável contigo, meu querido... Bem, quanto temos de roupa, meu querido?

— Ora, tudo está à vista. Seis camisas de linho grosso; três pares de meias; quatro peitilhos; uma jaqueta de flanela; duas peças de roupa interna. É tudo, o senhor mesmo sabe. Meu senhor, não pego nada seu... Eu, meu senhor, conservo a roupa do meu amo... Com o senhor, meu amo, sempre fui... o senhor sabe... e quanto a faltas nunca cometi nenhuma, é coisa sabida; aliás, o senhor mesmo sabe disso...

— Acredito, meu amigo, acredito. Não é disso que estou falando, meu amigo, não é disso; vê só, meu amigo...

— Sei disso, meu senhor; isso eu mesmo sei. Sabe, quando eu trabalhava na casa do general Stolbniakov, eles lá me liberaram, foram embora para a Sibéria, têm uma propriedade lá...

— Não, meu amigo, não é disso que estou falando; nada disso... não penses nisso, meu querido amigo...

— Está bem. Nós, o senhor mesmo sabe, fomos caluniados por muito tempo. Mas em todos os lugares em que trabalhei ficaram satisfeitos comigo. Houve ministros, generais, senadores, condes. Trabalhei para todos, para o príncipe Svintchátnik, o coronel Pierebórkin, também para o general Niedabárov; eles também foram para suas propriedades. Coisa sabida...

— Sim, meu amigo, sim; está bem, meu amigo, está bem. Pois veja, meu amigo, agora eu também vou partir... Cada um segue um caminho diferente, meu querido amigo, e não se sabe que caminho cada um pode tomar. Bem, meu amigo, agora deixa que eu me vista; sim, coloca meu uniforme também... as outras calças, os lençóis, os cobertores, os travesseiros...

— Fazer uma trouxa com tudo?

— Sim, meu amigo, sim; pode ser até uma trouxa... Quem sabe o que pode acontecer conosco? Bem, agora, meu amigo, sai e me traz uma carruagem.

— Uma carruagem?...

— Sim, meu amigo, uma carruagem, bem ampla e por certo tempo. E tu, meu amigo, não fiques pensando coisas...

— E pretende viajar para longe?

— Não sei, meu amigo, isso também não sei. Acho que também é preciso pôr lá o edredom. O que tu mesmo achas, meu amigo? conto contigo, meu querido...

— Por acaso vai viajar agora?

— Sim, meu amigo, sim! Deu-se tal circunstância... vê só em que deu a coisa, meu querido, vê só em que deu...

— É sabido, meu senhor; lá no nosso regimento também aconteceu a mesma coisa com um tenente; ele raptou... de um fazendeiro...

— Raptou?... Como, meu querido, tu...
— Sim, raptou e eles se casaram noutra fazenda. Estava tudo preparado de antemão. Houve perseguição; foi só aí que o príncipe, o falecido, interferiu — bem, e aí resolveram o caso...
— Casaram-se, é... mas e tu, meu querido, tu, como é que ficaste sabendo, meu querido?
— Ora, todo mundo sabe! A terra, meu senhor, está cheia de boatos. A gente sabe de tudo, meu senhor... é claro, e quem não teve seu pecado? Só que agora vou lhe dizer, meu senhor, permita-me ser franco, dizer servilmente; já que tocamos no assunto, vou lhe dizer, meu senhor: o senhor tem um inimigo, tem um rival, meu senhor, um rival forte, é isso...
— Eu sei, meu amigo, sei; tu mesmo sabes, meu querido... Pois bem, conto contigo. O que vamos fazer agora, meu amigo? O que me sugeres?
— Então, meu senhor, se agora, por exemplo, o senhor resolveu partir dessa maneira, então vai precisar comprar alguma coisa: lençóis, travesseiros, outro edredom de casal, um bom cobertor; pois bem, temos uma vizinha aqui embaixo, uma vendedora, senhor: ela tem uma boa capa de raposa, de sorte que o senhor pode ir lá, dar uma olhada e comprá-la. Agora vai precisar dela, meu senhor; é uma boa capa, de pele de raposa e forro de cetim.
— Então está bem, meu amigo, está bem; estou de acordo, meu amigo, conto contigo, conto plenamente; por favor, pode ser a capa mesmo, meu querido... Só que tem de ser depressa, depressa! Por Deus, depressa! Compro a capa mesmo, só que tem de ser depressa, por favor! Logo serão oito horas; depressa, meu amigo, por Deus! apressa-te, depressa, meu amigo!...
Pietruchka largou ainda desamarrada a trouxa de roupas, travesseiros, lençol, cobertor e toda sorte de trastes que passara a juntar e amarrar e num piscar de olhos deixou o cô-

modo. Enquanto isso o senhor Golyádkin pegou mais uma vez a carta — mas não conseguia ler. Agarrando com ambas as mãos sua desafortunada cabeça, apoiou-se na parede tomado de extrema surpresa. Não conseguia pensar em nada, tampouco conseguia fazer alguma coisa; ele mesmo não sabia o que havia consigo. Por fim, vendo que o tempo corria e nem Pietruchka nem a capa haviam aparecido, o senhor Golyádkin resolveu ir lá pessoalmente. Ao abrir a porta que dava para o saguão, ouviu ruído, murmúrios, discussão e rumores embaixo... Várias vizinhas falavam, gritavam, julgavam e regateavam o preço de alguma coisa... — e o senhor Golyádkin sabia exatamente de quê. Ouvia-se a voz de Pietruchka; em seguida ouviram-se os passos de alguém. "Meu Deus! Vão chamar o mundo todo para cá!" — gemeu o senhor Golyádkin, torcendo os braços de desespero e correndo de volta para o seu quarto. Aí chegando, caiu no divã de cara no travesseiro, quase sem sentidos. Depois de cerca de um minuto nessa posição, levantou-se de um salto e, sem esperar a volta de Pietruchka, calçou as galochas, pôs o chapéu, vestiu o capote, pegou a carteira e correu a toda velocidade escada abaixo. "Não preciso de nada, de nada, meu querido! eu mesmo, eu mesmo farei tudo! Por ora não preciso de ti, e enquanto isso pode ser que a coisa se resolva para melhor" — murmurou o senhor Golyádkin para Pietruchka, que o encontrara na escada; depois correu para o pátio e saiu do prédio; estava com o coração na mão; ainda não se decidira... Que atitude tomar, o que fazer, como teria de agir naquela situação crítica...

— Pois então, meu Deus; como agir? E precisava ter acontecido tudo isso? — bradou enfim desesperado, perambulando pela rua, claudicando a esmo — precisava ter acontecido tudo isso? Pois se isso não tivesse acontecido, exatamente isso, tudo teria tido jeito; de uma vez, de um só golpe, com um hábil, enérgico e firme golpe tudo teria tido jeito.

Corto um dedo como tudo teria tido jeito! Até sei de que maneira teria tido jeito. Eis como eu faria tudo: pegaria e, bem, sabe como é, meu senhor, com o perdão da palavra, para mim a coisa não ata nem desata; não se fazem as coisas assim; meu senhor, meu caro senhor, não se fazem as coisas assim e com impostura ninguém se arranja entre nós; o impostor, meu senhor, é daquele tipo de gente — é inútil e não traz proveito à pátria. O senhor compreende isso? Será que compreende isso, meu caro senhor?! Era assim que a coisa devia ser... Que nada... aliás, pensando bem... não é nada disso, nada disso... Estou falando lorotas, sou uma besta quadrada! eu, eu sou é um suicida duma figa! É isso, és um suicida duma figa, sem nada a ver com... No entanto és um depravado; eis como se faz a coisa agora!... Então, onde vou me meter agora? vamos, o que, por exemplo, vou fazer comigo agora? então, para que sirvo neste momento? ora, para que tu, por exemplo, serves agora, seu Golyádkin duma figa, seu indigno duma figa! Pois então, o que fazer neste momento? preciso pegar uma carruagem; vamos lá, tragam até aqui uma carruagem para ela; ela vai molhar o pezinho se não trouxerem uma carruagem... Ora vejam só, quem poderia imaginar? Pois é, senhorita, pois é, minha senhora! pois é, donzela de boa conduta! Pois é, criatura que tanto gabamos. Distinguiu-se, minha senhora, de fato distinguiu-se!... Mas tudo se deve à amoralidade da educação; foi só eu examinar e decifrar tudo agora para ver que isso não se deve senão à amoralidade. Em vez de a terem pegado desde pequena e lhe dado de vez em quando umas chibatadas, davam bombons, empanturravam-na com todo tipo de guloseimas, e o próprio velhote ainda ficava choramingando a seu lado; minha isso, minha aquilo, tu és boa, sabes, vou te casar com um conde!... Foi por isso que ela saiu assim e agora nos mostra suas cartas; sabe como é, nosso jogo é assim! Em vez de segurá-la em casa desde jovem, eles a puseram num internato, aos cuidados de uma madame francesa, de uma emigrante, uma tal de Falbalá,[32] para ali aprender toda sorte de inutilidades com a emigrante Falbalá — pois foi assim que tudo se deu. Agora veja você se isso lhe agrada! Esteja na carruagem a tal e tal hora ao pé das janelas e cante uma romança em tom sentimental à moda espanhola; estou à sua espera, sei que me ama, e fugiremos os dois juntos, e iremos morar numa cabana. Mas, no fim das contas, não podemos fazer isto; isto, minha senhora — já que se tocou no assunto! —, não podemos fazer porque as leis proíbem que se tire uma donzela honrada da casa dos pais sem a autorização deles! E, no fim das contas, para quê? por quê, e que necessidade há nisso? Bem, se ela estivesse se casando com alguém à altura, com quem o destino houvesse determinado, o caso estaria encerrado. Mas eu sou um servidor; e posso perder meu emprego por essa história; eu, minha senhora, posso ser processado por isso! eis como é a coisa! se é que a senhora não sabia. Isso é trabalho da alemã. É dela, daquela bruxa que parte tudo isso, que vem todo esse deus nos acuda. Porque caluniaram uma pessoa, porque tramaram contra ela uma bisbilhotice de comadres, espalharam invencionices contra ela aos quatro ventos por sugestão de Andriêi Filíppovitch; é daí que parte tudo. Senão, por que Pietruchka estaria metido nisso? o que ele tem a ver com isso? que necessidade o velhaco teria de estar metido nisso? Não, não posso, minha senhora, de jeito nenhum eu posso, por nada neste mundo eu poderia... Quanto a vós, minha senhora, desta vez arranje algum jeito de me desculpar. É da senhora que parte tudo, não é da alemã que parte tudo, de modo algum é daquela bruxa mas unicamente da senhora, porque a bruxa é uma mulher bondosa, porque a bruxa não tem culpa de

---

[32] Nome da francesa mantenedora do internato no poema de A. S. Púchkin "Príncipe Núlin": "... não segundo a lei local/ Ela foi educada,/ Mas no internato para nobres/ Da emigrante Falbalá". (N. do T.)

O duplo

nada, é a senhora quem tem culpa — eis como é a coisa! A senhora está levantando calúnias contra mim... Nessa história um homem se perde, some de si mesmo e não consegue conter a si mesmo — de que casamento se pode falar?! E qual será o fim de tudo isso? e que jeito isso vai ter agora? Eu pagaria caro para me inteirar de tudo!...

    Assim nosso herói raciocinava em seu desespero. Dando subitamente por si, percebeu que se encontrava em algum ponto da Litiêinaia. O tempo estava horrível: havia degelo, caía neve, chovia — bem, igualzinho àquele inesquecível tempo que fazia na terrível meia-noite em que começaram todas as desgraças do senhor Golyádkin. "Que raio de viagem é essa? — pensava o senhor Golyádkin, observando o tempo — isso aqui é a morte de tudo... Senhor meu Deus! Bem, onde vou achar uma carruagem por aqui? Ah, ali na esquina, parece que tem algo negrejando! Vejamos, sondemos... Senhor meu Deus! — continuou nosso herói, direcionando seus passos fracos e trôpegos para onde avistara algo parecido com uma carruagem. — Não, eis como vou agir: chego lá, caio aos pés dele e, se for possível, peço humildemente. Sabe como é, Excelência; coloco meu destino em suas mãos, nas mãos do meu superior; Excelência, peço que me proteja e faça o bem a este homem; veja só, veja só, foi cometido um ato ilegal; não permita a minha ruína, tomo o senhor por pai, não me abandone... salve meu amor-próprio, minha honra, meu nome e meu sobrenome... e me livre também do depravado facínora... Ele é outra pessoa, Excelência, e eu também sou outro; ele vive à parte, e eu também sou senhor de mim; palavra, senhor de mim, Excelência, palavra, senhor de mim; eis como é a coisa. Sabe como é, não posso ser parecido com ele; faça a substituição, seja benevolente, mande fazer a substituição — e acabe com essa troca desavergonhada, arbitrária... diferentemente dos outros, Excelência. Tomo o senhor por pai; o chefe, é claro que um chefe bondoso e solícito, deve estimular semelhantes gestos... Isto tem até um quê de cavalheiresco. Veja só, tomo o senhor, meu chefe solícito, por pai, confio-lhe o meu destino e não hei de contradizê-lo, fio-me e me afasto do caso, pois... assim é a coisa!"

— Então, meu querido, és cocheiro?

— Cocheiro...

— Quero uma carruagem para esta noite, irmão...

— O senhor deseja ir longe?

— Para a noite, para a noite; para ir a qualquer lugar, a qualquer lugar, meu querido.

— Deseja ir para fora da cidade?

— Sim, meu amigo, pode ser até para fora da cidade. Eu mesmo ainda não sei ao certo, meu amigo, não posso lhe dizer ao certo, meu querido. Veja só, meu querido, pode ser que tudo se resolva para melhor. Sabe-se que é assim, meu amigo...

— Sim, sabe-se mesmo, meu senhor, é claro; que Deus o permita a todos nós.

— Sim, meu amigo, sim; agradeço-te, meu querido; bem, e quanto vais cobrar, meu querido?...

— Deseja partir agora?

— Sim, agora, quer dizer, não, vais esperar num ponto... é, um pouco, não será por muito tempo, meu querido...

— Bem, se for ocupar todo o meu horário, com um tempo como esse não dá para fazer por menos de seis rublos...

— Ora, está bem, meu amigo, está bem; e te serei grato, meu querido. Pois bem, agora vais me levar, meu querido.

— Acomode-se; deixe-me dar um jeitinho aqui; queira sentar-se. Aonde ordena ir?

— À ponte Izmáilovski, meu amigo.

O cocheiro empoleirou-se nas almofadas e já ia tocar o par de rocins magros, que à força desatrelara das carroças de feno, para tomar a direção da ponte Izmáilovski. Mas de repente o senhor Golyádkin puxou o cordão, parou a carruagem e pediu com voz suplicante que o cocheiro desse meia-volta e não fosse para a ponte Izmáilovski, mas para outra rua. O cocheiro guinou para outra rua e dez minutos depois a carruagem recém-alugada pelo senhor Golyádkin parou diante do prédio onde morava Sua Excelência. O senhor Golyádkin saiu da carruagem, pediu encarecidamente que o cocheiro o esperasse e ele próprio correu ansioso escada acima, para o segundo andar, puxou o cordão, a porta se abriu e nosso herói deu por si na antessala de Sua Excelência.

— Sua Excelência se digna estar? — perguntou o senhor Golyádkin, assim se dirigindo ao homem que lhe abriu a porta.

— E o senhor, o que deseja? — perguntou o criado, examinando o senhor Golyádkin da cabeça aos pés.

— Eu, meu amigo, sou aquele... Golyádkin, o funcionário, o conselheiro titular Golyádkin. Pois, sabe como é, vim me explicar...

— Aguarde; não pode...

— Meu amigo, não posso aguardar: meu assunto é importante, é um assunto urgente...

— Sim, mas o senhor vem da parte de quem? Trouxe papéis?

— Não, meu amigo, venho por conta própria... Anuncie, meu amigo, assim: ele disse, sabe como é, veio se explicar. E eu te agradecerei, meu querido...

— Não posso. Não tenho ordem de receber; está com visitas. Por favor, venha pela manhã, às dez...

— Ah, anuncie, meu querido; não posso, para mim é impossível esperar... Meu querido, você vai responder por isso...

— Ora, vai lá e anuncia; o que te custa? Estás com pena das botas? — disse outro criado, que estava esparramado sobre um balcão improvisado e até então não dissera uma palavra.

— Não se trata de botas! Ele não deu ordem para receber, não sabes? Eles têm de esperar a sua vez pela manhã.

— Anuncia. Por acaso a língua vai cair?
— Pois bem, vou anunciá-lo: a língua não vai cair. Ele não deu ordem, estou dizendo: não deu ordem. Entre nessa salinha.

O senhor Goliádkin entrou na primeira sala: havia um relógio sobre a mesa. Olhou para o relógio: eram oito e meia. Seu coração começou a doer. Ele já fizera menção de voltar, mas neste exato momento o esgrouvinhado criado, postado à entrada da sala seguinte, pronunciou em voz alta o sobrenome do senhor Goliádkin. "Isso sim é que é garganta! — pensou nosso herói numa angústia indescritível... — Era só ter dito assim: bem... sabe como é, veio se explicar da forma mais dócil e humilde... tenha a benevolência de receber... Mas agora o caso está perdido, todo o meu caso foi por água abaixo; de resto... ora, não há de ser nada..." Pensando bem, não havia por que discutir. O criado voltou, disse "por favor" e introduziu o senhor Goliádkin no gabinete.

Quando nosso herói entrou, sentiu-se como se estivesse cego ou não enxergasse decididamente nada. Se bem que seus olhos lobrigaram umas duas ou três figuras: "Ah, sim, são as visitas" — passou de relance pela cabeça do senhor Goliádkin. Por fim nosso herói começou a distinguir com clareza uma estrela no fraque preto de Sua Excelência, depois foi passando aos poucos ao fraque escuro e por último veio-lhe a plena capacidade de observação...

— O que é que há? — disse uma voz conhecida ao lado do senhor Goliádkin.
— Sou o conselheiro titular Goliádkin, Excelência.
— Então?
— Vim me explicar...
— Como?... O quê?...
— Sim, com esse fim. Pois, sabe como é, vim me explicar, Sua Excelência...
— Sim, o senhor... mas quem é o senhor?...

O duplo

— O se-se-senhor Golyádkin, Excelência, o conselheiro titular.
— Bem, então o que deseja?
— Sabe como é, eu o tomo por pai; eu mesmo me afasto das atividades, e peço que me proteja contra os inimigos — é isso!
— O que é isto?
— Sabe-se...
— Sabe-se o quê?
O senhor Golyádkin fez uma pausa; aos poucos seu queixo começava a contrair-se...
— Então?
— Eu achava cavalheiresco, Excelência... Que neste caso há algo cavalheiresco, e tomo meu chefe por pai... sabe como é, dê-me proteção, su...suplico entre lá...lágrimas, e ge...gestos assim de...de...devem ser es...es...estimulados...

Sua Excelência virou-se. Durante alguns instantes nosso herói não distinguiu nada. Sentia um aperto no peito. Estava sem fôlego. Não sabia onde se encontrava... Sentia algo como vergonha e tristeza. Sabe Deus o que houve depois... Ao dar por si, nosso herói percebeu que Sua Excelência conversava com suas visitas e parecia discutir alguma coisa com eles em tom ríspido e veemente. Um dos visitantes o senhor Golyádkin reconheceu incontinente: era Andriêi Filíppovitch; não reconheceu o outro, se bem que seu rosto também parecesse familiar: era alto, corpulento, já entrado em anos, com sobrancelhas e suíças muito bastas e olhar expressivo e severo. O desconhecido tinha uma medalha no peito e um charuto na boca. Fumava, e, sem tirar o charuto da boca, fazia significativos sinais de cabeça olhando de quando em quando para o senhor Golyádkin. Nosso herói sentiu-se meio embaraçado; desviou a vista para um lado e nisto viu mais uma visita assaz estranha. À porta, que até então ele tomara por um espelho, como outrora já lhe acontecera, apareceu sabe-se quem: *ele*, o conhecido bem íntimo e amigo do senhor Golyádkin. De fato, até então o senhor Golyádkin segundo se encontrava na outra saleta e escrevia algo com ar apressado; agora via-se que fora requisitado e apareceu com uns papéis debaixo do braço, foi até Sua Excelência e, com bastante habilidade, esperando ser alvo de uma atenção exclusiva, conseguiu insinuar-se na conversa e nas sugestões, ocupando um lugar um pouco atrás de Andriêi Filíppovitch e parcialmente encoberto pelo desconhecido que fumava charuto. Aparentemente o senhor Golyádkin segundo passava a uma intensa participação na conversa, que agora escutava com ar nobre, meneando a cabeça, saltitando, sorrindo e de instante em instante observando Sua Excelência como se implorasse que também a ele permitissem meter na conversa suas meias palavrinhas. "Patife!" — pensou o senhor Golyádkin, e involuntariamente deu um passo adiante. Neste instante o general[33] voltou-se e com um ar bastante indeciso chegou-se ao senhor Golyádkin.

— Bom, está bem, está bem; vá com Deus. Vou examinar o seu caso e mandar que o acompanhem... — Nisto o general olhou para o desconhecido de suíças bastas. Este meneou a cabeça em sinal de anuência.

O senhor Golyádkin sentia e compreendia com clareza que o tomavam por outro e de maneira alguma por quem deviam. "De uma forma ou de outra preciso me explicar — pensou —, sabe como é, Excelência". Então, tomado de perplexidade, baixou os olhos e, para o cúmulo de sua surpresa, notou uma considerável mancha branca nas botas de Sua Excelência. "Será que estão rachadas?" — pensou o senhor Golyádkin. Logo, porém, o senhor Golyádkin descobriu que

---

[33] No serviço público russo, os postos dos funcionários eram designados por patentes militares. General era o título do mais alto cargo na hierarquia do sistema burocrático. (N. do T.)

as botas de Sua Excelência não estavam absolutamente rachadas, mas tão somente reverberando, fenômeno de todo explicado pelo fato de que as botas eram de verniz e emitiam um brilho intenso. "Isto se chama *reflexo* — pensou nosso herói —, e esse nome é mantido particularmente nos ateliês dos pintores; em outros lugares esse reflexo é chamado de *borda luminosa*." Nisto o senhor Golyádkin ergueu os olhos e viu que chegara a hora de falar, porque era muito possível que o caso viesse a caminhar para um final ruim... Nosso herói deu um passo adiante.

— Pois, sabe como é, Excelência — disse ele —, em nossa época não se obtém nada com impostura.

O general nada respondeu, mas puxou com força o cordão do sininho. Nosso herói deu mais um passo adiante.

— Ele é um homem torpe e depravado, Excelência — disse nosso herói sem se dar conta, gelado de medo e mesmo assim apontando de modo ousado e decidido para seu vil irmão gêmeo, que neste momento saltitava ao lado de Sua Excelência —, sabe como é, estou aludindo a certa pessoa.

Seguiu-se um movimento geral após as palavras do senhor Golyádkin. Andriêi Filíppovitch e a desconhecida figura fizeram sinais de cabeça; Sua Excelência puxou com toda força e impaciência o cordão do sininho, chamando os homens. Nisto o senhor Golyádkin segundo avançou por sua vez.

— Excelência, peço humildemente sua permissão para falar. — Na voz do senhor Golyádkin segundo havia um quê de extrema firmeza; tudo nele indicava que ele se sentia em seu pleno direito.

— Permita-me que lhe pergunte — recomeçou ele, antecipando com seu zelo a resposta de Sua Excelência e desta vez se dirigindo ao senhor Golyádkin —, permita-me lhe perguntar: na presença de quem o senhor se explica dessa maneira? diante de quem se encontra, no gabinete de quem se encontra?... — O senhor Golyádkin segundo estava todo tomado de uma inquietação incomum, todo vermelho e ardendo de indignação e cólera; até lágrimas lhe apareceram nos olhos.

— O senhor e a senhora Bassavriúkov — berrou o criado à porta do gabinete. "É uma boa e nobre família oriunda da Malorossia",[34] pensou o senhor Golyádkin, e no mesmo instante sentiu que alguém lhe pusera com força a mão nas costas de modo bastante amigável; depois outra mão pousou forte em suas costas; o torpe irmão gêmeo do senhor Golyádkin rodopiava à frente, mostrando a passagem, e nosso herói viu claramente que pareciam encaminhá-lo para a grande porta do gabinete. "Exatamente como na casa de Olsufi Ivánovitch" — pensou ele e viu-se na antessala. Olhando em volta, viu a seu lado dois criados de Sua Excelência e o seu gêmeo.

— O capote, o capote, o capote, o capote do meu amigo! o capote do meu melhor amigo! — chilreou o depravado, arrancando o capote das mãos de um homem, e, numa torpe brincadeira de mau gosto, atirou-o em cima do senhor Golyádkin. Ao tentar sair de debaixo do seu capote, o senhor Golyádkin primeiro ouviu a risada dos dois criados. Contudo, sem prestar atenção a nada nem atentar para nada estranho, ele já deixara a antessala e encontrava-se na escada iluminada. O senhor Golyádkin segundo o seguia.

— Adeus, Excelência! — gritou às costas do senhor Golyádkin primeiro.

— Patife — proferiu nosso herói, fora de si.

— E que patife...

— Depravado!

— E que depravado... — assim respondia ao digno senhor Golyádkin seu indigno desafeto que, fiel à sua vilania,

---

[34] "Pequena Rússia", termo com que se designava antes do século XX o território que corresponde aproximadamente ao da atual Ucrânia. (N. do T.)

olhava do topo da escada direto e sem pestanejar nos olhos do senhor Golyádkin, como se pedisse para acompanhá-lo. Nosso herói escarrou de indignação e correu para a saída: ficara tão arrasado que não se lembrava absolutamente de quem ou como o puseram na carruagem. "Então é rumar para a ponte Izmáilovski? — pensou o senhor Golyádkin... Nisto nosso herói ainda quis pensar em alguma coisa, porém não havia como; havia algo tão horrendo, que era até impossível explicar... — "Bem, não há de ser nada!" — concluiu nosso herói e rumou para a ponte Izmáilovski.

CAPÍTULO XIII

... Parecia que o tempo queria mudar para melhor. De fato, a neve molhada, que até então caía em nuvens inteiras, começava pouco a pouco a rarear, rarear, e por fim quase cessou de todo. O céu ficou visível e aqui e ali umas estrelinhas começaram a cintilar. Estava apenas molhado, lamacento, úmido e abafado, sobretudo para o senhor Golyádkin, que ademais já tomava fôlego a muito custo. Seu capote ensopado e pesado fazia penetrar em todos os seus membros uma umidade desagradável e morna, e esse peso lhe dobrava os joelhos já fortemente debilitados. Um tremor febril corria como formigas miúdas, ásperas e corrosivas por todo o seu corpo; a prostração fazia escorrer dele um suor frio e malsão, de sorte que o senhor Golyádkin já se esquecera de pronunciar a cada momento oportuno e com aquela firmeza peculiar sua frase predileta: vai ver que, apesar de tudo, a coisa dará um jeito de pegar na certa e se resolverá para melhor. "Aliás, por enquanto isso tudo ainda não é nada" — acrescentou nosso forte e nunca desanimado herói, enxugando no rosto umas gotas de água fria que para todos os lados escorriam da aba do seu chapéu redondo, que de tão encharcado já não segurava a água. Acrescentando que isso ainda não era nada, nosso herói fez menção de sentar-se num tronco de árvore bastante grosso, largado junto de uma pilha de lenha no pátio de Olsufi Ivánovitch. É claro que já não era mais o caso de pensar em serenatas espanholas nem em escadas forradas de seda; mas era preciso pensar num cantinho que, mesmo não sendo de todo aquecido, fosse, contudo, aconchegante e escondido. Sentia-se fortemente tentado, diga-se de passagem, por aquele cantinho do saguão do apartamento de Olsufi Ivánovitch, onde ainda antes, quase no início desta verídica história, nosso herói aguentara suas duas horas postado entre um armário e velhos biombos, no meio de detritos inúteis, trastes e trapos de toda espécie. Acontece que agora o senhor Golyádkin já aguardava havia duas horas inteiras, em pé, no pátio de Olsufi Ivánovitch. Mas no tocante ao antigo cantinho aquecido e aconchegante, desta feita havia certos inconvenientes que antes não existiam. O primeiro inconveniente era a probabilidade de que, a esta altura, aquele lugar tivesse sido observado e houvessem tomado algumas medidas para protegê-lo depois daquela história do último baile em casa de Olsufi Ivánovitch; o segundo era que ele devia esperar o sinal combinado com Clara Olsúfievna, porque devia haver sem falta esse sinal combinado. Porque sempre se fez assim e, "sabe como é, não começou conosco nem conosco terminará". Aqui o senhor Golyádkin lembrou-se a propósito e de passagem de um romance qualquer que lera havia muito tempo, no qual a heroína dera o sinal combinado a Alfred numa circunstância absolutamente semelhante, prendendo na janela uma fita cor-de-rosa. Mas agora, de noite, e ainda no clima de Petersburgo, conhecido por sua umidade e instabilidade, a fita cor-de-rosa não podia ser usada e, numa palavra, era totalmente inviável. "Não, agora não é o caso de escadas forradas de seda — pensou nosso herói —, e o melhor é eu ficar por aqui, isolado e às escondidas... por exemplo, vou ficar neste canto" — e escolheu um lugarzinho no pátio, bem diante das janelas, atrás de uma pilha de lenha. É claro, pelo pátio passava muita gente estranha, boleeiros, cocheiros; além disso estrondeavam rodas de carroças, bufavam cavalos etc.; mas ainda assim o lugar era confortável; não se sabe se iriam

notá-lo, se não iriam, o fato é que agora pelo menos havia a vantagem de que, de certa forma, a coisa transcorria às escondidas e ninguém via o senhor Golyádkin, enquanto ele podia ver todo mundo. As janelas estavam intensamente iluminadas; havia alguma reunião solene em casa de Olsufi Ivánovitch. Aliás, ainda não se ouvia música. "Quer dizer então que não é um baile, as visitas acorreram por algum outro motivo — pensava meio pasmo nosso herói. — Mas será hoje? — passou-lhe de relance pela cabeça. — Será que errei a data? É possível, tudo é possível... A coisa é assim, tudo é possível... É até possível que a carta tenha sido escrita ontem, mas não chegou às minhas mãos, e que Pietruchka esteja metido nisso, velhaco duma figa! Ou terá sido escrita amanhã, quer dizer, que eu... que devia fazer tudo amanhã, quer dizer, esperar com a carruagem..." Nisto nosso herói gelou de vez e meteu a mão no bolso à procura da carta para se certificar. Mas, para sua surpresa, a carta não estava no bolso. "Como é que pode? — murmurou mais morto que vivo o senhor Golyádkin —, onde foi que a deixei? Quer dizer então que a perdi? Era só o que faltava — gemeu, enfim, para concluir. — Bem, e se agora ela cair em mãos hostis? (Sim, é possível que já tenha caído!) Deus! o que vai acontecer depois disso? Vai ser uma coisa que... Ai, odioso destino esse meu!" Aqui o senhor Golyádkin tremeu feito vara verde ao pensar que seu indigno gêmeo, ao atirar o capote em cima dele, pudesse ter tido exatamente o objetivo de apoderar-se da carta, que conseguira de algum modo farejar através dos inimigos do senhor Golyádkin. "Foi para isso que ele a interceptou — pensou nosso herói —, e a prova... ora, que prova!..." Depois que nosso herói teve o primeiro acesso e pasmou de horror, o sangue precipitou-se para a sua cabeça. Gemendo e rangendo os dentes, ele pôs as mãos na cabeça quente, arriou em seu tronco de árvore e começou a pensar em algo... Mas de certa forma as ideias não se coadunavam em sua cabeça. Entreviam-se uns rostos, alguns acontecimentos há muito esquecidos vinham--lhe à lembrança, ora vagos, ora nítidos, insinuavam-se em sua cabeça certos motivos de certas canções tolas... A angústia, a angústia era contranatural! "Meu Deus! Meu Deus! — pensou nosso herói voltando um pouco a si, reprimindo no peito um pranto surdo —, dá-me firmeza de espírito na profundidade sem fim de minhas desgraças! De que estou aniquilado, totalmente perdido, não há mais nenhuma dúvida, e tudo isto está na ordem das coisas porque não pode ser de nenhum outro modo. Em primeiro lugar perdi o emprego, fatalmente perdi, de modo algum deixaria de perdê-lo... Bem, suponhamos que a coisa se arranje de algum jeito lá na repartição. Meu dinheirinho, é de supor, dará para um começo; preciso arranjar outro apartamentinho, uns moveizinhos... Para começar, Pietruchka não vai morar comigo. Posso passar sem o velhaco... sem outras pessoas na casa; e está bem! Vou entrar e sair quando me der na telha, e Pietruchka não vai rosnar que cheguei tarde — eis como vai ser a coisa; eis por que é bom não ter outras pessoas... Pois bem, suponhamos que tudo seja bom; no entanto, por que nunca falo do que importa, de nada que importa?" Nisto, o pensamento sobre a situação presente mais uma vez iluminou a memória do senhor Goliádkin. Ele olhou ao redor. "Ah, senhor meu Deus! o que é que estou falando agora?" — pensou ele, totalmente desnorteado, levando as mãos à cabeça quente...

— Será que vai querer partir logo, meu senhor? — falou uma voz ao lado do senhor Goliádkin. Nosso herói estremeceu: mas diante dele estava seu cocheiro, também encharcado até os ossos e tiritando de frio, que por impaciência e falta do que fazer resolvera dar um pulinho até onde estava o senhor Goliádkin, atrás da pilha de lenha.

— Eu, meu amigo, estou mais ou menos... eu, meu amigo, vou em breve, muito em breve, mas fica aí esperando...

O cocheiro saiu resmungando. "Por que ele está resmungando? — pensava entre lágrimas o senhor Golyádkin. — Ora, eu o contratei por uma noite, ora, pois... neste momento estou no meu direito... assim é a coisa! por uma noite o contratei, e chega de conversa. Ainda que fiques aí parado, dá no mesmo. Tudo está no meu direito. É meu direito partir, é meu direito não partir. E se estou aqui atrás da pilha de lenha, isso não tem nenhuma importância... e não podes te atrever a dizer nada: pois é, o patrão gosta de ficar postado atrás da pilha de lenha, pois então ele está atrás da pilha de lenha... e não está manchando a honra de ninguém — assim é a coisa! Assim é a coisa, minha senhora, se quer saber. Mas quanto a morar numa cabana, minha senhora, sabe como é, em nossa época não dá. Assim é a coisa! Sem uma boa educação em nosso século industrial, minha senhora, não dá, e neste momento a senhora mesma é um exemplo nefasto disso... Seria preciso trabalhar como chefe de seção e morar numa cabana, à beira-mar. Em primeiro lugar, minha senhora, à beira-mar não há chefes de seção e, em segundo, para nós dois é impossível arranjar um, o tal chefe de seção. Porque, suponhamos, a título de exemplo: apareço por lá, faço a solicitação — pois é, sabe como é, preciso ser chefe de seção, pois é... e também de proteção contra o inimigo... mas responderão à senhora: sabe como é, essa coisa... chefes de seção há muitos, mas aqui a senhora não está na casa da emigrante Falbalá, onde aprendeu a boa educação, da qual a senhora mesma é um exemplo nefasto. Boa educação, senhora, significa ficar em casa, respeitar o pai e não pensar em namorados antes do tempo. Namorados, senhora, vão aparecer oportunamente — assim é a coisa! É claro, diferentes talentos precisam, sem dúvida, ter alguma habilidade: vez por outra tocar um pouco de piano, falar francês, conhecer história, geografia, catecismo e aritmética — assim é a coisa! — não precisa de mais nada. Além disso, ainda precisa cozinhar: cozinhar deve forçosamente fazer parte da competência de qualquer moça nobre! Mas o que se vê aqui? Em primeiro lugar, minha beldade, minha cara senhora, não a deixarão sair, mandarão persegui-la e depois a levarão para um convento metida num hábito. Então, minha senhora, então, o que ordenará que eu faça? me ordenará, minha senhora, que eu, a exemplo de alguns romances tolos, vá ao monte mais próximo e lá me consuma em lágrimas contemplando as frias paredes da sua prisão e acabe morrendo, segundo o costume de alguns detestáveis poetas e romancistas alemães, minha senhora? É isso? Ora, em primeiro lugar, permita-me dizer como amigo que não é assim que se fazem as coisas e, em segundo, que a senhora e também seus pais mereciam uma boa coça por lhe terem dado livros franceses para ler; porque boa coisa livros franceses não ensinam. Neles existe o inferno... um inferno pernicioso, minha senhora! Ou a senhora pensa, deixe-me perguntar, a senhora pensa que, veja só, a gente foge impunemente e basta?... Pois bem, há para nós dois uma cabana à beira-mar; então começarão os nossos arrulhos e as conversas sobre sentimentos vários, e assim passaremos a vida inteira fartos e felizes; sim, e depois virá o pintinho, e então nós pegaremos e... pois bem, nosso pai e conselheiro de Estado Olsufi Ivánovitch, sabe como é, nasceu nosso pintinho, então o senhor aproveite este ensejo, retire sua maldição e abençoe o casal? Não, minha senhora, torno a dizer que não é assim que se fazem as coisas, e para começar não vai haver arrulhos, não alimente esperança. Hoje em dia, minha senhora, o marido é o senhor, e uma esposa bem--educada deve satisfazê-lo em tudo. Quanto a denguices, minha senhora, não agradam hoje em dia, em nosso século industrial; sabe como é, já se foi o tempo de Jean-Jacques Rousseau. O marido, em nossos dias, por exemplo, chega faminto do trabalho: queridinha, diz ele, será que há alguma coisa para beliscar, um golezinho de vodca, um pouquinho de arenque? Porque na ocasião a senhora deve estar com o golezinho de vodca e o arenque já prontos, minha senhora. O marido comerá com apetite, mas nem olhará para a senhora e dirá: vá para a cozinha, minha gatinha, e cuide do jantar; e uma vezinha por semana, quando muito, lhe dará um beijo, e assim mesmo com indiferença... Eis como é a coisa do nosso jeito, minha senhora! e ele ainda o dirá com indiferença!... Eis como será a coisa se pensarmos dessa maneira, se o assunto chegou a um ponto em que teremos de passar de algum modo ao exame da questão... Bem, qual é o meu papel nisso? por que me envolveu nos seus caprichos, minha senhora? 'Sabe como é, o senhor é um benfeitor, que sofre por mim e a quem meu coração quer de todas as maneiras, etc.' É, em primeiro lugar, minha senhora, não sirvo para a senhora, a senhora mesma o sabe, não sou mestre em galanteios, não gosto de dizer essas inebriantes futilidades de mulher, não gosto de Céladons[35] e, confesso, não sei fazer figura. Fanfarrice e falso pudor não encontrará em mim, e aqui lhe faço esta confissão com toda sinceridade. Pois é, assim é a coisa; só sou dotado de um caráter franco e direto e de bom senso; não sou dado a intrigas. Sabe como é, não sou um intrigante e disto me orgulho — assim é a coisa!... Ando sem máscaras entre as pessoas de bem e, para lhe dizer tudo..."

De repente o senhor Goliádkin estremeceu. A barba ruiva e empapada do seu cocheiro tornou a lhe aparecer atrás da pilha de lenha...

— Já vou indo, meu amigo; já vou indo, meu amigo, fica sabendo; meu amigo, já vou — respondeu o senhor Goliádkin com uma voz trêmula e consumida...

O cocheiro coçou a nuca, depois alisou a barba, depois deu um passo adiante... parou e olhou desconfiado para o senhor Goliádkin.

---

[35] Amante delicado e derretido, referência ao personagem do romance pastoral *L'Astrée*, de Honoré d'Urfé (1568-1625). (N. do T.)

— Já vou indo, meu amigo; vê... meu amigo... só um pouquinho, vê, meu amigo, vou ficar um segundinho aqui... vê, meu amigo.
— Por acaso desistiu de vez? — disse por fim o cocheiro, acercando-se com ar decidido e definitivo do senhor Golyádkin...
— Não, meu amigo, já vou. Vê, meu amigo, estou esperando...
— É...
— Eu, meu amigo, vê só... a que aldeia pertences, meu querido?
— A uma casa senhorial...
— Teu senhor é bom?...
— Mais ou menos...
— É, meu amigo; espera aqui, meu amigo. Então, meu amigo, faz tempo que moras em Petersburgo?
— Sim, já faz um ano...
— E estás bem, meu amigo?
— Mais ou menos.
— É, meu amigo, é. Agradece à Providência, meu amigo. Procura um homem bom, meu amigo. Hoje em dia um homem bom é coisa rara, meu querido; ele toma um trago contigo, te dá de comer, de beber, minha cara e boa alma... Porque às vezes percebes que até através do ouro lágrimas escorrem, meu amigo... estás vendo um exemplo lamentável; eis como é a coisa, meu querido...

O cocheiro pareceu sentir pena do senhor Golyádkin.
— Bem, vou esperar. Será que terei de esperar muito?
— Não, meu amigo, não; sabes de uma coisa... não vou esperar mais, meu querido. O que achas, meu amigo? Conto contigo. Não vou mais ficar aqui esperando...
— Então desistiu definitivamente de viajar?
— Não, meu amigo; não, mas vou te agradecer, meu querido... assim é a coisa. Quanto te devo, meu querido?

O duplo

221

— Ora, meu senhor, pague o que combinamos. Esperei muito tempo, meu senhor; o senhor não vai me dar prejuízo, não é?

— Bem, aqui está, meu querido, para ti. — Nisto o senhor Golyádkin deu todos os seis rublos de prata ao cocheiro e, seriamente decidido a não perder mais tempo, isto é, a ir embora de livre e espontânea vontade, ainda mais porque já resolvera o problema de modo definitivo, liberara o cocheiro e, por conseguinte, não havia mais nada a esperar, começou a deixar o pátio, passou pelo portão, dobrou à esquerda e, sem olhar para trás, arfando e contente, pôs-se a correr. "Pode ser que toda a coisa se resolva para melhor — pensava ele — e assim eu consiga evitar a desgraça." De fato, o senhor Golyádkin sentiu como que de repente uma leveza incomum na alma. "Ah, se a coisa melhorasse! — pensou nosso herói, se bem que acreditando pouco no que dizia. — Aí eu pegava e... — pensava ele. — Não, é melhor que eu faça assim, e saia pelo outro lado... Ou será melhor fazer dessa maneira?..." Enquanto vacilava e procurava a chave da solução de suas dúvidas, nosso herói correu até a ponte Semeónovski e, chegando à ponte Semeónovski, tomou a decisão sensata e definitiva de voltar. "Assim é até melhor — pensou. — É melhor que eu pegue o outro lado, quer dizer, assim. Vou fazer desse jeito: agir como um observador de fora, e sem mais conversa; sabe como é, sou um observador, pessoa de fora — e só, e o que quer que aconteça, não será por minha culpa. Assim é a coisa! É dessa maneira que vai ser agora."

Decidido a voltar, nosso herói de fato voltou, ainda mais porque, pela feliz ideia que tivera, agora se apresentava como alguém totalmente estranho. "A coisa está até melhor: e não respondes por nada, e verás que era preciso... assim é a coisa!" Quer dizer que o cálculo fora perfeito, e assunto encerrado... Já calmo, retornou ao seu abrigo tranquilo atrás da pilha de lenha e passou a olhar atento para as janelas. Desta vez demorou pouco olhando e esperando. Súbito verificou-se um estranho movimento simultâneo em todas as janelas, lobrigaram-se figuras, abriram-se cortinas, grupos inteiros de pessoas se aglomeraram junto às janelas de Olsufi Ivánovitch, todos procurando e examinando alguma coisa no pátio. Protegido por sua pilha de lenha, nosso herói, por sua vez, também começou a acompanhar com curiosidade o movimento geral e a espichar com interesse o pescoço à direita e à esquerda, pelo menos até onde lhe permitia a pequena sombra formada pela pilha de lenha que o encobria. De repente ele pasmou, estremeceu e por pouco não arriou de pavor. Pareceu-lhe — numa palavra, ele adivinhou tudo — que não procuravam algo ou alguém: procuravam simplesmente por ele, pelo senhor Golyádkin. Todos olhavam em sua direção, todos apontavam em sua direção. Correr seria impossível: iriam vê-lo... Pasmo, o senhor Golyádkin grudava com a maior força possível na lenha e só então notou que a sombra traiçoeira falhava, que não o encobria todo. Neste momento, nosso herói aceitaria com o maior prazer meter-se numa toca de ratos no meio da lenha e ficar ali, quieto no seu canto, se fosse possível. Mas era totalmente impossível. Em sua agonia, passou enfim a olhar de modo firme e direto para todas as janelas ao mesmo tempo; assim era até melhor... E súbito a vergonha o consumiu em definitivo. Haviam-no notado inteiramente, todos o haviam notado ao mesmo tempo, todos lhe acenavam com a mão, com a cabeça, todos o chamavam; eis que se ouviu um estalo e abriram-se vários postigos; diversas vozes começaram a lhe gritar alguma coisa... "Me admira essas meninas não terem sido açoitadas desde a infância" — resmungava consigo nosso herói, totalmente desnorteado. Súbito *ele* (sabe-se quem) desceu correndo do alpendre, só de uniforme, sem chapéu, arquejando, rodopiando, pisando miúdo e saltitando, manifestando perfidamente uma imensa alegria por enfim estar vendo o senhor Golyádkin.

— Yákov Pietróvitch — começou a piar o homem conhecido por sua inutilidade. — Yákov Pietróvitch, o senhor por aqui? Vai pegar uma gripe. Aqui está frio, Yákov Pietróvitch. Por favor, vamos entrar.

— Yákov Pietróvitch! Não, não estou mal, Yákov Pietróvitch — murmurou com voz submissa nosso herói.

— Não, não pode, Yákov Pietróvitch; estão pedindo, pedindo encarecidamente, estão à sua espera. "Dê-nos esse prazer, disseram, traga para cá Yákov Pietróvitch." Veja só.

— Não, Yákov Pietróvitch; veja, eu faria melhor... Para mim seria melhor ir embora, Yákov Pietróvitch... — dizia nosso herói ardendo em fogo brando e gelado de vergonha e pavor, tudo ao mesmo tempo.

— Nem-nem-nem-nem! — piou o abominável homem. Nem-nem-nem... nem pensar! Vamos indo! — disse ele em tom decidido e arrastou para o alpendre o senhor Golyádkin primeiro. O senhor Golyádkin primeiro gostaria de não ir; porém, como todos o olhavam e seria uma tolice resistir e obstinar-se, nosso herói foi — pensando bem, não se pode dizer que tenha ido, porque ele mesmo não fazia a mínima ideia do que estava lhe acontecendo. Mas, por outro lado, não havia de ser nada.

Antes que conseguisse recompor-se e dar acordo de si, nosso herói viu-se no salão. Estava pálido, desgrenhado, esfarrapado; correu seus olhos turvos por toda a aglomeração — cruzes! O salão, todas as salas — tudo, tudo estava apinhado. Era um não acabar mais de gente, um invernadouro inteiro de mulheres; todos se acotovelavam perto do senhor Golyádkin, todos se precipitavam na direção do senhor Golyádkin, todos levavam nos ombros o senhor Golyádkin, que percebeu com muita clareza que o carregavam em alguma direção. "Mas não é para a porta" — passou de relance pela cabeça do senhor Golyádkin. De fato não o carregavam na direção da porta, mas direto para a confortável poltrona de

Olsufi Ivánovitch. De um lado da poltrona estava postada Clara Olsúfievna, pálida, lânguida, triste, aliás vestida com pompa. Saltaram em particular aos olhos do senhor Golyádkin umas minúsculas flores brancas nos negros cabelos dela, o que produzia um efeito maravilhoso. Do outro lado da poltrona estava Vladímir Semeónovitch, de fraque preto, com sua medalha nova na lapela. Conduziram o senhor Golyádkin seguro pelo braço e, como já foi dito, direto para Olsufi Ivánovitch: de um lado ia o senhor Golyádkin segundo, que assumira um aspecto por demais decente e leal, o que deixou nosso herói contente a não mais poder, e do outro Andriêi Filíppovitch, com a expressão mais solene no rosto. "O que significaria isto?" — pensou o senhor Golyádkin. Quando, porém, percebeu que o levavam para Olsufi Ivánovitch, foi como se de repente um raio o tivesse iluminado. Passou-lhe de relance pela cabeça a ideia da carta interceptada... Nosso herói apresentou-se diante de Olsufi Ivánovitch presa de uma agonia sem fim. "Como agir agora? — pensou consigo. — É claro que aguentando a mão, quer dizer, com uma sinceridade não desprovida de nobreza; pois bem, sabe como é, e assim por diante." Porém, o que nosso herói parecia temer não aconteceu. Olsufi Ivánovitch aparentemente recebeu muito bem o senhor Golyádkin e, mesmo não lhe tendo estendido a mão, ao olhar para ele pelo menos balançou a cabeça grisalha, que infundia todo respeito — balançou-a com um ar de tristeza solene mas ao mesmo tempo benévola. Nosso herói teve até a impressão de que lágrimas haviam brilhado nos olhos baços de Olsufi Ivánovitch; levantou os olhos e viu que nos cílios de Clara Olsúfievna, postada ali ao lado, também pareceu brilhar uma lagriminha; que nos olhos de Vladímir Semeónovitch também pareceu haver algo semelhante; que, enfim, a dignidade imperturbável e serena de Andriêi Filíppovitch também merecera as lágrimas solidárias de todos e que, por último, o jovem que outrora se parecera muito com um importante conselheiro aproveitava a ocasião e já soluçava amargamente... Ou talvez tudo isso tenha sido mera impressão do senhor Goliádkin, porque ele mesmo havia derramado muitas lágrimas e sentia claramente como suas lágrimas amargas lhe corriam pelas faces frias... Com a voz embargada pelos soluços, reconciliado com os homens e com o destino e neste momento transbordando de amor não só por Olsufi Ivánovitch, não só por todos os presentes juntos, mas até por seu malvado gêmeo, que agora não tinha nenhuma aparência de malvado e nem sequer de gêmeo do senhor Goliádkin, e sim de um homem totalmente alheio a isso e afável em extremo, nosso herói fez menção de dirigir-se a Olsufi Ivánovitch com um emocionante desabafo; porém, premido por tudo o que nele se acumulara, não conseguiu explicar nada de nada, limitando-se, com um gesto muito expressivo, a apontar para o coração... Por fim, Andriêi Filíppovitch, na certa querendo poupar a suscetibilidade do encanecido ancião, desviou um pouco o senhor Goliádkin para um lado e o deixou — aliás, foi o que pareceu — absolutamente à vontade. Sorrindo, murmurando alguma coisa de si para si, um pouco perplexo mas de qualquer modo quase reconciliado de todo com os homens e o destino, nosso herói começou a abrir caminho a esmo entre a densa massa de convidados. Todos lhe davam passagem, todos o olhavam com uma curiosidade estranha, com uma simpatia inexplicável, enigmática. Nosso herói passou a outra sala — a mesma atenção onde quer que estivesse; ouvia o som abafado de uma verdadeira multidão que se acotovelava em seu encalço, percebia como todos observavam cada um de seus passos, discutiam baixinho entre si algo muito interessante, balançavam as cabeças, falavam, julgavam, combinavam coisas e cochichavam. O senhor Goliádkin gostaria muito de saber o que todos eles julgavam, e combinavam, e cochichavam. Olhando ao redor, nosso herói notou a seu lado o senhor Goliádkin segundo. Sentindo a ne-

O duplo

cessidade de segurar-lhe pelo braço e desviá-lo para um lado, o senhor Golyádkin pediu do modo mais convincente que o outro Yákov Pietróvitch colaborasse em todas as suas futuras iniciativas e não o abandonasse naquela situação crítica. O senhor Golyádkin segundo meneou a cabeça com ares de importância e apertou com força a mão do senhor Golyádkin primeiro. Transbordando de emoção, o coração começou a palpitar no peito do nosso herói. Aliás, ele ofegava, sentia um grande aperto, um grande aperto; que todos aqueles olhos fixados nele de certo modo o oprimiam e o esmagavam... O senhor Golyádkin avistou de passagem aquele conselheiro que usava peruca. O conselheiro fixava nele um olhar severo e perscrutador, em nada atenuado pela simpatia geral... Nosso herói quis ir direto a ele para lhe sorrir e de imediato se explicar com ele; mas por alguma razão isso não aconteceu. Por um instante o senhor Golyádkin ficou quase inteiramente alheado, perdeu a memória, e os sentidos... Ao voltar a si, notou que girava no meio de um amplo círculo de convidados que lhe abriam passagem. Súbito gritaram da outra sala para o senhor Golyádkin; ao mesmo tempo o grito se espalhou por toda a multidão. Foi uma agitação só, um burburinho só, todos se precipitaram para a porta do primeiro salão; nosso herói quase foi retirado nos braços, cabendo observar que o austero conselheiro de peruca apareceu lado a lado com o senhor Golyádkin. Por fim ele o pegou pelo braço e o fez sentar-se a seu lado, defronte do assento de Olsufi Ivánovitch, se bem que a uma distância bastante considerável dele. Todos os que estavam no salão sentaram-se em várias fileiras ao redor do senhor Golyádkin e de Olsufi Ivánovitch. Tudo ficou em silêncio e quieto, todos observavam um silêncio solene, todos olhavam para Olsufi Ivánovitch, pelo visto na expectativa de algo não inteiramente comum. O senhor Golyádkin notou que ao lado da poltrona de Olsufi Ivánovitch e também defronte do conselheiro sentara-se o outro senhor Golyádkin com Andriêi Filíppovitch. Prolongava-se o silêncio; de fato se esperava alguma coisa. "Tal qual acontece em alguma família quando alguém está de partida para uma longa viagem; agora só falta alguém se levantar e rezar" — pensou nosso herói. Súbito manifestou-se um movimento incomum, interrompendo toda a reflexão do senhor Golyádkin. Aconteceu algo há muito esperado. "Está chegando, está chegando!" — espalhou-se pela multidão. "Quem está chegando?" — passou de relance pela cabeça do senhor Golyádkin e ele estremeceu, movido por uma estranha sensação. "Chegou a hora!" — disse o conselheiro, depois de olhar atentamente para Andriêi Filíppovitch. Por sua vez, Andriêi Filíppovitch olhou para Olsufi Ivánovitch. Olsufi Ivánovitch fez um sinal de cabeça num gesto sobranceiro e solene. "Levantemo-nos" — proferiu o conselheiro, erguendo o senhor Golyádkin. Todos se levantaram. Então o conselheiro pegou o senhor Golyádkin primeiro pelo braço, e Andriêi Filíppovitch, o senhor Golyádkin segundo, e com um gesto solene ambos retiraram os dois absolutamente semelhantes por entre a multidão que os rodeava e neles fixava seu olhar na expectativa de algo. Nosso herói olhou atônito ao redor, mas o pararam no mesmo instante e lhe apontaram o senhor Golyádkin segundo, que estendia a mão. "Estão querendo nos reconciliar" — pensou nosso herói e, comovido, estendeu sua mão ao senhor Golyádkin segundo; depois, fez um gesto com a cabeça em sua direção. O outro senhor Golyádkin fez o mesmo... Nisto o senhor Golyádkin primeiro teve a impressão de que seu pérfido amigo estava sorrindo, que dera uma piscada furtiva e marota para toda a multidão que os cercava, que havia um quê de funesto no rosto do vil senhor Golyádkin segundo, que este até fizera uma careta no momento do seu beijo de Judas... Começou a tilintar na cabeça do senhor Golyádkin, sua vista escureceu; pareceu-lhe que uma infinidade, todo um rosário de Golyádkins em tudo semelhantes forçavam ruidosamente todas as portas do salão; mas era tarde... Ouviu-se o sonoro beijo da traição e...

Então houve um fato de todo inesperado... A porta do salão abriu-se com um ruído e no limiar surgiu um homem que só com sua aparência fez gelar o senhor Golyádkin. Suas pernas grudaram no chão. Um grito morreu em seu constrangido peito. Aliás, o senhor Golyádkin sabia de tudo por antecipação e desde muito tempo vinha sentindo algo semelhante. O desconhecido se aproximava do senhor Golyádkin com ar sobranceiro e solene... O senhor Golyádkin conhecia muito bem essa figura. Ele a havia encontrado, com muita frequência a encontrava, nesse mesmo dia a encontrara... O desconhecido era um homem alto, corpulento, usava fraque preto com uma importante cruz no pescoço, suíças grossas, bastante negras; só lhe faltava um charuto na boca para que a semelhança fosse completa. Por isso, o olhar do desconhecido, como já foi dito, fez o senhor Golyádkin gelar de pavor. Com uma expressão sobranceira e solene no rosto, o terrível homem chegou-se ao lamentoso herói de nossa história... Nosso herói lhe estendeu a mão, o desconhecido pegou-a e o arrastou atrás de si... Com a estupefação e o abatimento estampados no rosto, nosso herói olhou ao redor...

— Este é, é Crestian Ivánovitch Rutenspitz, doutor em medicina e cirurgia, seu velho conhecido, Yákov Pietróvitch! — piou a voz repugnante de alguém ao pé do ouvido do senhor Golyádkin. Este olhou ao redor: era o gêmeo do senhor Golyádkin, asqueroso pelas torpes qualidades de sua alma. Seu rosto irradiava uma alegria indecorosa e funesta; ele enxugava as mãos em êxtase, em êxtase girava a cabeça, em êxtase saltitava à volta de todos e cada um; em êxtase parecia disposto a começar a dançar ali mesmo; por fim deu um salto adiante, pegou uma vela com um dos criados e seguiu em frente, iluminando o caminho para o senhor Golyádkin e Crestian Ivánovitch. O senhor Golyádkin escutava com clareza como todo o salão precipitara-se atrás dele, como todos se acotovelavam, apertavam uns aos outros, e todos juntos, numa só voz, começavam a repetir atrás do senhor Golyádkin: "Isso não é nada; não precisa temer, Yákov Pietróvitch, porque ele é Crestian Ivánovitch Rutenspitz, seu velho amigo e conhecido...". Por fim chegaram à escada principal, iluminada por uma luz viva; na escada também havia um monte de gente; as portas que davam para o alpendre se abriram entre ruídos e o senhor Golyádkin viu-se no alpendre junto com Crestian Ivánovitch. À entrada havia uma carruagem com uma quadriga de cavalos atrelados, que bufavam de impaciência. O maldoso senhor Golyádkin segundo desceu a escada em três pulos e abriu a porta da carruagem. Com um gesto de exortação, Crestian Ivánovitch pediu que o senhor Golyádkin tomasse assento. Aliás, o gesto de exortação era perfeitamente dispensável; havia bastante gente para colocá-los na carruagem... Gelado de pavor, o senhor Golyádkin olhou para trás; toda a escada vivamente iluminada estava coberta de gente; de toda parte olhos curiosos o espiavam; o próprio Olsufi Ivánovitch ocupava o topo da escada em sua poltrona confortável e observava com atenção e muito interesse tudo o que se passava. Todos aguardavam. Um murmúrio de impaciência se espalhou por todos os presentes quando o senhor Golyádkin olhou para trás.

— Espero que aqui não haja nada... nada de censurável... ou que possa exigir severidade... e a atenção de todos no que tange às minhas relações oficiais — proferiu desconcertado nosso herói. Murmúrios e ruídos espalharam-se ao redor; todos balançavam negativamente suas cabeças. As lágrimas brotaram dos olhos do senhor Golyádkin.

— Sendo assim estou pronto... confio plenamente... e entrego meu destino nas mãos de Crestian Ivánovitch...

Foi só o senhor Golyádkin declarar que entregava seu destino nas mãos de Crestian Ivánovitch, que todos os que o rodeavam deixaram escapar um grito terrível, ensurdecedor e alegre, e o eco mais funesto espalhou-se por toda a multidão que ali aguardava. Nisto Crestian Ivánovitch, de um lado, e Andriêi Filíppovitch, do outro, pegaram o senhor Golyádkin pelo braço e começaram a metê-lo na carruagem; o duplo, conforme seus hábitos torpes, o empurrava pelas costas. O infeliz senhor Golyádkin primeiro lançou seu último olhar a tudo e a todos e, tremendo como um gatinho sobre o qual derramaram água fria — se é lícita a comparação —, meteu-se na carruagem, seguido no mesmo instante por Crestian Ivánovitch. A carruagem fechou-se com ruído; ouviu-se uma chicotada nos cavalos, os cavalos arrancaram a carruagem do lugar... tudo se precipitou atrás do senhor Golyádkin. Atrás dele se espalharam os lancinantes e frenéticos gritos de despedida de todos os seus inimigos. Durante algum tempo ainda se vislumbrava um ou outro rosto em volta da carruagem que levava embora o senhor Golyádkin; mas pouco a pouco eles foram ficando mais e mais para trás e enfim desapareceram por completo. Quem mais tempo continuou atrás foi o vil gêmeo do senhor Golyádkin. Com as mãos enfiadas nos bolsos laterais das calças verdes de seu uniforme, ele corria com ar satisfeito, saltitando ora de um lado, ora do outro da carruagem; vez por outra, agarrando-se à moldura da janela e pendurando-se nela, enfiava a cabeça e mandava umas beijocas de despedida para o senhor Golyádkin; mas até ele começou a cansar, sua imagem foi rareando mais e mais e por fim ele desapareceu de todo. O senhor Golyádkin começava a sentir no peito uma dor abafada; o sangue borbotava quente em sua cabeça; ele sentia falta de ar, queria desabotoar o capote, desnudar o peito, espalhar neve sobre ele e banhá-lo com água fria. Por fim desfaleceu... Quando voltou a si, viu que os cavalos o levavam por uma estrada que ele não conhecia. À direita e à esquerda negrejavam bosques; estava silencioso e deserto. De repente ele ficou petrificado: no escuro fi-

tavam-no dois olhos de fogo, e esses dois olhos brilhavam com uma alegria funesta, diabólica. Não é Crestian Ivánovitch!... Quem é? Ou é ele? É ele! É Crestian Ivánovitch, só que não o antigo, mas outro Crestian Ivánovitch! É um Crestian Ivánovitch terrível!...

— Crestian Ivánovitch, eu... eu, parece que não é nada, Crestian Ivánovitch — esboçou nosso herói com timidez e tremor, desejando com docilidade e resignação abrandar ao menos um pouquinho o terrível Crestian Ivánovitch.

— O senhor vai receber do Estado casa com aquecimento, *Licht*[36] e uma criada, o que não merece — rosnou Crestian Ivánovitch de modo severo e terrível, como se pronunciasse uma sentença.

Nosso herói deu um grito e levou as mãos à cabeça. Ai dele! Há muito tempo previra isso!

---

[36] "Luz", em alemão no original. (N. do T.)

O LABORATÓRIO DO GÊNIO

Paulo Bezerra

O grande escritor, sobretudo romancista, costuma revelar em sua estreia alguns temas que serão recorrentes ou até dominantes em sua obra posterior, assim como elementos de sua própria biografia. Ao escrever *O duplo*, publicado no início de 1846, Dostoiévski toma como objeto de representação os temas da duplicidade e do desdobramento da personalidade. Essa questão ganharia maior amplitude psicológica e profundidade filosófica na temática dos duplos em seus romances da maturidade, como *Crime e castigo* (Raskólnikov/Svidrigáilov), *O idiota* (Nastácia Filíppovna/Rogójin), *Os demônios* (Stavróguin/Chátov/Kiríllov/Piotr Vierkhoviénski), *O adolescente* (Viersílov/Akhmákova) e *Os irmãos Karamázov* (Ivan/Aliócha, Ivan/Smierdiakóv, Ivan e o Diabo), mas, guardadas as devidas proporções de espaço, tempo e dimensão histórica e filosófico-psicológica das personagens, já estava configurada em *O duplo*, o que nos permite considerar esta novela como o laboratório de todos os grandes romances dostoievskianos.

Segundo o médico S. D. Yánovski, quando Dostoiévski publicou *O duplo*, já se interessava por obras que estudavam "doenças do cérebro", doenças mentais, o sistema nervoso, o desenvolvimento do cérebro e outras questões de natureza psicológica.[1] Esse interesse pela psicologia, sobretudo pelos

---

[1] *Apud* nota dos organizadores da edição russa, p. 488.

aspectos mais sombrios da alma humana, sem dúvida pesou muito na escolha do tema central de *O duplo*, que tem conotações autobiográficas, levando em conta que Dostoiévski sofria de uma doença similar à epilepsia (alguns médicos russos negam que fosse epilepsia) e, além disso, foi um arguto observador de si mesmo, sobretudo do dualismo de sua personalidade. Boris Búrsov, autor da extraordinária biografia filosófico-literária *A personalidade de Dostoiévski*, cita uma resposta do romancista a uma carta que lhe enviara Ekaterina Yunga em abril de 1880, na qual a autora comentava a duplicidade de sua própria personalidade e afirmava que "isto é um grande prazer". Dostoiévski responde que a duplicidade "é o traço mais comum das pessoas... não inteiramente comuns. Um traço que, em linhas gerais, é inerente à natureza humana, mas que nem de longe se encontra em qualquer natureza e menos ainda de forma tão intensa como na sua. Eis por que a senhora me é tão íntima, pois esse *desdobramento* que há na senhora é exatamente igual ao que há em mim e que sempre houve em toda minha vida. Isto é um grande tormento, mas ao mesmo tempo um grande prazer. É a consciência intensa, a necessidade de que a senhora experimente em sua própria natureza a exigência de um dever moral perante si mesma e a humanidade. Eis o que significa essa duplicidade. Se a senhora não fosse dotada de uma inteligência tão desenvolvida, se fosse limitada e não tão conscienciosa, não haveria tal duplicidade. Ao contrário, estaria mergulhada em grande dúvida. Mas ainda assim a duplicidade é um grande tormento".[2]

É notável como Dostoiévski conseguiu fundir seus conhecimentos de psicologia, dos mais obscuros desvãos da alma e sua experiência de auto-observação para construir a re-

---

[2] Boris Búrsov, *Lítchnost Dostoevskogo* (A personalidade de Dostoiévski), Moscou, Soviétski Pissátiel, 1974, pp. 208-9.

presentação das perturbações mentais de Golyádkin como algo de dupla origem: uma, vinculada ao estado patológico da personagem, a outra, decorrente do meio em que ela vivia e trabalhava, cujas relações burocráticas, sociais e culturais geravam uma deformação moral e humana de tal ordem que os indivíduos se relacionavam segundo seus exclusivos interesses burocráticos, ou, quando menos vinculados a tais interesses, eram relegados ao isolamento, a uma letal solidão. Este é o caso de Golyádkin, que, uma vez sozinho, passa a experimentar a instabilidade de sua posição, a imaginar-se perseguido, criando fantasmas e acusando Deus e o mundo por suas carências.

No aspecto especificamente estético ou composicional, o surgimento dos duplos resulta do processo de interação dialógica entre as personagens, um processo que não é ditado apenas por uma questão de forma de articulação das vozes que povoam o discurso literário, mas, principalmente, pelo tipo de relações sociais desiguais dominantes numa sociedade como a russa, na qual uma aristocracia com fortes traços de primitivismo se funde a uma burguesia emergente e primária, para dirigir a coisa pública com um burocratismo bolorento, que lembra uma caverna impermeável à entrada de ar e luz.

Esse reino da burocracia sufoca o homem na roda-viva da sobrevivência, levando-o a refletir sob uma constante tensão: quem sou eu? Para que sirvo? Quanto pesa o meu eu? Terei de me resignar ou me afirmar diante dos outros? Movidos por uma consciência que a todo instante se experimenta, as personagens do principiante Dostoiévski vivem aquilo que Boris Schnaiderman chamou de "turbilhão de ideias", que podemos traduzir como um movimento pendular entre opostos que, não obstante, têm de conviver para que se construa o discurso literário. Nesse movimento, cada conversa que entabulam com os outros, cada choque que as depara com a vida faz essas criaturas começarem a pensar em si mesmas, em sua posição na hierarquia burocrática dominante, nas condições dos pobres e ricos, dos conselheiros titulares, dos supremos mandatários burocráticos etc. Esses pensamentos acabam desaguando nas antíteses, centrais para Dostoiévski: entre humilhados e humilhadores, bem e mal, consciência e amoralismo, resignação e revolta, responsabilidade moral e indiferença pelos que nos rodeiam, sejam eles próximos ou distantes.[3]

O que seria a duplicidade ou desdobramento da personalidade? Sem pretensão a algum tipo de definição — o que me parece muito difícil! —, talvez se possa entender a duplicidade, pelo menos em Dostoiévski, como um estado liminar do psiquismo humano, em que qualquer aceitação é uma espécie de negação, e qualquer negação confina com a aceitação. Logo, a duplicidade é aquele estado de uma consciência na qual se alojam, convivem e dialogam coisas às vezes até diametralmente opostas ou antagônicas, pondo a consciência do protagonista no movimento pendular entre aceitação e/ou recusa à consciência e ao julgamento do outro, numa atitude às vezes desesperada para afirmar sua própria consciência. Porque, para Dostoiévski, o pensamento, a consciência, a sensação de seu "eu" e de seus direitos são os mais altos valores que norteiam o comportamento do homem, e têm de ser afirmados num conflito com a vida que muitas vezes apavora o protagonista. Assim, a duplicidade radica no pavor do homem diante da vida e se manifesta em formas de cisão da consciência. A duplicidade enreda o homem numa teia de contradições de tal ordem que ele, ao ver-se diante de problemas que reclamam solução, não consegue tomar uma decisão firme e unívoca porque, quando vislumbra uma saída, logo es-

---

[3] G. Fridlénder, "Dialóg v mire Dostoevskogo" (O diálogo no mundo de Dostoiévski), em *Dostoiévski i Mirováya Kultura* (Dostoiévski e a Cultura Universal), São Petersburgo, nº 1, vol. 1, 1993, p. 79.

barra em tantas saídas "contra" quanto em saídas "a favor". E isto vai das questões aparentemente mais simples às mais complexas, como a existência ou inexistência de Deus. Então, como situar o senhor Golyádkin, pobre diabo e protagonista de O *duplo*, em semelhantes concepções filosóficas, sociais e estéticas? Yákov Pietróvitch Golyádkin é conselheiro titular, um amanuense, mistura de escrivão e copista, pertencente à nona classe na escala burocrática, portanto, sem nenhuma possibilidade de ascensão social e de passagem para a classe imediatamente superior da pequena nobreza, a que teria direito se pertencesse à oitava classe — como por exemplo o major Kovaliov de O *nariz*, de Gógol. Mal ganha para se manter, passa por grandes privações, mas tem um criado. Vive no maior isolamento, numa solidão cinzenta, experimenta uma angustiante carência de convívio social que procura preencher a qualquer custo. Eis que Olsufi Ivánovitch Beriendêiev, conselheiro de Estado, alto dignatário e supremo chefe da chancelaria em que Golyádkin trabalha, está comemorando o aniversário de sua filha Clara Olsúfievna. Olsufi Ivánovitch é um antigo benfeitor do senhor Golyádkin, mas não a ponto de chamá-lo para suas reuniões sociais, e ainda assim Golyádkin se imagina convidado e além disso pretendente à mão da aniversariante. E então entra na maior azáfama. Aluga uma luxuosa carruagem com cocheiro, uniforme novo, libré para seu criado Pietruchka e prepara-se para o jantar de gala em casa de Olsufi Ivánovitch. Antes de partir, aproveitando a ausência momentânea do criado, remexe sorrateiramente em sua velha cômoda à procura do seu passaporte para o mundo dos Beriendêiev. Com a palavra, o narrador:

"Por fim tirou aquele seu maço, o mais consolador maço de notas e, pela centésima vez desde a véspera, começou a recontá-las, separando cuidadosamente nota por nota com o polegar e o indicador. 'Setecentos e cinquenta rublos... uma quantia formidável! Uma quantia agradável — continuou ele com voz trêmula, um pouco debilitada pelo prazer, apertando o maço na mão e sorrindo de modo significativo —, é uma quantia muito agradável. Agradável para qualquer um! Agora eu queria ver alguém achar essa quantia insignificante! Uma quantia assim pode fazer um homem ir longe...'"

Está lançada a dicotomia sobre a qual se estrutura toda a narrativa de O *duplo*: de um lado a casa dos Beriendêiev, símbolo da riqueza e do fausto da alta sociedade, em torno da qual gravitam desde figuras da média e alta burocracia até ministros e altos dignatários da corte czarista, universo em que se concentram os valores essenciais da sociedade aristocrática; e, de outro lado, o espaço cinzento povoado pelo senhor Goliádkin e pequenos funcionários iguais a ele, onde nosso protagonista procura manter valores como auto-estima, sinceridade, retidão de caráter, franqueza e fidelidade, mas sonha com a casa dos Beriendêiev como espaço socialmente desejável. Daí a justificativa de Goliádkin: "Uma quantia assim pode fazer um homem ir longe...".

Para um quase miserável, uma quantia tão irrisória para os padrões da época opera um novo milagre da multiplicação dos pães, ainda mais por ter sido acumulada à custa de grandes provações, e abre as portas da alta sociedade representada pelo salão dos Beriendêiev.

Dostoiévski via o dinheiro como uma força despótica que destrói o psiquismo humano, mas que, ao mesmo tempo, cria a fantasia da maior igualdade e permite ao indivíduo enfrentar e vencer o próprio destino. Goliádkin nutre essa ilusão e, com esse espírito, deixa sua casa a bordo da pomposa carruagem com cocheiro e acompanhado de seu criado vestido de libré. Pouco depois, cruza na rua com seu chefe de repartição (que fica perplexo ao vê-lo tão bem transportado) e finge ser outra pessoa. Como ainda faltam algumas horas para a festa, resolve ir primeiro ao consultório de seu médico Crestian Ivánovitch Rutenspitz. Dá-se um diálogo entre o médico e o paciente, no qual o doutor deixa claro que ele experimenta uma carência de convívio social equivalente a uma doença chamada solidão. Receita: vida social e "não ser inimigo da garrafa".

Enfim Golyádkin chega à casa dos Beriendêiev, mas tem sua entrada barrada: não fora convidado. Penetra na casa pela entrada dos fundos, passa de um cômodo a outro, espreme o pé de um conselheiro, pisa no vestido de uma velha e o rasga e, como que movido por uma mola interior, segue em frente, tira Clara Olsúfievna para dançar sem ter a mínima habilidade para tanto, dá passos desencontrados, tropeça, a moça grita e ele é retirado à força para fora do salão e da casa. Expulso da festa, que o narrador descreve como um festim de Baltazar, sai perambulando pelas ruas de Petersburgo na pior das intempéries; depois de muita errância divisa um vulto no meio da penumbra e, já em sua casa com o desconhecido, acaba descobrindo que esse companheiro de viagem é seu duplo em todos os sentidos, inclusive no nome.

O surgimento do duplo introduz um novo ritmo no curso da narrativa e muda completamente o jogo de sentidos que a enfeixa, pois se intensifica o peso específico dos diálogos e, com eles, a revelação daqueles aspectos da personalidade do Golyádkin primeiro, que até então só conhecíamos através de sua conversa com Crestian Ivánovitch. Na condição de anfitrião do Golyádkin segundo, o Golyádkin primeiro livra-se, ainda que por pouco tempo, de sua terrível solidão e revela sua real humanidade ao solidarizar-se com o outro, que por ora não tem onde morar. Põe involuntariamente em prática uma das prescrições de seu médico, isto é, a de não ser inimigo da garrafa, e toma com o outro vários copos de ponche. Sob o efeito da bebida, quebra um pouco o automatismo de sua vida burocrática e, nesse instante único de superação da solidão em todo o curso da história, rompe seu isolamento interior e extravasa sua saudável afetividade num tom de voz que traduz sua felicidade no diálogo fraterno com o outro. Mas é também nesse diálogo que ele revela as grandes contradições de sua consciência, expondo princípios diametralmente opostos aos que antes proclamava como seus e que posteriormente se revelarão nas atitudes do outro, do seu duplo. Ora, o diálogo em Dostoiévski não é mero recurso técnico de construção da obra, mas uma forma de comunicação de que as personagens se servem para revelar sua personalidade, suas opiniões, pontos de vista e ideais, isto é, um diálogo entre consciências dotadas de responsabilidade ética por suas palavras, que tanto lhes podem ser virtuosamente favoráveis como desastrosas. As palavras usadas pelo senhor Golyádkin no diálogo com seu duplo, contrárias aos princípios éticos que ele mesmo professava, acabarão sendo fatais para ele, pois o outro as usará para desmoralizá-lo aos olhos dos colegas de repartição e dos superiores. O fantástico duplo que o senhor Golyádkin criara em seu imaginário doentio para realizar todos os seus sonhos, torna-se de fato seu inimigo mortal e acaba por substituí-lo de verdade em todos os seus anseios de ascensão funcional, amizade dos colegas, reconhecimento e gratidão dos superiores e acesso aos salões da alta sociedade.

A ESTRUTURA DA NARRATIVA

Dostoiévski articula com mão de mestre o movimento estrutural de *O duplo*, organizando a narrativa em duas partes bem nítidas. Na primeira, ficamos sabendo que o senhor

Golyádkin andava com devaneios desordenados, vemo-lo sair de carruagem rumo à casa de Olsufi Ivánovitch e antes passar no consultório de seu médico. Depois de expor ao médico todos os seus princípios éticos, ruma para a casa dos Beriendêiev, da qual é expulso, e sai errando pelas ruas de Petersburgo, onde encontrará seu duplo debaixo de uma terrível intempérie. No segundo movimento, encontramos o senhor Golyádkin escondido atrás de uma pilha de lenha no pátio da casa dos Beriendêiev, aguardando o sinal para raptar Clara Olsúfievna. Aí é localizado e levado para dentro da casa, onde, além do próprio Olsufi Ivánovitch, sua filha e todos os mais altos chefes burocráticos, colegas de repartição e gente da alta sociedade, encontra-se também seu duplo. Quando enfim se sente acolhido pela sociedade e julga estar em pleno paraíso, chega o médico Crestian Ivánovitch para levá-lo. A primeira saída de Golyádkin para a casa dos Beriendêiev é mediada pela visita ao médico, quando sua doença é discutida e analisada; a última saída termina com a desintegração total do seu psiquismo, culminando com a chegada do doutor para retirá-lo do convívio humano, porque ele fora incapaz de seguir as prescrições médicas e mudar radicalmente seu modo de vida e seu caráter. No primeiro caso, a visita ao médico serviu como entrada no motivo central da narrativa; no último, como saída do mundo dos homens e entrada definitiva no reino do desdobramento total, da loucura.

A TRADUÇÃO

O duplo, o conto *Bobók* e *Os irmãos Karamázov* são as três obras que apresentam maior dificuldade de tradução entre tudo o que Dostoiévski escreveu. Por isso deixei para traduzir a presente obra depois de experimentar as múltiplas nuances da linguagem de seus grandes romances. Tratava-se de uma estratégia: atingir o maior grau possível de empatia com a linguagem do romancista para poder enveredar pelos quase "ínvios caminhos" da linguagem de Goliádkin, que em muitas passagens de *O duplo* chega à quase intradutibilidade. Traduzir a fala de uma personagem de consciência desdobrada é traduzir sua linguagem igualmente desdobrada na fala de seu presumível interlocutor imediato, tresdobrada nas falas de outros interlocutores eventuais ou imaginários. O ritmo dessa fala é o ritmo do pensamento truncado, sinuoso e descontínuo da personagem, que ora parece interrogar, ora exclamar, ora desejar dizer algo cujo sentido se embaralha na ponta da língua, e o discurso deixa sempre uma forte sensação de inacabamento, de lacuna a ser preenchida e uma grande interrogação para o leitor. O narrador organiza essa fala numa pontuação tão truncada, sinuosa e descontínua como o fluxo do pensamento de Goliádkin, o que pode levar o leitor habituado às normas padrão de escrita à falsa sensação de impropriedade de tal pontuação. No entanto, o que está em jogo é a homologia entre o ser e o modo de representá-lo, pois seria antinatural que uma personagem dotada de uma psique desestruturada como a do senhor Goliádkin falasse uma linguagem fluente e clara. Portanto, o ritmo de sua fala traduz seu modo de perceber o mundo e os homens, isto é, traduz o sentido que ele põe nas coisas, pois, como diz um dos maiores teóricos da tradução, "entendo o ritmo como a organização e a própria operação do sentido do discurso, a organização (da prosódia à entonação) da subjetividade e da especificidade de um discurso".[4]

---

[4] Henri Meschonnic, *Poética do traduzir*, tradução de Jerusa Pires Ferreira e Suely Fenerich, São Paulo, Perspectiva, 2011, p. 43.

Linguagem e afetividade

Golyádkin sofre de uma terrível doença social — a solidão, que ele procura preencher a qualquer custo, e quanto mais procura maior é sua dificuldade de encontrar com quem preenchê-la. Por essa razão sua vida é um permanente resmungo, uma constante diatribe com chefes injustos (que, não obstante, ele diz considerar como seus pais!) e inimigos imaginários, diante dos quais procura a qualquer custo preservar sua autoestima e jamais permitir que o tratem como um "trapo velho". Enquanto ele permanece em sua real solidão, é como se fosse desprovido de afetividade, e isto se manifesta claramente em sua linguagem. Mas, com o aparecimento do duplo, supera pela primeira vez na história a terrível solidão, revela seu lado humano e solidário e extravasa sua afetividade com o outro numa linguagem bem mais leve do que aquela que costumava usar.

A certa altura do diálogo com o duplo, sua afetividade ganha um tom brincalhão e ele diz ao outro: "Ah, seu patife; tens culpa no meu cartório". Literalmente a frase seria: "tens culpa diante de mim". Mas neste caso a frase soaria sisuda, camuflaria a afetividade que o senhor Golyádkin revela pela primeira vez na vida, ou seja, ele sentiria e diria uma coisa e o tradutor apresentaria outra, porque estaria preocupado com a fidelidade à letra do texto e não ao clima do diálogo, ao espírito do discurso.

Literatura é arte feita de discurso, e arte é incompatível com literalidade, logo, o tradutor deve praticar a fidelidade ao espírito da obra, ao clima dos diálogos, deve encontrar o tom, como costuma dizer mestre Boris Schnaiderman tomando como exemplo o grande poeta russo Boris Pasternak. Há momentos em que não basta ao tradutor conhecer o significado das palavras da língua de partida; precisa aprender a senti-las, saber captar a afetividade da sua entonação para interpretar seu real sentido e trazê-lo para a língua de chegada em linguagem adequada. Para tanto é mister que fale fluentemente a língua de partida, para poder ouvir sua oralidade e entender o que um escritor faz dela, porque o tradutor não traduz língua, traduz linguagem. E toda linguagem tem sua carga específica de afetividade, modo de ser da subjetividade das criaturas do mundo real convencionadas como personagens.

O OUTRO DUPLO: DOSTOIÉVSKI ILUSTRADO

Samuel Titan Jr.

Tão logo começou a ser traduzido, Dostoiévski tornou-se objeto de muita admiração e controvérsia em todo o Ocidente. Sua obra parecia exigir respostas imediatas, veementes, e de fato, observada com algum recuo temporal, essa primeira onda de recepção do autor russo — *grosso modo*, do final do século XIX a todo o primeiro terço do XX — parece movida por um fervor que poucas vezes se observa no terreno corriqueiramente designado como "literário". Muito à maneira de Tolstói, seu conterrâneo e rival, Dostoiévski parecia tocar diretamente as paixões públicas de seu tempo, fossem elas de índole secular ou religiosa, ética ou literária, conservadora ou revolucionária, e isso de tal modo que muitas vezes as fronteiras entre essas mesmas categorias pareciam dissolver-se diante dos olhos do leitor atônito.

Assim, nessas primeiras décadas de fortuna crítica, um rol muito diverso de interesses respondeu por uma gama igualmente diversa de apropriações e transformações da obra do autor russo. Certamente, alguns de seus melhores leitores foram colegas de ofício, escritores que — de André Gide e Thomas Mann a Franz Kafka e Graciliano Ramos — logo se deram conta do vínculo íntimo e necessário entre suas rupturas e inovações formais, de um lado, e sua visão inédita e heterodoxa do homem moderno. Mas não faltaram outras figuras de primeira linha para quem Dostoiévski foi menos um romancista e mais um "psicólogo": Nietzsche logo viu nele um "parente", ao passo que Freud votava-lhe grande admiração como precursor da psicanálise. Por sua vez, a abordagem filosófico-teológica de sua obra teve largo curso no Ocidente, a começar pelo tema da "religião do sofrimento", plantado pelo conde Melchior de Vogüé em seu *O romance russo* (1886), passando pelas ideias messiânicas de Dmitri Merejkóvski, até chegar às releituras existencialistas de Camus e Sartre. E o que dizer da *Teoria do romance* (1916), de Georg Lukács, e dos *Problemas da poética de Dostoiévski* (1929), de Mikhail Bakhtin, duas obras fundadoras da "teoria literária" em cujas páginas, porém, o autor russo faz soprar um vento subversivo, apocalíptico mesmo?

A esses muitos ramos da recepção letrada de Dostoiévski veio se somar, nos países de língua alemã, um veio plástico e mais precisamente gráfico que não teve paralelo à altura em nenhum outro lugar, e que chegou a um de seus pontos altos pelas mãos de Alfred Kubin (1877-1959), autor dos desenhos que ilustram agora esta edição brasileira de *O duplo*. Essa linhagem pode ser datada, por conveniência, dos anos de 1912-13. Em 1912, a partir da leitura de *O idiota*, Erich Heckel pintou duas telas importantes tiradas de episódios do romance: *A morta* (Museum Folkwang, Essen) e *Dois homens à mesa* (Kunsthalle, Hamburgo), na qual se figura a famosa conversação entre Rogójin e Míchkin. No mesmo ano, Max Beckmann publicou nove litografias inspiradas em cenas de *Escritos da casa morta* na revista *Kunst und Künstler*.[1] Por essa mesma época e a convite da editora Piper, de Munique, Kubin dedicou-se a uma longa série de desenhos sobre a novela *O duplo*. O resultado foi uma edição de luxo, publicada em 1913 e ilustrada com quarenta desenhos e vinte

---

[1] Deve-se a Beckmann uma frase que resume o espírito dessa adesão ao autor: "Dostoiévski é meu amigo" — cf. Max Beckmann, *Die Realität der Träume in den Bildern* (Leipzig, Reclam, 1984), p. 44.

vinhetas de enorme força gráfica — suficiente, em todo caso, para estabelecer um diálogo em pé de igualdade entre as imagens e o texto.

A partir de então e até a ascensão do nazismo, inúmeros artistas ligados ao expressionismo prestaram homenagem ao autor russo, sobretudo em gravuras e desenhos. Alguns personagens dostoievskianos serão figurados com mais insistência e convertidos em porta-vozes da inquietação contemporânea, como o príncipe Míchkin, de *O idiota*; Raskólnikov, de *Crime e castigo*; o padre Zossima e Smierdiakóv de *Os irmãos Karamázov*. Muitas dessas obras nascem como portfólios de gravuras ou como contribuições avulsas para revistas como *Die Schaffenden*, que em 1920 reuniu nove artistas num "Dossiê Dostoiévski" ("Dostojewski-Mappe"). Dentre as séries, vale citar o conjunto de cinco litografias inspiradas pela novela *Krótkaia* que Lasar Segall produziu em 1917, em Dresden, e lançou no ano seguinte como portfólio, com um texto crítico de Will Grohman.[2] A pobre heroína da novela gozaria, aliás, de longa carreira plástica e editorial, talvez como contraponto feminino a figuras masculinas terríveis, como a do Grande Inquisidor: além da série de litografias de Segall, há uma outra, com sete gravuras realizadas por Otto Möller em 1921, bem como pelo menos três edições comerciais da mesma novela lançadas naqueles anos e ilustradas por Willi Geiger, Bruno Krauskopf e Martha Worringer. São numerosíssimas, de resto, as edições ilustradas de Dostoiévski publicadas ao longo da década de 1920, seja por casas meno-

[2] O Museu Lasar Segall, em São Paulo, possui um exemplar completo da tiragem de 1918. A própria novela tem duas edições brasileiras mais recentes, sob os títulos de "A dócil", tradução de Vadim Nikitin, incluída em *Duas narrativas fantásticas* (São Paulo, Editora 34, 2003), e *Uma criatura dócil*, tradução de Fátima Bianchi (São Paulo, Cosac Naify, 2003); esta última edição reproduz pela primeira vez as gravuras de Segall junto ao texto de Dostoiévski.

res, seja por uma editora de peso como a Piper, que seguiu adiante com o formato inaugurado com *O duplo* de 1913.[3]

É contra esse pano de fundo que os desenhos de Kubin para *O duplo* cobram sua importância e seu relevo. Nascido em 1877 em Leitmeritz, na Boêmia, Kubin instalara-se desde 1898 em Munique, que logo mais seria um dos epicentros do expressionismo. Ali, depois de muitos anos de busca, elegeu o desenho como meio mais apropriado a sua sensibilidade, que não fazia maiores distinções entre o plástico e o literário. De fato, ao mudar-se em 1906 para o lugarejo de Wernstein, na Áustria, Kubin passou quase ao mesmo tempo a ilustrar e a escrever: em 1908, começou a publicar seus primeiros desenhos "editoriais" (seriam mais de 2.300 ao longo da carreira), e, em 1909, publicou o romance fantástico *O outro lado*, ilustrado por ele mesmo. Esse apagamento das fronteiras entre a escrita e o desenho, que parecem rememorar sua condição comum de traço, prestou-se particularmente bem quando o editor Reinhard Piper confiou a Kubin a tarefa de "ilustrar" uma novela em que o apagamento e a confusão das identidades mais estáveis é o motor do enredo. Em muitos desenhos para *O duplo*, o movimento da pena de Kubin parece a ponto de passar da linha à garatuja e desta ao borrão, ameaça anular a distinção entre fundo e figura, cria efeitos dramáticos de contraluz (a luz servindo à invisibilidade) e se entrega a gestos mecânicos, talvez maníacos, acompanhando os movimentos e paroxismos da história. Diante dessa explosão imaginativa, o leitor tem todo o direito de se perguntar se ainda é o caso de falar aqui de "ilustração", não menos pela conotação

[3] Essa produção foi recenseada em diversos artigos e livros, dentre os quais deve-se mencionar pelo menos os seguintes: Lothar Lang, *Expressionistische Buchillustration in Deutschland, 1907-1927* (Leipzig, Edition Leipzig, 1975); Ralph Jentsch, *Illustrierte Bücher des deutschen Expressionismus* (Stuttgart, Cantz, 1989); e Andreas Hüneke (org.), *"Dostojewski ist mein Freund"* (Altenburg, Lindenau-Museum, 1999).

luminosa que o termo carrega e que é particularmente descabida num contexto tão noturno. Seja qual for o termo mais justo, o fato é que os desenhos de Kubin vão aos poucos se afigurando como *um outro duplo*, um *Doppelgänger* gráfico e fantasmagórico a pairar sobre o pobre Golyádkin — e, doravante, sobre a memória do leitor brasileiro.[4]

---

[4] É preciso ao menos mencionar que foi justamente no Brasil que as ilustrações dostoievskianas de Alfred Kubin fizeram escola, precisamente às mãos de Oswaldo Goeldi. O brasileiro travou contato com o colega mais velho durante uma temporada europeia e valeu-se do estudo do trabalho de Kubin em sua obra original de ilustrador, tanto de diversas obras de Dostoiévski para a editora José Olympio, como de relatos de outros autores — cf. por exemplo, as ilustrações para Edgar Allan Poe, *O gato preto*, e Machado de Assis, *A causa secreta* (São Paulo, Cosac Naify, 2004). Sobre Goeldi como ilustrador do romancista russo, cf. Boris Schnaiderman, "Oswaldo Goeldi e Dostoiévski", *Revista USP*, n° 32, dez. 1996/jan.-fev. 1997, pp. 167-9, onde se fala de "tradução intersemiótica".

SOBRE O AUTOR

Fiódor Mikháilovitch Dostoiévski nasceu em Moscou a 30 de outubro de 1821, num hospital para indigentes onde seu pai trabalhava como médico. Em 1838, um ano depois da morte da mãe por tuberculose, ingressa na Escola de Engenharia Militar de São Petersburgo. Ali aprofunda seu conhecimento das literaturas russa, francesa e outras. No ano seguinte, o pai é assassinado pelos servos de sua pequena propriedade rural.

Só e sem recursos, em 1844 Dostoiévski decide dar livre curso à sua vocação de escritor: abandona a carreira militar e escreve seu primeiro romance, *Gente pobre*, publicado dois anos mais tarde, com calorosa recepção da crítica. Passa a frequentar círculos revolucionários de Petersburgo e em 1849 é preso e condenado à morte. No derradeiro minuto, tem a pena comutada para quatro anos de trabalhos forçados, seguidos por prestação de serviços como soldado na Sibéria — experiência que será retratada em *Escritos da casa morta*, livro que começou a ser publicado em 1860, um ano antes de *Humilhados e ofendidos*.

Em 1857 casa-se com Maria Dmitrievna e, três anos depois, volta a Petersburgo, onde funda, com o irmão Mikhail, a revista literária *O Tempo*, fechada pela censura em 1863. Em 1864 lança outra revista, *A Época*, onde imprime a primeira parte de *Memórias do subsolo*. Nesse ano, perde a mulher e o irmão. Em 1866, publica *Crime e castigo* e conhece Anna Grigórievna, estenógrafa que o ajuda a terminar o livro *Um jogador*, e será sua companheira até o fim da vida. Em 1867, o casal, acossado por dívidas, embarca para a Europa, fugindo dos credores. Nesse período, ele escreve *O idiota* (1869) e *O eterno marido* (1870). De volta a Petersburgo, publica *Os demônios* (1872), *O adolescente* (1875) e inicia a edição do *Diário de um escritor* (1873-1881).

Em 1878, após a morte do filho Aleksiêi, de três anos, começa a escrever *Os irmãos Karamázov*, que será publicado em fins de 1880. Reconhecido pela crítica e por milhares de leitores como um dos maiores autores russos de todos os tempos, Dostoiévski morre em 28 de janeiro de 1881, deixando vários projetos inconclusos, entre eles a continuação de *Os irmãos Karamázov*, talvez sua obra mais ambiciosa.

SOBRE O TRADUTOR

Paulo Bezerra estudou língua e literatura russa na Universidade Lomonóssov, em Moscou, especializando-se em tradução de obras técnico-científicas e literárias. Após retornar ao Brasil em 1971, fez graduação em Letras na Universidade Gama Filho, no Rio de Janeiro; mestrado (com a dissertação "Carnavalização e história em *Incidente em Antares*") e doutorado (com a tese "A gênese do romance na teoria de Mikhail Bakhtin", sob orientação de Afonso Romano de Sant'Anna) na PUC-RJ; e defendeu tese de livre-docência na FFLCH-USP, "*Bobók*: polêmica e dialogismo", para a qual traduziu e analisou esse conto e sua interação temática com várias obras do universo dostoievskiano. Foi professor de teoria da literatura na Universidade do Estado do Rio de Janeiro, de língua e literatura russa na USP e, posteriormente, de literatura brasileira na Universidade Federal Fluminense, pela qual se aposentou. Recontratado pela UFF, é hoje professor de teoria literária nessa instituição. Exerce também atividade de crítica, tendo publicado diversos artigos em coletâneas, jornais e revistas, sobre literatura e cultura russas, literatura brasileira e ciências sociais.

Na atividade de tradutor, já verteu do russo mais de quarenta obras nos campos da filosofia, da psicologia, da teoria literária e da ficção, destacando-se: *Fundamentos lógicos da ciência* e *A dialética como lógica e teoria do conhecimento*, de P. V. Kopnin; *A filosofia americana no século XX*, de A. S. Bogomólov; *Curso de psicologia geral* (4 vols.), de R. Luria; *Problemas da poética de Dostoiévski*, *O freudismo*, *Estética da criação verbal*, *Teoria do romance I, II e III*, *Os gêneros do discurso* e *Notas sobre literatura, cultura e ciências humanas*, de M. Bakhtin; *A poética do mito*, de E. Melietinski; *As raízes históricas do conto maravilhoso*, de V. Propp; *Psicologia da arte*, *A tragédia de Hamlet, príncipe da Dinamarca* e *A construção do pensamento e da linguagem*, de L. S. Vigotski; *Memórias*, de A. Sákharov; no campo da ficção traduziu *Agosto de 1914*, de A. Soljenítsin; cinco contos e novelas de N. Gógol reunidos no livro *O capote e outras histórias*; *O herói do nosso tempo*, de M. Liérmontov; *O navio branco*, de T. Aitmátov; *Os filhos da rua Arbat*, de A. Ribakov; *A casa de Púchkin*, de A. Bítov; *O rumor do tempo*, de O. Mandelstam; *Em ritmo de concerto*, de N. Dejniov; *Lady Macbeth do distrito de Mtzensk*, de N. Leskov; além de *O duplo*, *O sonho do titio* e *Sonhos de Petersburgo em verso e prosa* (reunidos no volume *Dois sonhos*), *Escritos da casa morta*, *Bobók*, *Crime e castigo*, *O idiota*, *Os demônios*, *O adolescente* e *Os irmãos Karamázov*, de F. Dostoiévski.

Em 2012 recebeu do governo da Rússia a Medalha Púchkin, por sua contribuição à divulgação da cultura russa no exterior.

Este livro foi composto em Sabon, pela Bracher & Malta, com CTP e impressão da Edições Loyola em papel Pólen Soft 80 g/m² da Cia. Suzano de Papel e Celulose para a Editora 34, em novembro de 2021.